清馨民国风

清馨民国风

闲雅生活

梁启超

胡适等著

朱丹编

首都经济贸易大学出版社
Capital University of Economics and Business Press

图书在版编目（CIP）数据

闲雅生活/梁启超,胡适等著；朱丹编. --北京：首都经济
贸易大学出版社,2015.4

（清馨民国风）

ISBN 978 - 7 - 5638 - 2308 - 6

Ⅰ.①闲…　Ⅱ.①梁…　②胡…　③朱…　Ⅲ.①散文集—
中国—现代　Ⅳ.①I266

中国版本图书馆 CIP 数据核字(2014)第 296722 号

闲雅生活

梁启超　胡适　等著　　朱丹　编

责任编辑	周　欣	
封面设计	张弥迪	
出版发行	首都经济贸易大学出版社	
地　　址	北京市朝阳区红庙（邮编 100026）	
电　　话	(010)65976483　65065761　65071505(传真)	
网　　址	http://www.sjmcb.com	
E - mail	publish@cueb.edu.cn	
经　　销	全国新华书店	
照　　排	北京砚祥志远激光照排技术有限公司	
印　　刷	临沂圣贤印刷有限公司	
开　　本	880 毫米×1230 毫米　1/32	
字　　数	227 千字	
印　　张	8.875	
版　　次	2015 年 4 月第 1 版　2019 年 10 月第 2 次印刷	
书　　号	ISBN 978 - 7 - 5638 - 2308 - 6/I·32	
定　　价	28.00 元	

前 言

这本书中的几十篇文字,都曾刊载于民国时期的出版物。其中一些篇目,近二三十年中曾经从繁体字变为简体字,或多或少为今人所知;但更多的篇目,似乎一直以繁体字竖排的形式,掩隐在岁月的尘埃中,直到我们发现或找到它们,再把它们转换为简体字,以现在这套"清馨民国风"丛书为载体,呈献给当今的读者。

收入这套"清馨民国风"丛书的数百篇民国时期的文字,堪称历史影像,也可以说是情景回放。它们栩栩如生、有血有肉,是近 200 位民国学人的集中亮相,也是他们经历、思考与感悟的原味展示——围绕读书与修养、成长与见闻、做人与做事、生活与情趣,娓娓道来。透过这些文字,我们既可以领略众多民国学人迥然不同的个性风采,更可以感知那个时代教育、思想与文化生态的原貌。

策划、编选这样一套以民国原始素材为主体内容的丛书,耗费了我们大量的时间、精力和心血。而今本套丛书即将分批陆续付梓,我们欣喜地发现,她已经有型、有范儿、有味道了。

需要特别说明的是，根据著作权法的规定，本书收选的作品，有一部分仍处于版权保护期。由于原作品出版年代久远，且难以查找作者及其亲属的相关信息和联系方式，我们未能事先一一征得权利人同意。敬请这些作者亲属见书后及时与我社联系，以便我社寄奉稿酬、寄赠样书。

目　录

林语堂（1895—1976），现代著名作家、翻译家、语言学家。福建龙溪人。1916 年在上海圣约翰大学获得学士学位，1920 年获哈佛大学文学硕士学位，1923 年获德国莱比锡大学语言学博士学位。曾任北京大学英文学系语言学教授、厦门大学文学系主任兼国学院秘书、联合国教科文组织艺术文学组组长、国际笔会副会长等职。其用英文所著《吾国与吾民》《生活的艺术》《京华烟云》等被译为多国文字。

悠闲生活的崇尚

林语堂

中国人之爱悠闲，有着很多交织着的原因。中国人的性情，是经过了文学的熏陶和哲学的认可的。这种爱悠闲的性情是由于酷爱人生而产生，并受了历代浪漫文学潜流的激荡，最后又由一种人生哲学——大体上可称它为道家哲学——承认它为合理近情的态度。国人能囫囵地接受这种道家的人生观，可见他们的血液中原有着道家哲学的种子。

有一点我们须先行加以澄清，这种消闲的浪漫崇尚（我们已说过它是空闲的产物），绝不是我们一般想象中的那些有产阶级者的享受。那种观念是绝对错误的。我们要明了，这种悠闲生活是穷愁潦倒的文士所崇尚的，他们中有的是生性喜爱悠闲的生活，有的是不得不如此。当我读中国的文学杰作时，或当我想到那些穷教师们拿了称颂悠闲生活的诗文去教穷弟子时，我不禁要想他们一定在这些著作中获得很大的满足和精神上的安慰。所谓"盛名多累，隐逸多适"，这些话在那些应试落第的人听来是很听得进的；还有什么"晚食可以当肉"这一类的俗语，在养不起家的人即可以解嘲。有些中国青年作家诋责苏东坡和陶渊明等为罪恶的有闲阶级的知识分子，这可说是文学批评史上的最大错误了。苏东坡的诗中不过写了一些"江上清风"及"山间明月"，陶渊明的诗中不过是说了一些"夕露沾我衣"及"鸡鸣桑树颠"，难道江上清风、山间明月和桑树颠的鸡鸣只有资产阶级才能占有吗？这些古代的名人并不是空口白话地谈论着农村的情形，他们是躬亲过着穷苦的农夫生活，在农村生活中得到了和平与和谐的。

这样说来，这种消闲的浪漫崇尚，我以为根本是平民化的。我们只要想象英国大小说家劳伦斯·斯特恩在他有感触的旅程上的情景，或是想象英国大诗人华兹华斯和科勒律治①他们徒步游欧洲，心胸中蕴着伟大的美的观念，而袋里不名一文。我想到这些，对于这些个浪漫主义就比较了解了。一个人不一定要有钱才可以旅行，就是在今日，旅行也不一定是富家的奢侈生活。总之，享受悠闲生活当然比享受奢侈生活便宜得多。要享受悠闲的生活，只要有一种艺术家的性情，在一种全然悠闲的情绪中去消遣一个闲暇无事的下午。正如梭罗在《沃尔登》②

①今译柯勒律治（1772—1834），英国诗人和评论家。——编者注。
②今译《瓦尔登湖》。——编者注。

里所说的，要享受悠闲的生活，所费是不多的。

笼统来说，中国的浪漫主义者都具有锐敏的感觉和爱好漂泊的天性，虽然在物质生活上露着穷苦的样子，但情感却很丰富。他们深切爱好人生，所以宁愿辞官弃禄，不愿心为形役。在中国，消闲生活并不是富有者、有权势者和成功者独有的权利（美国的成功者更加匆忙了!），而是那种高尚自负的心情的产物。这种高尚自负的心情极像那种西方的流浪者的尊严的观念，这种流浪者骄傲自负到不肯去请教人家，自立到不愿意去工作，聪明到不把周遭的世事看得太认真。这种样子的心情是由一种超脱俗世的意识而产生，并和这种意识自然地联系着的，也可说是由那种看透人生的野心、愚蠢和名利的诱惑而产生出来的。那个把他的人格看得比事业的成就来得重大，把他的灵魂看得比名利更紧要的高尚自负的学者，大家都认为他是中国文学上最崇高的理想。他显然是一个极简朴地去过生活而且卑视俗世功名的人。

这一类的大文学家——陶渊明、苏东坡、白居易、袁中郎、袁子才——都曾度过一个短时的官场生活，政绩都很优良，但都为了厌倦那种磕头迎送的勾当而甘心弃官辞禄，回到老家去过退隐生活。当袁中郎做着苏州的知县时，曾对上司一连上了七封辞呈，表示他不愿做这种磕头的勾当，要求辞职，以便可以回家去过自由自主的生活。

另外的一位诗人白玉蟾，他把他的书斋题名"慵庵"，对悠闲的生活竭尽称赞的能事：

丹经慵读，道不在书；

藏教慵览，道之皮肤。

至道之要，贵乎清虚，

何谓清虚？终日如愚。

有诗慵吟，句外肠枯；

有琴慵弹，弦外韵孤；

有酒慵饮，醉外江湖；

有棋慵弈，意外干戈。

慵观溪山，内有画图；

慵对风月，内有蓬壶；

慵陪世事，内有田庐；

慵问寒暑，内有神都。

松枯石烂，我常如如。

谓之慵庵，不亦可乎？

　　从上面的题赞看来，这种悠闲的生活也必须要有一个恬静的心地和乐天旷达的观念，以及一个能尽情玩赏大自然的胸怀，方能享受。诗人及学者常常自题了一些稀奇古怪的别号，如江湖客（杜甫）、东坡居士（苏东坡）、烟湖散人、襟霞阁老人等等。

　　没有金钱也能享受悠闲的生活。有钱的人不一定能真正领略悠闲生活的乐趣，那些轻视钱财的人才真懂得此中的乐趣。

他须有丰富的心灵，有简朴生活的爱好，对于生财之道不大在心，这样的人才有资格享受悠闲的生活。如果一个人真的要享受人生，人生是尽够他享受的。一般人不能领略这个尘世生活的乐趣，那是因为他们不深爱人生，把生活弄得平凡、刻板而无聊。有人说老子是嫉恶人生的，这话绝对不对，我认为老子所以要鄙弃俗世生活，正因为他太爱人生，不愿使生活变成"为生活而生活"。

有爱必有妒。一个热爱人生的人，对于他应享受的那些快乐的时光，一定爱惜非常。然而同时却又须保持流浪汉特有的那种尊严和傲慢，甚至他的垂钓时间也和他的办公时间一样神圣不可侵犯而成为一种教规，好像英国人把游戏当作教规一样郑重其事。他对于别人在高尔夫球总会中同他谈论股票的市况，一定会像一个科学家在实验室中受到人家骚扰那样觉得厌恶。他一定时常计算着再有几天春天就要消逝了，为了不曾做几次遨游而心中感到悲哀和懊丧，像一个市侩懊悔今天少卖出一些货物一样。

（《生活的艺术》）

丰子恺（1898—1975），著名漫画家、散文家、文艺理论家和翻译家。1919 年毕业于浙江省立第一师范学校。1921 年获亲友资助赴日留学，10 个月后因经济困难回国，先后在上海、浙江、重庆等地任教，并曾任上海开明书店编辑、《中学生》杂志编辑。1924 年在文艺刊物《我们的七月》上第一次发表漫画《人散后，一钩新月天如水》。1942 年在重庆自建"沙坪小屋"，专事绘画和写作。

闲

丰子恺

"闲"在过去时代是一个可爱的字眼，在现代变成了一个可恶的字眼。例如失业者的"赋闲"，不劳而食者的"有闲"，都被视为现代社会的病态。有闲似乎是奢侈的、颓废的，但也有非奢侈的、非颓废的有闲阶级，如儿童便是。

儿童，尤其是十岁以前的儿童，不论贫富，大都是有闲阶级者。他们不必自己谋生，自有大人供养他们。在入学、进店、看牛或捉草以前，除了忙睡觉、忙吃食以外，他们所有的都是闲工夫。到了入学、进店、看牛或捉草的时候，虽然名为读书、学商或做工，其实工作极少而闲暇极多。试看幼稚园、小学校中的儿童，一日中埋头用功的时间有几何？试看商店的学徒，一日中忙着生意的时间有几何？试看田野中的牧童，一日中为牛羊而劳苦工作的时间有几何？除了读几遍书，牵两次羊，捉几根草以外，他们在学校中、店铺里、田野间，都只是闲玩而已。

在饱尝了尘世的辛苦的中年以上的人，"闲"是最可盼的乐事。假如盼得到，即使要他们终生高卧空山上，或者独坐幽篁里，他们也极愿意。在有福的痴人，"闲"也是最可盼的乐事。假如盼得到，即使要他们吃饱便睡，睡醒便吃，终生同猪猡一样，在他们正是得其所哉。但在儿童，"闲"是一件最苦痛的事，因为"闲"就是"没事"，没事便静止，静止便没有兴味，而儿童是兴味最旺盛的一种人。

在长途的火车中，可以看见儿童与成人的态度的大异。成人大都安定地忍耐地坐着，静候目的地的到达；儿童便不肯安定，不能忍耐。他们不绝地要向窗外探望，要买东西吃。看厌吃饱之后要问："为什么还不到？"甚至哭着喊："我要回家去了！"于是领着他们的成人便骂他们，打他们。讲老实话，成人们何尝欢喜坐长途火车？他们的感情中或许也在问着："为什么还不到？"也在哭着喊："我要回家了！"只因重重的世智包裹着他们的感情，使这感情无从爆发出来。这仿佛一瓶未开的汽水，看似静静的、安定的，其实装着满肚皮的气，无从发泄！感情的长久的抑制渐渐使成人失却热烈的兴味，变成"颓废"的状态。成人和儿童比较起来，个个多少是"颓废"的。

只有颓废者盼羡着"闲"，不颓废的人——儿童——见了闲都害怕。他们称这心情为"没心相"。在兴味最旺盛的儿童，"没心相"似乎比"没饭吃"更加苦痛。为了"没心相"而啼哭，为了"没心相"而做种种的恶戏，因了啼哭和恶戏而受大人们的骂和打，是儿童生活上常见的事。他们为避免"没心相"，不绝地活动。除了睡眠及生病以外，孩子们极少有连续静止至半小时以上者。假如把一个不绝地追求生活兴味的活泼的孩子用绳子绑缚了，关闭在牢屋里，我想这孩子在"饿"死以前，一定先已"没心相"死了。假如强迫这孩子学习因是子静坐法①，所得的效果一定相反。在儿童们看来，静坐法和禅定等是成人们自作之刑；而在许多成人看来，各种辛苦的游戏也是儿童们的犯贱的行为。有的老人躺在安乐椅中观看孩子们辛辛苦苦地奔走叫喊而游戏，会讥笑似的对他们说："看你们何苦！静静儿坐一下有什么不好？"倘有孩子在游戏中踢痛了，受伤了，这种老人便振振有词："叫你勿要，你板要，难（现在）你好！"其实儿童并不因此而懊悔游戏，同成人事业磨折并不懊悔做事业一样。儿童与成人分居着两个世界，而两方互相不理解的状态到处可见。

儿童的游戏犹之成人的事业。现世的成人与儿童，大家多苦痛：许多的成人为了失业而苦痛，许多的儿童为了游戏不满足而苦痛。住在都会里的孩子可以享用儿童公园，有钱人家的孩子可以购买种种的玩具。但这些是少数的幸运的孩子。多数的住在乡村里的穷人家的孩子，都有游戏不满足的苦痛。他们的保护人要供给他们的衣食，非常吃力；能养活他们几条小性

①"因是子静坐法"即"呼吸习静养生法"。——编者注。

命，已是尽责了。讲到玩具、游戏设备，在现今的乡村简直是过分的奢求了。孩子们像猪猡一般地被豢养在看惯的破屋里。大人们每天除了他们三顿之外，什么都不管。春天、夏天，白昼特别长，儿童的百无聊赖的生活状态，看了真是可怜。无衣无食的苦是有形的，人皆知道其可怜；"没心相"的苦是无形的，没人知道，因此更觉可怜。人的生活，饱食暖衣而无事，还不如为衣为食而奔走的有兴味。人的生活大半是由兴味维持的，儿童的生活则完全以兴味为原动力。热衷于赌博的成人，输了还是要赌；热衷于游戏的儿童，常常忘餐废寝。于此可见，人类对于兴味的要求有时比衣食更加热烈。

在种种简单的游戏法中，更可窥见人对于"闲"何等不耐，对于"兴味"何等渴慕。这种游戏法大都不需设备，只要一双手和一张嘴，随时随地都可开始游戏，而游戏的兴味并不简单。这显然是人为了兴味的要求而费了许多苦心发明出来的。就吾乡所见，最普通的游戏是猜拳，只要一举手便可游戏，而且其游戏颇有兴味。这本来是侑酒的一种方法，但近来风行愈广，已变成一种赌博，或一种消闲游戏。工人们休息的时候，各人袋里摸出几个铜板来摆在地上，便在其上面开始拇战，胜的拿进铜板。年纪稍长的儿童们也会弄这玩意，他们摘三根草放在地上，便开始猜拳。赢一拳拿进一根，输一拳吐出一根。到了三根草归入一人手中，这人得胜，便可拉过对方的手来，打他十下手心。用自己的手来打别人的手，两人都有些儿痛；但伴着兴味，痛也情愿了。

年幼的儿童也有一种猜拳的游戏法，叫作"呱呱（即鸡）啄蛙虫"。这方法更加简单，只要每人拿一根指头来一比，便见胜负。例如一人出大指，一人出食指，这局面叫作"老土地杀呱呱吃"，因为大指是代表老土地，食指是代表呱呱的。又如一人出中指，一人出无名指，这局面叫作"扁担打杀黄鼠狼"，因为中指是代表扁担，无名指是代表黄鼠狼的。又如一人出食指，一人出小指，这局面叫作"呱呱啄蛙虫"，因为小指是代表蛙虫的。这游戏法的名称即根据于此。其规则，每一指必有所克制的两指，同时又必有被克制的两指，即"老土地杀呱呱吃""老土地踏杀蛙虫""呱呱啄蛙虫""呱呱飞过扁担""扁担打杀老土地""扁担赶掉黄鼠狼""黄鼠狼放个屁，臭杀老土地""黄鼠狼拖呱呱""蛙虫蛀断扁担""蛙虫蛀断黄鼠狼脚跟"。所以五个手指的势力相均等，无须选择；玩时只要任意出一根指，全视机缘而定胜负。像这几天的长夏，户外晒着炎阳，出去玩不得；屋内又老是这样，没有一点玩具。日长如小年，四五六七岁的孩子吃了三餐饭无所事事，其"没心相"之苦难言。幸而手是现成生在身上的，不必费钱去买，两人坐在门槛上伸出指头来一比，兴味来了，欢笑声也来了，枯寂的破屋子里忽然充满了生趣。

更有一种简单的猜拳玩法，流行于吾乡的幼儿间。手的形式只有三种，捏拳头表示"石头"，五指平伸表示"纸头"，伸食、中两指表示"剪刀"。若一人出拳头，一人出食、中两指，叫作"石头敲断剪刀"，前者赢。一共只有三句口诀，其余的两句是"剪刀碎纸头""纸头包石头"。这玩法另有一种形式：以手加额，表示"洋鬼子"；以手加口做摸须状，表示"大老爷"；以食指点鼻，表示"乡下人"。玩时先由两人一齐拍手三下，然后各做一种手势。若一人以食指点鼻，一人以手加口，叫作"乡下人怕大老爷"，后者胜。其余两句口诀是"大老爷怕洋鬼子""洋鬼子怕乡下人"。乡下人就是农民，大老爷就是县长，洋鬼子当然就是外国人。这三句口诀似乎是前时代——《官场现形记》或《二十年目睹之怪现状》的时代——遗留下来的，但是儿童们至今只管沿用着。听说儿童是预言者，童谣能够左右天下大势。或许他们的话不会错，现在社会还是这般，或者未来的社会要做到这般。

近来看见儿童间流行着一种很可笑的徒手游戏，也是用手和五官为游戏工具的，但方法比前者巧妙。例如一人问："眉毛在哪里？"另一人立刻伸手指着自己的鼻头道："耳朵在这里。"一个人问："眼睛在哪里？"另一人立刻伸手指着自己的耳朵答道："嘴巴在这里。"……诸如此类，凡所指非所答、所答非所问的，才算不错。详言之，这游戏的规则是须得所问、所指、所答三者各不相同，方为得胜。若有关连，反而认为错误而为输的。这游戏的滑稽味即因此而生。顽皮的孩子都会随机应变地做这种是非颠倒的玩意儿。正直的孩子玩时便常常要输，他们不能口是心非，不会假痴假呆。有时只学会了动作的虚伪，例如你问他："鼻头在哪里？"他便指着耳朵回答你说"鼻头在这里"，便是半错。有时只学会了言语的虚伪，例如你问他：

"眼睛在哪里?"他指着眼睛回答你说"耳朵在这里",也是半错。最正直的孩子,一点也不会虚伪。你问他:"耳朵在哪里?"他老老实实地指着耳朵回答你说"耳朵在这里",那便是大错,而且大输了。我看到这种游戏愈加相信儿童是预言者,儿童的游戏有左右天下大势之力。现今的世间的是非,正像这游戏中所示;未来的世间的是非,也许可以完全同这游戏中的一样。

上述数种游戏都是用口和手指为工具的。还有仅用手的动作的游戏与仅用口说话的游戏,更加简单。有一种互相打手心的游戏叫作"拍荞麦"。其法:二人相对同声拍手三下,作为拍子快慢的标准。第四下即由二人各出右手互相一拍,第五下各自拍手,第六下二人各出左手相互一拍,余例推。总之,其方法是自拍一下,交拍而一下,相拍而进行,"劈啪,劈啪"之声继续响下去,没有限制。谁的手心拍得痛了,宣告罢休,便是谁输。大家怕输而好胜,就大家不惜手掌,拼命地互相殴打,直到手掌拍得红肿而麻木了,方始罢休。孩子们的被私塾先生或小学教师打手心,好像已经上了瘾,不被打是难过的。所以在放学之后或者假期之中,没得被先生打必须自己互相打一会手心来过过瘾。而且这种瘾头,到他们年纪长大时恐怕也不会断绝。有许多大人们欢喜被虐待,不受人虐待时便难过,他们也常在自己找寻方法来过被虐待狂的瘾,不过不取"拍荞麦"的形式罢了。不用手而仅用口的游戏法,如唱歌、猜谜等皆是。然而唱歌需要练习,猜谜需要智力,在很小的孩子们嫌其程度太高。他们另有种种更简易的言语游戏法,像"夺三十"便是其一例。夺三十者，是两人竞夺一月的末日——三十日——的一种游戏。每人轮流说日子的名目，以一日或两日为限。譬如甲儿说"初一初二"，乙儿便接上去说"初三"；甲儿再说"初四"，乙儿又说"初五初六"。总之，说一日或二日随便，但不能说三日或以上。说到后来，谁夺得"三十"，便是谁胜。大人们看来，在这游戏中得胜是很容易的，只要捉住三的倍数，最后的一日总是归到你。换言之，开始说的人总吃亏，他说一日，你接上两日去，他说两日，你接上一日去。这样，三的倍数常轮到你手里，"三十"总是被你夺得了。但是很小的孩子，都不解这秘诀，两人都盲从地说下去，偶然夺到"三十"的孩子便自以为强。在旁看他的大人们觉得浅薄可笑。等到其中一人夺到了"三十"而表示十分得意的时候，大人便插进去叫道："三十一！月底被我夺到了！"便表示十二分得意。"夺三十"原是阴历时代旧有的游戏法，以三十为月底最后的一日。现在虽改用阳历为国历，但乡村的儿童还是沿用着旧有的游戏法，不知道一月有三十一日。世间原有种新时代的游戏，然都需要很复杂的设备，很高价的玩具，只有都市的富家子弟有福消受，乡村的小儿是享用不着的。穷乡僻处的儿童，从他们的老祖母那里学得些过去时代的极简单的徒口游戏法，也可聊以消解长夏的"没心相"了。

倘然不是徒手徒口，而能得到一种极简单的物件，怕"闲"的人们便会想出更巧妙的种种游戏法来。譬如夏天，几个"没心相"的儿童会集在一块，而大家手中拿着折扇的时候，他们便会把折扇当作玩具的代用品。男孩子大都欢喜模仿卖艺者的手技，把折扇抛起来，叫它在空中翻几个筋斗，仍旧落入手中。这就可以比赛胜负。例如：定三十个筋斗为满额，然后各人顺次轮流地抛扇子，计算筋斗的和数，先满三十者为胜。倘然落地一次，以前所积的筋斗全部作废，须得重新积受起来。这种玩法有江湖气和赌博气，女孩子就不大欢喜弄。她们夺到扇子，自有一种较文雅的玩法，便是数扇骨。她们想出四个字，叫作"偷买拾送"。把扇骨一根一根地依照这四个字数下去，数到末脚一根扇骨倘是"偷"字，便认定这扇子是偷来的，而和这扇的所有者相揶揄。余例推。有的人又加三个字，合成七字——"偷买拾送抢骗讨"，玩时花样更多。倘某人的扇子的骨数到"抢"字上完结，余人就都叫她"强盗"！

几个"没心相"的人倘会坐在桌旁，就可利用桌子为玩具而做"拍七"的游戏。这是大人们也常弄的玩意儿。但年长的孩子们玩起来兴味更高。玩法：六七个人空手围坐在桌旁，其中一个人叫"一"，其邻席的人接着叫"二"，以下顺次周流地叫下去，轮到"七"却不准叫，须得用手在桌缘的上面拍一下，以代替叫。他拍过之后，以下的人接着叫"八""九"……到了"十四"又不准叫，须得用手在桌缘的下面向上拍一下，以代替叫。即前者"七"称为"明七"，须在桌缘上面拍；后者"十四"称为"暗七"，须在桌缘下面拍。以后凡"十七""廿七"等皆是明七，轮到的人皆须向桌缘上面拍；"廿一""廿八""卅五"等皆是暗七，轮到的人皆须向桌缘下面拍。倘然不小心，轮到暗七时叫了一声，其人便输。大人们以此赌酒，孩子们以此赌手心——叫错拍错的人都得被打手心。但这玩法需要智力，没有学过算学的很小的孩子都不会玩，须得稍大的小学生方有玩的能力。且玩时叫的数目有限制，大概到七十为满。七十以上的暗七为九九表所不载，大人们玩起来也觉太吃力了。曾经有一位算学先生大奖励这个玩法，令儿童常常玩习，并且依此例推，添造出"拍八""拍九"等同类的玩法来教他们做，说这是可以辅助算学功课的。但是说也奇怪，被他这样一提倡，孩子们反而不欢喜玩，当作一种功课而勉强地实行了。

孩子们"没心相"起来，虽在废墟中，也能利用瓦砖为玩具而开始游戏。他们拾七粒小砖瓦，向阶沿石上磨一磨光，做成七只棋子的模样，便以阶沿石为游戏场而"投七"了。投七之法，先由一人用右手将七粒砖头随意撒散在阶沿上，然后选取其中一粒向上抛起，趁这空的机会向下摸取另一粒砖头，然而回过手来，接取上面落下来的那一粒，手中就拿着两粒砖头了。再把其中一粒向上抛起，乘机向下摸取一粒，回过手来接了上面落下来的一粒，于是手中就拿着三粒砖头了。这样抛过六次之后，七粒砖头全部都在手。以上算是一番辛苦的工作，以后便是收获了。但收获不是完全享乐，仍须得费些力气来背出斤数来，即将七粒砖头从手心里全都抛起，立刻翻转手背来接，接住几粒，便是收获几斤。孩子们的手背是凸起的，大都不会全部接住，四斤、五斤已算是丰收了。一人收获之后，把七粒砖头交与第二人，由他照样工作且收获。游戏者二人、三人、四人都可。预先议定三十斤为满，则轮流玩下去，先满三十斤的便是得胜。但规则很严：在工作中，倘接不住落下来的粒子，或在取子时带动了旁的粒子，其工作就失败，须得半途停工，把工具让给别人；而且以前收获所积蓄的斤数全部"烂光"，烂光就是作废的意思。倘然满额的斤数定得很高，例如五十斤为满、一百斤为满，这玩的工作就非常严重。到了功亏一篑的时候尤加紧张。一不小心，就要遭逢"前功尽去"的不幸。其工作法也有种种，如上所述，一粒一粒地摸进手里去，是最简易的一法。更进步的，叫作"么二三"，就是第一次抛时摸取一粒，第二次抛时要摸取二粒，第三次抛时要摸取三粒。在这时候，撒子及出子都要考虑。撒子时不可撒得太疏，亦不可撒得太密。太疏了，同时摸两粒、三粒不易摸得到手；太密了，摸时容易带动旁的粒子。出子时得考虑其余六子的位置，务使其余六子分作相当隔远的三堆，一粒做一堆，二粒做一堆，三粒做一堆，然后摸时可得便利。倘使撒得不巧，出得不宜，玩这"么二三"时摸子就容易失败，少摸一粒，多摸一粒，或带动了旁的粒子，就前功尽去了。所以孩子们玩时个个抖擞精神，个个汗流满面，一切的"没心相"全被这手技竞争的兴味所打消了。

近来大旱，河底向天，农人无处踏水，对秋收已经绝望，生活反而空闲了。孩子们本来只要相帮大人刈草、送饭，现在竟一无所事了。但春间收下来的蚕豆没有吃完，一时还不会饿死。在这坐以待毙的时期，笑也不成，哭也没用；只是这些悠长如小年的日子无法过去，"没心相"之苦真难禁受，就有种种简单的游戏发现在日暮途穷的乡村间。这好比囚徒已经被判死刑，而刑期未到，与其在牢中哭泣，还不如大家寻些笑乐吧。都会里用自来水的人闻知乡间大旱，在其同情的想象中，大约以为农家的人一天到晚在那里号哭或饿死了。其实不尽然，号哭的、饿死的固然有，但闲着、笑着、玩着而待毙的也还不少。这种闲玩笑乐虽然悲惨，然其救治人的"没心相"，未始不是生活的一种慰藉。昔人云"诗文字画，皆丰岁之珍，饥年之粟"，各种闲玩笑乐便是乡人们的诗文字画。这在丰岁是珍，在饥年是疗"闲"的粟。

廿三年八月十五日①

---

①本书所选文章，篇末如有中文数字（均为民国原书所载），系指中国历法年月日，如此处即指民国廿三年（公历1934年）八月十五日；如为阿拉伯数字，则指公历年月日。特此说明，以后不再为此加注。——编者注。

梁启超（1873—1929），字卓如，号任公、饮冰室主人。广东新会人。20世纪初中国新旧交替时代著名政治活动家、启蒙思想家、教育家、史学家和文学家，戊戌变法领袖之一，民国初年清华大学国学院四大导师之一。梁启超学术研究涉猎广泛，在哲学、文学、史学、经学、法学、伦理学、宗教学等领域均有建树，以史学研究成就最大，被公认为中国近代史上百科全书式的人物；其著作后被合编为《饮冰室合集》。

无聊消遣

梁启超

现时交际社会上有几句最通行的谈话，彼此见面，多半问道："近来作何消遣？"那答话的多半谈道："无聊得很！不过随便做做某样某样的玩意儿混日子罢了。"这几句话，外面看来，像没什么大罪恶，哪里知道这便是亡国灭种的根源。这种流行病，一个人染着，这个人便算完了；全国人染着，这国家便算完了。

天下最可宝贵的物件，无过于时间。因为别的物件总可以失而复得，唯有时间，过了一秒即失去一秒，过了一分即失去一分，过了一刻即失去一刻，失去之后是永远不能恢复的。任凭你有多少权力，也不能堵着它不叫它过去；任凭你有多大金钱，也不能买它转来。所以古人讲的惜寸阴惜分阴，这并不是说来好听，他实在觉得天下可爱惜之物，没有能够比上这件的，所以拼命地一丝一毫不肯轻轻放过。

近来世界上发明许多科学，论它的作用，不过替人类节省时间的耗费，增大时间的效力。从前两三点钟才能办结的事，现在一点半点钟便可办结，因此尚可以将剩下的时间腾出来拿去又干别的事业。所以现在的人，一日抵得过古人两三日的用处，一年抵得过古人两三年的用处，所以一世人能做古人两三世的事业。现在文明进步，一日千里，这便是一个最大关键。

我国因为科学不发达，没有种种节省时间的器具，就是我们比人家加一倍勤劳，也只好以一世人当得人家半世便了。却是人家一日当得两三日用的还嫌不够，兢兢业业地一分一秒不敢糟蹋；我们两三日只当得一日用的，倒反觉得把它无可奈何，单只想个方法来消了它遣了它。咳！哪里想到天地间一种无价至宝，一落到我中国人手里，便一钱不值到这步田地。咳！可痛！可怜！

《论语》说的有两段话。一段是："饱食终日，无所用心，难矣哉！"一段是："群居终日，言不及义，好行小慧，难矣哉！"孔子教人，向来没有说过一个"难"字，单单对着这种人，一回说"难矣哉"，两回说"难矣哉"，可见这种人真是自外生成，便是孔圣人也对他无法可施的了。

《大学》说道："小人闲居为不善，无所不至。"王阳明解说道："闲居时有何不善可为？只有一样懒散精神，漫无着落，便是万恶渊薮，便是小人无忌惮处。"就此看来，这种无聊咧，消遣咧，别看是一种不相干的话头，须知种种堕落，种种罪恶，都要从这里发生了。

一个人这样懒懒散散，这一个人便没了前途；全国人这样懒懒散散，这个国家、这个种族便没了前途。三十年前有游历朝鲜的人做的笔记，说道："朝鲜人每日起来，个个都是托着一壶茶，衔着一根长烟袋，坐在树下歇凉，望过去像神仙中人。就这一点，便是朝鲜亡国灭种的根子。"咄！中国人好的不学，倒要跟着朝鲜人学。我看见现在号称上中流社会的一班人，学他们倒越学越像了！既已如此，我们国家的将来，种族的将来，那朝鲜人就是个榜样。这因果一定的法则，还可逃避吗？顾亭林说："天下兴亡，匹夫有责。"须知这两句话并不是教人个个去出风头，做志士，做伟人，才算负责；就只我们日用起居平淡无奇的勾当，不是向兴国方面加一分力，便是向亡国方面加一分力。你道亡朝鲜的罪专在李完用等几个人身上吗？据我说，朝鲜几千万人没有一个脱得了干系。因为世界没有能在懒惰中生存的人类，没有能在懒惰中生存的国民。现在朝鲜是亡过了，恐怕世界上第一等懒惰国民要算我中国了，第一等懒惰人类要算我中国内号称上中流社会的人了。我想中国别的危险还容易救，就是这上中流社会一种无聊懒散的流行病，真真是亡国铁券，教我越想越心寒啊！

读我这篇文章的人或者说道："我实是无聊，所以要消遣。汝有什么方法叫我有聊呢？"这个我可以简单直截回他一句话："汝的无聊，是汝自己招的，汝要无聊，谁亦不能呼汝有聊。汝自己不要无聊，那么多少年无聊种子就立刻消灭净尽了。汝若

是真真自己不要无聊，还请将我前次所问'人生目的何在'这
一句话细细参来。"

朱光潜（1897—1986），字孟实。安徽桐城人。现代著名美学家、文艺理论家、教育家和翻译家。先在香港大学学习，后留学英国、法国和德国，获文学硕士、博士学位。1933年回国后，先后在北京大学、四川大学、武汉大学任教。朱光潜是继王国维之后的一代美学宗师，对中西文化研究有很高的造诣，所著《悲剧心理学》《文艺心理学》等具有开创性意义。

谈消遣

朱光潜

身和心的活动都有有节奏的周期，这周期的长短随各人的体质和物质环境而有差异。在周期限度之内，工作有它的效果，也有它的快慰。过了周期限度，工作就必产生疲劳，不但没有效果，而且成为苦痛。到了疲劳，就必定有休息，才能恢复工作的效果。这道理极浅，无用深谈。休息的方式甚多，最理想而亦最普遍的是睡眠。在睡眠中，生理的功能可以循极自然的节奏进行，各种筋肉虽仍在活动，却不需要紧张的注意力，也没有工作情境需要所加的压迫，它的动作是自由的、自然的、不费力的、倾向弛懈的。一个人如果每天在工作疲劳之后能得到充分时间的熟睡，比任何养生家的秘诀都灵验。午睡尤其有效。午睡醒了，午后又变成了清晨，一日之中就有两度的朝气。西方有些中小学里，时间表内有午睡的规定，那是很合理的。

我国的理学家和各派宗教家于睡眠之外练习静坐。静坐可以使心境空灵，生理功能得到人为的调节，功用有时比睡眠更大。但是初习静坐需要注意力的控制，有几分不自然，不易成为恒久的习惯，而且在近代生活状况之下，静坐的条件不易具备，所以它不能很普遍。

睡眠与静坐都不能算是完全的休息，因为许多生理的功能照旧在进行。严格地说，生物在未死以前绝不能有完全的休息。有生气就必有活动，"活"与"动"是不可分的。劳而不息固然是苦，息而不劳尤其是苦。生机需要修养，也需要发泄。生机旺而不泄，像春天的草木萌芽被砖石压着，或是把压力推开，冲吐出来，或是变成拳曲黄瘦，失去自然的形态。心理学家已经很明白地指示出来：许多心理的毛病都起于生机不得正当的发泄。从一般生物的生活者，精力的发泄往往同时就是精力的蓄养。人当少壮时期，精力最弥满，需要发泄也就愈强烈，愈发泄，精力也就愈充足。一个生气蓬勃的人必定有多方的兴趣，在每方面的活动都比常人活跃。一个人到了可以索然枯坐而不感觉不安时，他必定是一个行将就木的病夫或老者。如果他们在健康状态中，需要活动而不得活动，他必定感到愁苦、抑郁。人生最苦的事是疾病幽囚，因为在疾病幽囚中，他或是失去了精力，或是失去了发泄精力的自由。

精力的发泄有两种途径：一是正当工作；一是普通所谓消遣，包含各种游戏运动和娱乐在内。我们不能用全副精力去工作，因为同样的注意方向和同样的筋肉动作维持到相当的限度，必定产生疲劳。如上所述，人的身心构造是依据分工合作原理的。对于各种工作，我们都有相当的一套机器、一种才能和一副精力。比如说，要看有眼，要听有耳，要走有脚，要思想有头脑。我们运用眼的时候耳可以休息，运用脑的时候脚可以休息，所以在专用眼之后改着去用耳，或是在专用脑之后改着去用脚，我们虽然仍旧在活动，所用以活动的只是耳或脚，眼或脑就可以得到休息了。这种让一部分精力休息而另一部分精力活动的办法在西文中叫作 Diversion，可惜在中文里没有恰当的译名。这也足见我们没有注意到它的重要。它的意义是"转向"，工作方面的"换口味"，精力的侧出旁击。我们已经说过，生物不能有完全的休息，普通所谓休息，除睡眠以外，大半是 Diversion，这种"换口味"的办法对于停止的活动是精力的蓄养，对于正在进行的另一活动是精力的发泄。它好比打仗，一部分兵力上前线，另一部分兵力留在后面预备补充。全体的兵力都上了前线，难乎为继；全体的兵力都在后方按兵不动，过久也会疲老无用，仗自然更打不起来。更番瓜代乃是精力的最经济、最合理的支配，无论是在军事方面或是在普通生活方面。

更番瓜代有种种方式。普通读书人用脑的机会比较多，最好常在用脑之后做一番筋肉活动，如散步、打球、栽花、做手工之类，一方面可以使脑得休息而消除疲劳，一方面也可以破除同一工作的单调，不致发生厌闷。卢梭谈教育，主张学生多习手工，这不但因为手工有它的特殊的教育功效，也因为用手对于用脑是一种调节。大哲学家斯宾洛莎①于研究哲学之外，操磨镜的职业，这固然是为着生活，实在也很合理，因为两种性质相差很远的工作互相更换，互为上文所说的 Diversion，对于心身都有好影响。就生活理想说，劳心与劳力应该具备于一身，劳力的人绝对不劳心固然变成机械，劳心的人绝对不劳力也难免文弱干枯。现在劳心与劳力成为两种相对峙的阶级，这固然是历史与社会环境所造成的事实，但是我们应该不要忘记它并不甚合理。在可能范围之内，我们应该求心与力的活动能调节适中。我个人很羡慕中世纪欧洲僧院的生活，他们一方面诵经、抄书、画画，而且做很精深的哲学研究，一方面种地、砍柴、酿酒、织布。我尝想到我们的学校在这个经济凋瘵之际为什么不想一个自给自足的办法，有系统、有计划地采行半工半读制？这不仅是从经济着眼，就从教育着眼，这也是一种当务之急。大部分学生来自田间，将来纵不全数回到田间，也要走进工厂或公务机关，如果在学校里只养成少爷小姐的心习，全不懂民生疾苦，他们绝难担负现时代的艰巨责任。当然，本文所说的劳心与劳力的调剂也是一个重要的理由。

不同性质的工作更番瓜代，固可以收到调剂和休息的效用，可是一个人不能时时刻刻都在工作，事实上没有这种需要，而且劳苦过度，工作也变成一种苦事，不能有很高的效率。我们有时须完全放弃工作，做一点无所为而为的活动，享受一点自

①今译斯宾诺莎（1632—1677）。——编者注。

由人的幸福。工作都有所为而为，带有实用目的；无所为而为，不带实用目的的活动，都可以算作消遣。我们说"消遣"，意谓"混去时光"，含义实在不很好；西方人说"转向"（Diversion），意谓"把精力朝另一方面去用"，它和工作同称为 Occupation，比较可以见出消遣的用处。所谓 Occupation，无恰当中译词，似包含"占领"和"寄托"二义。在工作和消遣时，都有一件事物"占领"着我们的身心，而我们的身心也就"寄托"在那一件事物里面。身心寄托在那里，精力也就发泄在那里。拉丁文有一句俗语说："自然厌恶空虚。"这句话近代科学仍奉为至理名言。在物理方面，真空固不易维持，一有空隙，就有物来占领；在心理方面，真空虽是一部宗教家（如禅宗）的理想，在实际上也是反乎自然而为自然所厌恶。我们都不愿意生活中有空隙，都愿常有事物"占领"着身心，没有事做时须找事做，不愿做事时也不甘心闲着，必须找一点玩意儿来消遣，否则便觉得厌闷苦恼。闲惯了，闷惯了，人就变得干枯无生气。

消遣就是娱乐，无可消遣当然就是苦闷。世间欢喜消遣的人，无论他们的嗜好如何不同，都有一个共同点，就是他们必都有强旺的生活力，运动家和艺术家如此，嫖客、赌徒乃至于烟鬼也是如此。他们的生活力强旺，发泄的需要也就跟着急迫。他们所不同者只在发泄的方式。这有如大水，可以灌田、发电或推动机器，也可以泛滥横流，淹毙人畜草木。同是强旺的生活力，用在运动可以健身，用在艺术可以怡情养性，用在吃喝嫖赌就可以劳民伤财，为非作歹。"浪子回头是个宝"，也就是这个道理。所以消遣看来虽似末节，却与民族性格、国家风纪都有密切联系。一个民族兴盛时有一种消遣方式，颓废时又另有一种消遣方式。古希腊、罗马在强盛时，人民都欢喜运动、看戏、参加集会，到颓废时才有些骄奢淫逸的玩意儿，如玩娈童、看人兽斗之类。近代条顿民族多欢喜户外运动，而拉丁民族则多消磨时光于咖啡馆与跳舞厅。我国古代民族娱乐花样本极多，如音乐、跳舞、驰马、试剑、打猎、钓鱼、斗鸡、走狗等等都含有艺术意味或运动意味。后来士大夫阶级偏嗜琴棋书画，虽仍高雅，已微嫌侧重艺术，带有几分"颓废"色彩。近来"民族形式"的消遣似只有打麻将、坐茶馆、吃馆子、逛窑子几种。对于这些玩意儿不感兴趣的人们除着做苦工之外，就只有索然枯坐，不能在生活中领略到一点乐趣。我经过几个大学和中学，看见大部分教员和学生终年没有一点消遣，大家都喊着苦闷，可是大家都不肯出点力把生活略加改善，提倡一些高级趣味的娱乐来排遣闲散时光。从消遣一点看，我们可以窥见民族生命力的低降。这是一个很危险的现象。它的原因在一般人不明了消遣的功用，把它太看轻了。

其实这事并不能看轻。柏拉图计划理想国的政治，主张消遣娱乐都由国法规定。儒家标六艺之教，其中礼、乐、射、御四项都带有消遣娱乐意味，只书、数两项才是工作。孔子谈修养，"居于仁"之后即继以"游于艺"。这足见中西哲人都把消遣娱乐看得很重。梁任公先生有一文讲演消遣，可惜原文不在手边，记得大意是反对消遣浪费时光。他大概有见于近来我国一般消遣方式趣味太低级。但是我们不能因噎废食，精力必须发泄，不发泄于有益身心的运动和艺术，便须发泄于有害身心的打牌、抽烟、喝酒、逛窑子。我们要弃绝有害身心的消遣方式，必须先提倡有益身心的消遣方式。比如水势须决堤泛滥，你不愿它决诸东方，就必须让它决诸西方，这是有心政治与教育的人们所应趁早注意设法的。要复兴民族，固然有许多大事要做，可是改善民众消遣娱乐，也未见得就是小事。

（《谈修养》）

梁遇春（1906—1932），民国散文家、语言学家。1918年秋考入福建省立第一中学（今福州第一中学）。1922年入北京大学预科，1924年进入北京大学英文系学习，1928年毕业；因成绩优秀，留系里任助教，后随温源宁教授赴上海暨南大学任教。1930年又与温源宁同返北大，在北京大学图书馆负责管理北大英文系的图书，兼任助教。其散文风格另辟蹊径，兼有中西方文化特色，绝大部分集成《春醪集》和《泪与笑》出版。其译著多达二三十种。

滑稽和愁闷

梁遇春

整天笑嘻嘻的人是不会讲什么笑话的，就是偶然讲句把，也是那不会引人捧腹、值不得传述的陈旧笑谈。这的确是上帝公平的地方。一个人既然满脸春风，两窝酒靥老挂在颊边，为社会增不少融融泄泄的气象，又要他妙口生莲，吐出轻妙的诙谐，这未免太苦人所难了，所以上帝体贴他们，把诙谐这工作放在那班愁闷人肩上，让笑嘻嘻的先生光是笑嘻嘻而已。那班愁闷的人们不论日夜，总是口里喃喃，心里郁郁，给世界一种倒霉的空气，自然也该说几句叫人听着会捧腹的话，或者轻轻地吐出几句妙语，使人们嘴角微微地笑起来，以便将功折罪，抵消他们脸上的神情所给人的阴惨的印象。因此，古往今来世上大诙谐家都是万分愁闷的人。

英国从前有个很出名的丑角，他的名字我不幸忘记了，就把他叫作密斯忒X吧。密斯忒X平常总是无缘无故地颦眉蹙额，他自己也是莫名其妙,不过每日老是心中一团不高兴。他弄得自己没有法子办,跑到内科医生那里问有什么医法没有。那内科医生诊察了半天,最后对他说:"我劝你常去看那丑角密斯忒X 的戏,看了几回之后,我包管你会好。"密斯忒 X 听了这话,啼也不好,笑也不好,只得低着头走出诊察室。

听说做《淘金记》和《马戏》的贾波林①也是很忧郁的,这是必然的,否则,他绝不能够演出那趣味深长的滑稽剧。英国十九世纪浪漫派诗人 Coleridge② 曾说:"我是以眼泪来换人们的笑容。"他是个谈锋极好的人,每天晚上滔滔不绝地讨论玄学、诗体以及其他一切的问题,他说话又深刻又清楚,无论谁都会忘了疲倦,整夜坐在旁边听他娓娓地清谈。他虽然能够给人们这么多快乐,他自己的心境却常是枯燥烦恼到了极点。写《心爱的猫儿溺死在金鱼缸里》和《痴汉骑马歌》的 Gray③ 和 Cowper④ 也都是愁闷之神的牺牲者。Cowper 后来愁闷得疯死了,Gray 也是几乎没有一封信不是说愁说恨的。晋朝人讲究谈吐,喜欢诙谐,可是晋朝人最爱讲达观,达观不过是愁闷不堪、无可奈何时的解嘲说法。杀犯当临刑时节,常常唱出滑稽的歌曲。人们失望到不能再失望了,就咬着牙齿无端地狂笑,觉得天下什么事情都是好笑的。这些事都可以证明滑稽和愁闷的确有很

①今译卓别林(1889—1977)。——编者注。
②今译柯勒律治。——编者注。
③今译格雷(1716—1771),英国诗人。——编者注。
④今译库伯(1731—1800),英国诗人。——编者注。

大的关系。

　　诙谐是由于看出事情的矛盾。萧伯纳说过，"天下充满了矛盾的事情，只是我们没有去思索，所以看不见了"。普通人，尤其那笑嘻嘻的人们与物无忤地天天过去，无忧无虑，无欢无喜，他们没有把天下事情放在口里咀嚼一番，所以也不知道到底是什么味道，草草一生就算了。只有那般愁闷的人们，无往而自得，好像上帝和全人类联盟起来和他捣乱似的。他背着手含着眼泪走遍四方，只觉到处都是灰色的。他免不了拼命地思索，神游物外地观察，来遣闷消愁。哈哈！他看出世上一切物事的矛盾，他抿着嘴唇微笑，写出那趣味隽永的滑稽文章，用古怪笔墨把地上的矛盾穷形尽相地描写出来。我们读了他们的文章，看出埋伏在宇宙里的大矛盾，一面感到洞明了事实真相的痛快，一面也只得无可奈何地笑起来了。没有那深深的烦闷，他们绝不能瞧到这许多很显明的矛盾事情，也绝不会得到诙谐的情绪和沁人心脾的滑稽词句。滑稽和愁闷居然有因果的关系，这个大矛盾也值得愁闷人们的思索。

　　因为诙谐是从对于事情取种怀疑态度，然后看出矛盾来，所以怀疑主义者多半是用诙谐的风格来行文，因为他承认矛盾是宇宙的根本原理。服尔德（Voltaire）① 同 Montaigne② 和当代的法朗士、罗素的书里都有无限滑稽的情绪。

---

①今译伏尔泰（1694—1778）。——编者注。
②今译蒙田（1533—1592），法国作家。——编者注。

  法国的戏剧家 Beaumarchais① 说："我不得不老是狂笑着，怕的是笑声一停，我就会哭起来了。"这或者也是愁闷人所以滑稽的原因。

---

  ①今译博马舍（1732—1799），法国作家。——编者注。

陶菊隐（1898—1989），民国时期著名记者和编辑，与张季鸾并称中国报界"双杰"。早年就读长沙明德中学，1912 年 14 岁便在长沙《女权日报》当编辑，不久又任《湖南民报》编辑，撰写时事述评。1927 年任《武汉民报》代理总编辑兼上海《新闻报》驻汉口记者，其间还为《申报》《大公报》撰写通讯。1928 年任《新闻报》战地记者，随国民军报道"二次北伐"。1941 年上海"孤岛"沦陷后，主要从事中国近现代史研究。

吃的经验

陶菊隐

　　西菜是最摩登的吃，一般欧化朋友几有非西菜不饱之势，尊之为大菜，而对本国菜则自谦曰小菜。但是我吃起西菜来有头昏脑涨之苦。我不仅不喜吃西菜，同时对于驰誉全国的川菜、粤菜也觉不过尔尔，我认为最好吃而又最经济莫过于湖南菜。我是湖南人，因此有人调侃我道："子诚湘人也，知有湘菜而已矣！"

　　我有一位同乡，从前我每次从远道来会他，他必定留我吃一顿家常便饭。他说他的菜做得很考究，但是吃起来却也平常，不过是湖南菜而已。他是一位有名的经济家，只把腊肉、炒鸡蛋为待客珍品。湖南腊肉之特长是用慢性烟火熏得极久极黑，其味之美远过于四川腊肉、广东腊肉。但湖南腊肉之中以乡下所制的为上品，城市内所制者次之；至于南京、上海、汉口等处湘人家中所制之湖南腊肉（除开由湖南带来者外），则有其名而无其实，不足以快老饕之朵颐。同是湖南人所制腊肉，何以城乡悬殊而省内外又有天渊之别呢？这因为湖南猪是用谷米喂大的，所以湖南猪肉之美为他省所不及。至于熏腊肉的方法，旅居外省的湖南人没有乡间的大灶而燃谷壳（即糠）使之冒出浓烟来，把腊肉放在上面，这是一种急熏，肉的外层饱受烟气而不适口；至于湖南乡间的慢熏法，把腊肉挂在大灶上，灶是烧柴火的，一连熏上好些日子。人而不吃此肉，可谓虚生此口了。

湖南人对于鸡蛋有种种制法，有所谓蒸蛋、煎蛋饼、荷包蛋、醋炒蛋之别。即以寻常炒蛋而论，炒得极嫩，但又炒得极熟，比之北方所谓炒黄菜实在高明。我那位同乡以这两样珍品款待我，所以我每食四大碗，甚至把甑底余饭刮得干干净净还嫌不够，逼得同乡向邻家借饭来充实我的肠胃。

当我才走进门，同乡就马上放大了喉咙吩咐他的当差道："有客来，添菜。"别人听了这话，以为所添者必甚丰，不料是这两样极寻常的菜。但我毫不客气地狼吞虎咽起来。我对于我的肠胃不能不特别表彰一下：我以为一个人害胃病最痛苦，因为饮食是人生之一乐，人类离开了饮食不能生存，但是患胃病者以吃饭为苦，而又不能不吃，每天吃三顿饭无异于受苦三次，岂不是糟糕透顶？我生平不知道胃病是怎样的害法，我能够指挥我自己的胃，隔一天不吃不觉饿，一天吃三顿或四顿也不觉饱。我和许多友人们旅行的时候，友人们常常嚷着饥饿，我绝未嚷过一声；但把饭菜开上桌来，嚷饿的友人吃了一碗半碗就够了，我却吃得最多而又津津有味。假使说这是一种胃呆症，我希望人人都得这种胃呆症，免得有"饿又饿得快，吃又吃不下"的痛苦。

我喜吃硬饭（同时好饮酽茶），饭粒硬得像铁子一样吃起来总觉称心满意，不要说稀饭，就是烂饭也是我所厌恶的。我觉得军队或学校中所煮的硬饭最为合式。大凡普通人吃起饭来（除却苦力以外）必须细细咀嚼，越咀嚼得慢越适合卫生学，每顿饭至少要吃十五分钟乃至二十分钟。我呢，既吃得多，又吃得快，年少时同学加我以"十碗先生"及"快饭桶"之雅号。提起"十碗先生"，我又记起一件伤心的事：二十六七年前，我在××中学念书，新来一位国文教员汪根甲出了个"自传"的作文题目，命学生各人替自己做篇小传。我提起笔来写了一篇《十碗先生传》，在我是自身写照，毫无其他用意，并且自己责备自己"交九尺四寸以长，食粟而已"。不料汪先生也是一位头号饭桶，他疑心我在调侃他。下了课堂后，忽然教务长传我听训。

"你可以自动宣告退学吧！不则，我将予以开除处分。"这位岸然道貌的教务长劈头给我打了个焦雷。

"我犯了什么过失？"教务长严厉的面容使我的心弦上飕地着了一根箭。

"你犯了不敬师长的过失。"教务长脸上更罩着一重严霜。

"不敬师长？我得罪了谁？"

"你自己做的事，还要我说！"

"但是——我没有什么过失，请你调查清楚吧。"我带着凄婉地恳求，那时我的父母远离乡井，而且我在这学期就要毕业。

"不行！"教务长脸上微露出一线曙光，不到一秒钟又被浓雾掩住了，"我不能因为通融一个学生而失掉一位良师：你所得罪了的先生说，假如不开除你，他就辞职不干。"

"究竟我在什么问题上得罪了他呢？"

"我不知道，他也不肯说。大概你自己是知道的吧？"

"有没有解释的余地呢？"

"没有！同时我没有继续和你谈话的时间。"

为了莫明其妙的缘故，为了老师无名之一怒，而使一个诚笃有为、毕业在即、家庭远离、无人照管的学生噙着一包眼泪退学而度流浪生活。但是——世界上误会的事正多着呢，因误会而杀头，因误会而灭族，历史上书不胜书，仅仅因误会而退学犹其小焉者耳。

举出这笔陈账，似乎离题太远，但我对于吃饭是有乐无苦的，因吃饭而受苦只有这一次。随后同学们告诉我，我得罪老师的原因是不应嘲笑他是饭桶，这件冤案使我呼吁无门。那时汪先生是善于逢迎学生的一位红教员，身兼若干校国文教员的职务，差不多每个有名誉有历史的学校都以请他为国文教员为不可少的条件。随后我投考甲校，甲校是他看国文试卷，他强逼学校当局不要取录我，投考乙校也是一样。我因此在省内有好几年没有入学机会。

闲话少提，书归正传。等到我渐渐长大了后，我不由发出一种疑问来：就我个人而论，吃饭吃得多固不感觉饱胀，同时吃得少也不感觉不足，我为什么要吃得太多呢？我渐渐地自己抑制自己，起初每天吃两顿（废止朝食我是首先实行者），每顿吃五大碗，渐渐减为每顿四碗、三碗、两碗半，两碗半减无可减，现在每天只吃五碗了。除开饭以外不吃零碎食物，对于面粉、面包，除非不得已才吃，也不吃水果。医生说水果能助消化，但我的消化力用不着水果来帮助，所以无吃之必要。近来受了亲厚者的诱导，每天吃两个橘子虽已成了习惯，但我吃起来极不自然，极不足以引起兴趣，不过我觉得吃橘子是文明人类应尽之天职而已。

为了吃饭吃得太快，妻常常责备我："这样吃像个抬轿的赶车的。"这年头，抬轿赶车的都成了劳工神圣了，我就做一做神圣不妨。但我既受阉教，同时社会上还不大瞧得起这种神圣，所以我只得慢吃起来。可是我之所谓慢，比起别人来还是最快的：从前是"风卷残云"，现在不过改为"寻常快车"而已。

为了吃得快，又引出许多困难来。我有许多"显要"朋友常常和我同桌吃饭，他们之吃得慢是骇人听闻的，好像人类之贵贱以吃饭之快慢为准则，越是大富大贵的人，吃饭越吃得慢，非如此不足以表示其身份。因为他们吃得慢，所以他们进菜的方法是极有层次的，每隔半晌才进一菜。他们都劝我不要吃得太快："好菜还在后头呢！""不要像程咬金的三斧头。""吃完了有什么事等着去做？"但他们的好意反使我吃得不爽快，因为快是我的习惯，慢了反觉不舒服，因此，我极不愿和他们同桌吃饭以束缚我的吃饭自由。但是我在家里吃饭也没有充分自由，因为妻也是禁止我快吃的。为了这缘故，我常常独自呢喃着："人类常处于被压迫的地位，在外为长官（包括店员之于老板，工人之于雇主）所压迫，在家为妻所压迫。自由是与人类绝缘的，礼貌就是自由的大敌。所谓社会制裁，就是一种超法律的力量。"

我因喜吃湖南菜，曾一度博得"经济大家"的虚誉。一次在湖南菜馆（南京曲园）宴客，湖南菜价码甚廉，客人某君以为不敬，到处讥我是秀才人情，我因此悟到请客吃饭的哲学：所谓请客吃饭也者，仅系一种礼貌，不求菜好，不求配合客人口胃，只以花钱花得多为唯一表示敬意的方法。你们若不信，请看大人先生们之请客往往一食数十元至数百元，但主客多半直挺挺地坐着，停着不动，侍役们一碗碗陈上来，一碗碗撤下去，必如此主客才尽欢而散。我想，人类本来是一种崇尚虚伪的动物，所谓礼貌，即是人类蒙上的一件虚伪的外皮。单就请客而论，主人情愿多花钱，客人情愿直挺挺地坐着，必如此才尽欢而散，究竟欢呢还是不欢？

写到这里，我又记起无穷的笑话了：十年以前我在长沙的时候，有时一日所接请帖竟达七八份之多，大家所请的都不外乎这些客，我们东跑西跑，简直像红牌姑娘出堂差，除第一次赴宴时略吃一点而外，其余都是直挺挺地坐着不动，不仅毫无可乐，而且深以为苦。有人说听戏是拘留罚金（因这位先生根本不懂得听戏），赴宴是拘留罚坐，我对于后一说深表赞同。至于做主人的，比客人更感痛苦。明明请下午五点钟，非到八九点钟不能开席，这不是客人像医生一样故意绕圈子迟到以示自己身价之高贵，因赴宴地点太多，一时抽身不来。我因此想到一个人到了没饭吃的时候固然是痛苦，但在吃饭的机会太多而又不得不吃的时候也是一种痛苦，正应了"过犹不及"的理论。何以叫"不得不吃"呢？假使被请不到，主人认为不赏脸，这是一种不可忍受的侮辱；无论什么人绝不愿使向自己表示好感者感受这种侮辱，所以非去不可。

请客这件事，主客交受其困，但也有得到好处的：第一是饭店老板，第二是客人的车夫。每次请客，主人照例给车夫们酒饭钱，其代价四、六、八角至一元不等，往往车夫酒饭钱之所费与筵席费相差无几，甚至有称病不到的客人其车夫依旧找上门来领取酒饭钱。他们视为应得权利，毫不放松一步。不晓得近来这风气改变了没有。

南京的湖南馆以花牌楼之"曲园""长沙饭店"，碑亭巷之"湘蜀饭店"为较有名。"湘蜀饭店"名称来得较新颖，大概店主东觉得湘菜不足以资号召，外加一个"蜀"字以示"学贯中西，味兼湘蜀"之意，实际上是得湘而不能望蜀的。曲园主人据说曾充湖南革命先进龙八先生（研仙）的庖人，上次五中全会时某次长用曲园的厨子请了一次客，座有张副帅、梅兰芳等名人，副帅赞不绝口，曲园主人引为无上光荣，这是湘菜得登大雅之堂的第一次。

恭维湖南菜的北方人不止张副帅一个，我所晓得的还有一

位张志潭君。有一次，张路过南京，某君设宴为之洗尘，我叨
陪末座。张是精于烹调之学的，席间畅谈各省制菜法，他认为
湖南菜的制法确乎超过一切。他举出几样湖南菜如老姜煨鸡、
紫苏鲫鱼、清蒸水鱼之类。他又痛赞湖南厨子的小菜炒得极好，
普通炒小菜的方法不是炒得极烂便是半生不熟，唯有湖南厨子
炒得恰到好处，并举出湖南菜中之炒苋菜、炒竹叶菜，以证其
说。他真是湖南菜的知己，所举的湖南菜优点竟是湖南人所说
不出来的。其实湖南菜还有一种烧寒菌是无上美味。寒菌这样
东西产生于春、秋两季，以秋季所产者为最佳，湖南人呼之为
雁鹅菌。这种寒菌必须煮得极久，否则食之有时可以致死。这
样菜虽是素菜，却比一切荤菜还要鲜美。湖南人往往以菌下面，
吃菌面而死的每年都有，这是面馆生意太好煮得未久的缘故。
又有人把寒菌制成菌油，用罐头装起来，但菌子在沸油中煎得
太透，已失其本来美味（据闻苏州一带亦有之，名曰松菌，和
糖食之，其味尽失）。

　　大家都晓得北平正阳楼的羊肉好吃，但到过长沙的人无不
知李合盛的牛肉好吃。李合盛是一家极小的教门馆子，专卖牛
肉，有牛脑髓、牛百叶、牛肚、牛蹄筋、干牛肉、锅贴牛肉等，
其制法之精美令人百吃不厌，武昌青龙巷之谦记牛肉馆、南京
雨花台之马祥兴（为谭组庵①先生所赏）不可望其项背。"此味
只应湘上有，下江哪有几回尝?"我与该店主人无一面之识，绝

---

　　①即谭延闿（1880—1930），民国时期著名的军事家和书法家。——编者注。

非宣传过甚之谈。李合盛附近有所谓老李合盛、老老李合盛、真李合盛、真正李合盛等家都以卖牛肉为业，正如董同兴、老董同兴、老老董同兴一样。小商人缺乏创造精神，而以剽窃他人招牌为能事，说来可发一叹。

川菜、粤菜、北方菜在全国菜业甚至全世界菜业中有优越地位，而湖南菜则除武汉及南京两处外，踏破铁鞋无觅处。这是什么道理？有人说湖南菜爱用辣椒，不合外省人口胃，这一说是不能成立的：第一个理由，川菜不是也用辣椒吗？第二个理由更简便了，不吃辣椒不用辣椒就是。据我看，湘菜不普遍另有两种理由：第一，规模简陋，使人望而却步；第二，不懂宣传及招待法。我以为当兵打仗是湖南人的特长，做生意是湖南人的特短。湖南人硬干、实干、快干，虽暗合优秀国民的条件，但这三干在生意场中极不适用。

武汉与湖南距离甚近，南京是湖南人第二故乡，所以湖南馆在别处不能立足而在武汉及南京还可保其势力。

（《菊隐丛谭·闲话》）

夏丏尊（1886—1946），名铸，字勉旃，号闷庵，别号丏尊。浙江上虞人。著名文学家、教育家、出版家，新文学运动的先驱。1901年中秀才。1905年东渡日本留学，1907年辍学回国，先后在浙江、湖南、上海的几所学校任教。1930年与叶圣陶创办民国时期在莘莘学子中颇有口碑的《中学生》杂志。1933年与叶圣陶合著出版小说体裁语文学习读本《文心》，其后15年间再版达22次。1936年任《新少年》杂志社社长，同年被推为中国文艺家协会主席。

谈 吃

夏丏尊

说起新年的行事，第一件在我脑中浮起的是吃。回忆幼时一到冬季就日日盼望过年，等到过年将届就乐不可支，因为过年的时候，有种种乐趣，第一是吃的东西多。

中国人是全世界善吃的民族。普通人家，客人一到，男主人即上街办吃场，女主人即入厨罗酒浆，客人则坐在客堂里口嗑瓜子，耳听碗盏刀俎的声响，等候吃饭。吃完了饭，大事已毕，客人拔起步来说"叨扰"，主人说"没有什么好的待你"，有的还要苦留，"吃了点心去""吃了夜饭去"。

遇到婚丧，庆吊只是虚文，果腹倒是实在。排场大的大吃七日五日，小的大吃三日一日。早饭，午饭，点心，夜饭，夜点心，吃了一顿又一顿，吃得来不亦乐乎，真是酒可为池，肉可成林。

　　过年了，轮流吃年饭，送食物。新年了，彼此拜来拜去，讲吃局。端午要吃，中秋要吃，生日要吃，朋友相会要吃，相别要吃。只要取得出名词，就非吃不可，而且一吃就了事，此外不必有别的什么。

　　小孩子于三顿饭以外，每日好几次地向母亲讨铜板，买食吃。普通学生最大的消费不是学费，不是书籍费，乃是吃的用途。成人对于父母的孝敬，重要的就是奉甘旨。中馈自古占着女子教育上的主要部分。"食不厌精，脍不厌细"，"沽酒市脯"，"割不正"，圣人不吃。梨子蒸得味道不好，贤人就可以出妻。家里的老婆如果弄得出好菜，就可以骄人。古来许多名士至于费尽苦心，别出心裁，考案出好几部特别的食谱来。

　　不但活着要吃，死了仍要吃。他民族的鬼只要香花就满足了，而中国的鬼依旧非吃不可。死后的饭碗也和活时的同样重要，或者还更重要。普通人为了死后的所谓"血食"，不辞广蓄姬妾，预置良田。道学家为了死后的冷猪肉，不辞假仁假义，拘束一世。朱竹垞①宁不吃冷猪肉，不肯从其诗集中删去《风怀二百韵》的艳诗，至今犹传为难得的美谈，足见冷猪肉牺牲不掉的人之多了。

　　不但人要吃，鬼要吃，神也要吃，甚至连没嘴巴的山川也要吃。有的要吃猪头，有的要吃全猪，有的是专吃羊的，有的

---

　　①即朱彝尊（1629—1709），一号竹垞。清代诗人、词人、学者和藏书家。——编者注。

是专吃牛的，各有各的胃口，各有各的嗜好，古典中大都详有规定，一查就可知道。较之于他民族的对神只做礼拜，似乎他民族的神极端唯心，中国的神倒是极端唯物的。

梅村的诗道"十家三酒店"，街市里最多的是食物铺。俗语说"开门七件事"，家庭中最麻烦的不是教育或是什么，乃是料理食物。学校里最难处置的不是程度如何提高，教授如何改进，乃是饭厅风潮。

俗语说得好，只有"两脚的爷娘不吃，四脚的眠床不吃"。中国人吃的范围之广，真可使他国人为之吃惊。中国人于世界普通的食物之外，还吃着他国人所不吃的珍馐，吃西瓜的实，吃鲨鱼的鳍，吃燕子的窠，吃狗，吃乌龟，吃狸猫，吃癞蛤蟆，吃癞头鼋，吃小老鼠，有的或竟至吃到小孩子的胞衣以及直接从人身上取得的东西。如果能够，怕连天上的月亮也要挖下来尝尝哩。

至于吃的方法，更是五花八门，有烤，有炖，有蒸，有卤，有炸，有烩，有酱，有炙，有熘，有炒，有拌，真正一言难尽。古来尽有许多做菜的名厨师，其名字都和名卿相一样煊赫地留在青史上。不，他们之中有的并升到高位，老老实实就是名卿相。如果中国有一件事可以向世界自豪的，那么这并不是历史之久，土地之大，人口之众，军队之多，战争之频繁，乃是善吃的一事。中国的肴菜已征服了全世界了。有人说中国人有三把刀为世界所不及，第一把就是厨刀。

不见到喜庆人家挂着的福禄寿三星图吗？福禄寿是中国民族①生活上的理想。画上的排列是禄居中央，福居右，寿居左。禄也者，拆穿了说就是吃的东西。老子也曾说过"虚其心实其腹""圣人为腹不为目"。吃最要紧，其他可以不问。"嫖赌吃着"之中，普通人皆认吃最实惠。所谓"着威风，吃受用，赌对冲，嫖全空"，什么都假，只有吃在肚里是真的。

吃的重要更可于国人所用的言语上证之。在中国，"吃"字的意义特别复杂，什么都会带了"吃"字来说。被人欺负曰"吃亏"，挨巴掌曰"吃耳光"，希求非分曰"想吃天鹅肉"，诉讼曰"吃官司"，中枪弹曰"吃卫生丸"，此外还有什么"吃生活""吃排头"等。相见的寒暄，他民族说"早安""午安""晚安"，而中国人则说："吃了早饭没有？""吃了中饭没有？""吃了晚饭没有？"对于职业，普通也用"吃"字来表示，营什么职业就叫作吃什么饭："吃赌饭""吃堂子饭""吃洋行饭""吃教书饭"。诸如此类，不必说了。甚至对于应以信仰为本的宗教者，应以保卫国家为职志的军士，也都加"吃"字于上。在中国，教徒不称信者，叫作"吃天主教的""吃耶稣教的"；从军的不称军人，叫作"吃粮的"。最近还增加了什么"吃党饭""吃三民主义"的许多新名词。

衣食住行为生活四要素，人类原不能不吃，但"吃"字的意义如此复杂，吃的要求如此露骨，吃的方法如此麻烦，吃的

---

①"中国民族"系原文。下同。——编者注。

范围如此广泛，好像除了吃以外就无别事也者，求之于全世界，这怕只有中国民族如此的了。

在中国，衣不妨污浊，居室不妨简陋，道路不妨泥泞，而独在吃上分毫不能马虎。衣食住行的四事之中，食的程度远高于其余一切，很不调和。中国民族的文化，可以说是口的文化。

佛家说六道轮回，把众生分为天、人、修罗、畜生、地狱、饿鬼六道。如果我们相信这话，那么中国民族是否都从饿鬼道投胎而来，真是一个疑问。

朱自清（1898—1948），现代著名散文家、诗人、学者。1916 年考入北京大学预科，1920 年毕业于北京大学哲学系。1925 年任清华大学中文系教授。1931 年赴英国进修语言学和英国文学，后又漫游欧洲五国。1932 年回国，任清华大学中国文学系主任。抗战爆发后，任西南联合大学中国文学系主任。1948 年因患胃病逝世。其作品主要有《踪迹》《背影》《匆匆》《新诗杂话》《欧游杂记》等。

论吃饭

朱自清

我们有自古流传的两句话：一是"衣食足则知荣辱"，见于《管子·牧民》篇；一是"民以食为天"，是汉朝郦食其说的。这些都是从实际政治上认出了民食的基本性，也就是说，从人民方面看，吃饭第一。另一方面，告子说"食色，性也"，是从人生哲学上肯定了食是生活的两大基本要求之一。《礼记·礼运》篇也说到"饮食男女，人之大欲存焉"，这更明白。照后面这两句话，吃饭和性欲是同等重要的，可是照这两句话里的次序，"食"或"饮食"都在前头，所以还是吃饭第一。

这吃饭第一的道理，一般社会似乎也都默认。虽然历史上没有明白的记载，但是近代的情形，据我们的耳闻目见，似乎足以教我们相信从古如此。例如苏北的饥民群到江南就食，差不多年年有。最近天津《大公报》登载的费孝通先生的《不是崩溃是瘫痪》一文中就提到这个。这些难民虽然让人们讨厌，可是得给他们饭吃。给他们饭吃固然也有一二成出于慈善心，就是恻隐心，但是八九成是怕他们，怕他们铤而走险，"小人穷斯滥矣"，什么事做不出来！给他们饭吃，江南人算是认了。

可是法律管不着他们吗？官儿管不着他们吗？干吗要怕要认呢？可是法律不外乎人情，没饭吃要吃饭是人情，人情不是法律和官儿压得下的。没饭吃会饿死，严刑峻法大不了也只是个死，这是一群人，群就是力量：谁怕谁！在怕的倒是那些有饭吃的人们，他们没奈何只得认点儿。所谓人情，就是自然的需求，就是基本的欲望，其实也就是基本的权利。但是饥民群还不自觉有这种权利，一般社会也还不会认清他们有这种权利，饥民群只是冲动地要吃饭，而一般社会给他们饭吃，也只是默认了他们的道理，这道理就是吃饭第一。

三十年夏天，笔者在成都住家，知道了所谓"吃大户"的情形。那正是青黄不接的时候，天又干，米粮大涨价，并且不容易买到手。于是乎一群一群的贫民一面抢米仓，一面"吃大户"。他们闯进大户人家，让他们煮出饭来吃了就走。这叫作"吃大户"。"吃大户"是和平的手段，照惯例是不能拒绝的，虽然被吃的人家不乐意。当然真正有势力的尤其是有枪杆的大户，穷人们也识相，是不敢去吃的。敢去吃的那些大户，被吃了也只好认了。那回一直这样吃了两三天，地面上一面赶办平粜，一面严令禁止，才打住了。据说这"吃大户"是古风，那么上文说的饥民就食，该更是古风吧。

但是儒家对于吃饭却另有标准。孔子认为政治的信用比民食更重，孟子倒是以民食为仁政的根本，这因为春秋时代不必争取人民，战国时代就非争取人民不可。然而他们论到士人，却都将吃饭看作一个不足重轻的项目。孔子说"君子固穷"，说吃粗饭，喝冷水，"乐在其中"，又称赞颜回吃喝不够，"不改其乐"。道学家称这种乐处为"孔颜乐处"，他们教人"寻孔颜乐处"，学习这种为理想而忍饥挨饿的精神。这理想就是孟子说的"穷则独善其身，达则兼善天下"，也就是所谓"节"和"道"。孟子一方面不赞成告子说的"食色，性也"，一方面在论"大丈夫"的时候列入了"贫贱不能移"一个条件。战国时代的"大丈夫"，相当于春秋时的"君子"，都是治人的劳心的人。这些人虽然也有饿饭的时候，但是一朝得了时，吃饭是不成问题的，不像小民，往往一辈子为了吃饭而挣扎着。因此士人就不难将道和节放在第一，而认为吃饭好像是一个不足重轻的项目了。

伯夷、叔齐据说反对周武王伐纣，认为以臣伐君，因此不食周粟，饿死在首阳山。这也是只顾理想的节而不顾吃饭的。配合着儒家的理论，伯夷、叔齐成为士人立身的一种特殊的标准。所谓特殊的标准，就是理想的最高的标准。士人虽然不一定人人都要做到这地步，但是能够做到这地步最好。

经过宋朝道学家的提倡，这标准更成了一般的标准，士人连妇女都要做到这地步。这就是所谓"饿死事小，失节事大"。这句话原来是论妇女的，后来却扩而充之普遍应用起来，造成了无数的惨酷的、愚蠢的殉节事件。这正是"吃人的礼教"。人不吃饭，礼教吃人，到了这地步总是不合理的。

士人对于吃饭却还有另一种实际的看法。北宋的宋郊、宋祁兄弟俩都做了大官，住宅挨着。宋祁那边常常宴会歌舞，宋郊听不下去，教人和他弟弟说，问他还记得当年在和尚庙里咬菜根否？宋祁却答得妙：请问当年咬菜根是为什么来着！这正是所谓"吃得苦中苦，方为人上人"。做了"人上人"，吃得好，穿得好，玩儿得好；"兼善天下"于是成了个幌子。照这个看法，忍饥挨饿或者吃粗饭、喝冷水，只是为了有朝一日可以大吃大喝，痛快地玩儿。吃饭第一原是人情，大多数士人恐怕正是这么在想。不过宋郊、宋祁的时代，道学刚起头，所以宋祁还敢公然表示他的享乐主义；后来士人的地位增进，责任加重，道学的严格的标准掩护着也约束着在治者地位的士人。他们大多数心里尽管那么在想，嘴里却不敢说出。嘴里虽然不敢说出，可是实际上往往还是在享乐着。于是他们多吃多喝，就有了少吃少喝的人；这少吃少喝的自然是被治的广大的民众。

民众，尤其农民，大多数是听天由命、安分守己的，他们惯于忍饥挨饿，几千年来都如此。除非到了最后关头，他们是不会行动的。他们到别处就食、抢米、吃大户，甚至于造反，都是被逼得无路可走才如此。这里可以注意的是他们不说话；"不得了"就行动，忍得住就沉默。他们要饭吃，却不知道自己应该有饭吃；他们行动，却觉得这种行动是不合法的，所以就索性不说什么话。说话的还是士人。他们由于印刷的发明和教育的发展等等，人数加多了，吃饭的机会可并不加多，于是许多人也感到吃饭难了。这就有了"世上无如吃饭难"的慨叹。虽然难，比起小民来还是容易。因为他们究竟属于治者，"百足之虫，死而不僵"，有的是做官的本家和亲戚朋友，总得给口饭吃，这饭并且总比小民吃得好。孟子说做官可以让"所识穷乏者得我"，自古以来做了官就有引用穷本家、穷亲戚、穷朋友的义务。到了民国，黎元洪总统更提出了"有饭大家吃"的话。这真是"菩萨"心肠，可是当时只当作笑话。原来这句话说在一位总统嘴里，就是贤愚不分、赏罚不明，就是糊涂。然而到了那时候，这句话却已经藏在差不多每一个士人的心里。难得的倒是这糊涂！

第一次世界大战加上"五四运动"，带来了一连串的变化，中华民国在一颠一拐地走着"之"字路，走向现代化了。我们有了知识阶级，也有了劳动阶级；有了索薪，也有了罢工。这些都在要求"有饭大家吃"。知识阶级改变了士人的面目，劳动阶级改变了小民的面目，他们开始了集体的行动。他们不能再安贫乐道了，也不能再安分守己了。他们认出了吃饭是天赋人权，公开地要饭吃，不是大吃大喝，是够吃够喝，甚至于只要有吃有喝。然而这还只是刚起头。到了这次世界大战当中，罗斯福总统提出了四大自由，第四项是"免于匮乏的自由"。"匮乏"自然以没饭吃为首，人们至少该自免于没饭吃的自由。这就加强了人民的吃饭权，也肯定了人民的吃饭的要求。这也是"有饭大家吃"，但是着眼在平民，在全民，意义大不同了。

抗战胜利后的中国，想不到吃饭更难，没饭吃的也更多了。

到了今天，一般人民真是不得了，再也忍不住了，吃不饱甚至没饭吃，什么礼义什么文化都说不上。这日子就是不知道吃饭权的也会起来行动了，知道了吃饭权的，更怎么能够不起来行动，要求这种"免于匮乏的自由"呢？于是学生写出"饥饿事大，读书事小"的标语，工人喊出"我们要吃饭"的口号。这是我们历史上第一回一般人民公开地承认了吃饭第一。这其实比闷在心里糊涂地骚动好得多，这是集体的要求，集体是有组织的，有组织就不容易大乱了。可是有组织也不容易散，人情加上人权，这集体的行动是压不下也打不散的，直到大家有饭吃的那一天。

三十六年

（《标准与尺度》）

刘半农（1891—1934），本名刘复。著名文学家、语言学家和教育家，新文化运动的先驱之一。1917年任北京大学预科教员。1920年到英国伦敦大学学习实验语音学，1921年转入法国巴黎大学学习，1925年获法国国家文学博士学位。1925年回国，任北京大学中国文学系教授及研究所国学门导师。所著《汉语字声实验录》荣获法国康士坦丁·伏尔内语言学专奖。

释　吃

刘半农

噢，俗写作"吃"。吃，言语塞难也；"吃吃"，笑声。

吃为外动，如言"吃饭""吃酒"；或为内动，如言"有穿有吃""坐吃山空"。

南人饮食皆曰吃，故可言"吃饭""吃酒"，古口语亦如此，杜甫诗曰："对酒不能吃。"北人分饮为喝，食为吃，故必言"吃饭""喝酒"。

南人言"吃烟""吃西北风"，北人必言"抽烟""喝西北风"。

人非吃不能活，故举吃足包生活之全部：故言"吃饭问题"，问题不仅吃饭也，衣住行三者亦赅焉；言"此人吃党饭"，党之所出不仅供其吃饭也，仰事储蓄之资亦赅焉。

由此而推，凡依某事某物以为活者，亦可言吃某：故信教曰"吃教",恃祖产为活而无所事事曰"吃祖产";吾乡有嘲粪夫之谚曰"靠山吃山,靠水吃水,靠屎吃屎",水可吃,山与屎不能吃也,依此以为生耳;又有谚曰"穿老官,吃老官,灶膛里无柴烧老官",此嘲妇女之依赖性也,老官谓夫,夫不但可吃,而且可穿可烧焉,亦推广其义而用之耳。

凡言吃,其态度尚斯文;言吞,则穷凶极恶矣。然吞吃之辨亦甚微,故有言吃而义实为吞者,亦有两字叠用者;通常言"吞没",亦可言"吃没",亦可言"吞吃";吾乡有"吃黑"一语,言恃其黑心,吞没他人之所有也。

博弈中之吃,或指以此消彼,如言"车吃马",谓以车消马也;或指有所取益,如言"一吃",谓以我之一取尔之一也;言"吃嵌当",谓如有一万三万,取得二万,适嵌于其中也。

吃亦作受义,如言"他这一来我吃不了",言受不了也;余如"吃亏""吃倒账""吃官司""吃钉子""吃嘴巴""吃军棍""吃重""吃惊",均受义也。

训吃为受,所受必非美好之事物;故"受聘"不能言吃聘,"受礼"不能言吃礼;唯北平语之"吃香"为例外。

"吃紧",义为受紧,如"银根吃紧""大局吃紧"之类是;古口语中则可解为"加紧""上紧",如程子《语录》谓《中庸》"鸢飞戾天"一节,"是子思吃紧为人处"。

"吃力"之义为勤苦用力,"吃水"之义为"见吃于水",此二义较为别致。

"吃醋",妒也。有解之者曰:"世以妒妇比狮子。"《继通考》："狮子日食醋酪各一瓶。"此凿也。妒则心酸，酸则有如吃醋耳。

　　吃馆子中之吃酒饭曰"吃馆子"，此新语也，然亦有可以比拟者："听梅兰芳"谓听梅兰芳之戏，"写黄山谷"谓写黄山谷一体之字，语言求简，故取其重而舍其轻耳。最近又有"吃女招待"一语，谓上有女招待之饭馆吃酒饭，则新之又新，无可比拟矣。

郑振铎（1898—1958），中国现代著名作家、文学史家。1917 年考取北京铁路管理学校高等科官费生。1920 年与沈雁冰、叶圣陶等发起成立文学研究会。1921 年到商务印书馆编译所工作。1923 年起主编《小说月报》。1931 年任燕京大学中文系教授。1935 年任暨南大学文学院院长兼中文系主任。1945 年创办并主编《民主》周刊。著有《插图本中国文学史》《文学大纲》《中国俗文学史》等。

宴之趣

郑振铎

虽然是冬天，天气却并不怎么冷，雨点淅淅沥沥地滴个不已，灰色云是弥漫着，火炉的火是熄下了，在这样的秋天似的天气中，生了火炉未免是过于燠暖了。家里一个人也没有，他们都出外"应酬"去了。独自在这样的房里坐着，读书的兴趣也引不起。偶然地把早晨的日报翻着，翻着，看看它的广告，忽然想起去看 *Merry Widow*① 吧。于是独自地上了电车，到派克路跳下了。

在黑漆的影戏院中，乐队悠扬地奏着乐，白幕上的黑影，坐着，立着，追着，哭着，笑着，愁着，怒着，恋着，失望着，决斗着，那还不是那一套，他们写了又写、演了又演的那一套故事。

---

①意为《风流寡妇》，电影剧名。——原编者注。

但至少，我是把一句话记住在心上了：

"有多少次，我是饿着肚子从晚餐席上跑开了。"

这是一句隽妙无比的名句，借来形容我们宴会无虚日的交际社会，真是很确切的。

每一个商人，每一个官僚，每一个略略交际广了些的人，差不多他们的每一个黄昏，都是消磨在酒楼菜馆之中的。有的时候，一个黄昏要赶着去赴三四处的宴会。这些忙碌的交际者真是妓女一样，在这里坐一坐，就走开了，又赶到别一个地方去了；在那一个地方又只略坐一坐，又赶到再一个地方去了。他们的肚子定是不会饱的，我想。有几个这样的交际者，常酒阑灯炧，应酬完毕之后，定是回到家中叫底下人烧了稀饭来填补空肠的。

我们在广漠繁华的上海，简直是一个村气十足的"乡下人"。我们住的是乡下，到"上海"去一趟是不容易的；我们过的是乡间的生活，一月中难得有几个黄昏是在"应酬"场中度过的。有许多人也许要说我们是"孤介"①，那是很清高的一个名词。但我们实在不是如此。我们不过是不惯征逐于酒肉之场，始终保持着不大见世面的"乡下人"的色彩而已。

偶然的有几次，承一二个朋友的好意，邀请我们去赴宴。在座的至多只有三四个熟人，那一半生客，还要主人介绍或自己去请教尊姓大名，或交换名片，把应有的初见面的应酬的话

———————————————

①方正而不附和俗众者。——原编者注。

讷讷地说完了之后，便默默地相对无言了。说的话都不是有着落，都不是从心里发出的；泛泛的，是几个音声，由喉咙头溜到口外的而已。过后自己想起那样的敷衍的对话，未免要为之失笑。如此的，说是一个黄昏在繁灯絮语之宴席上度过了，然而那是如何没有生趣的一个黄昏呀！

有几次，席上的生客太多了，除了主人之外没有一个是认识的；请教了姓名之后，也随即忘记了。除了和主人说几句话之外，简直无从和他们谈起。不晓得他们是什么行业，不晓得他们是什么性质的人，有话在口头也不敢随意地高谈起来。那一席宴，真是如坐针毡，精美的羹菜一碗碗地捧上来，也不知是什么味儿。终于忍不住了，只好向主人撒一个谎，说身体不大好过，或是说还有应酬，一定要去的。——如果在谣言很多的这几天当然是更好托辞了，说我怕戒严提早，要被留在华界之外——虽然这是无礼貌的，不大应该的，虽然主人是照例殷勤地留着，然而我却不顾一切地不得不走了。这个黄昏实在是太难挨得过去了！回到家里以后，买了一碗稀饭，即使只有一盏萝卜干下稀饭，反而觉得舒畅，有意味。

如果有什么友人做喜事或寿事，在某某花园、某某旅社的大厅里，大张旗鼓地宴客，不幸我们是被邀请了，更不幸我们是太熟的友人，不能不到，也不能道完了喜或拜完了寿立刻就托辞溜走的，于是这又是一个可怕的黄昏。常常地张大了两眼，在寻找熟人。好容易找到了，一定要紧紧地和他们挤在一处，不敢失散。到了坐席时，便至少有两三人在一块儿可以谈谈了，不至于一个人独自地局促在一群生面孔的人当中，惶恐而且空虚。当我们两三人在津津地谈着自己的事时，偶然抬起眼来看着对面的一个坐客，他是凄然无侣地坐着。大家酒杯举了，他也举着；菜来了，一个人说"请，请"，同时把牙箸伸到盘边，他也说"请，请"，也同样地把牙箸伸出。除了吃菜之外，他没有目的，菜完了，他便局促地独坐着。我们见了他，总要代他难过，然而他终于能终了席方才起身离座。

宴会之趣味如果仅是这样的，那么，我们将咒诅那第一个发明请客的人；嗑酒的趣味如果仅是这样的，那么，我们也将打倒杜康与狄奥尼修士①了。

然而，又有的宴会却幸而并不是这样的，我们也还有别的可以引起嗑酒的趣味的环境。

独酌，据说，那是很有意思的。我少时，常见祖父一个人执了一把锡的酒壶，把黄色的酒倒在白磁小杯里，举了杯独酌着；喝了一小口，真正一小口，便放下了，又拿起筷子来夹菜。因此，他食得很慢，大家的饭碗和筷子都已放下了，且已离座了，而他却还在举着酒杯，不匆不忙地嗑着。他的吃饭，尚在再一个半点钟之后呢。而他嗑着酒，颜微酡着，常常叫道"孩子，来"，而我们便到了他的跟前。他夹了一块只有他独享着的菜蔬放在我们口中，问道："好吃吗？"我们往往以点点头答之。在孙男与孙女中，他特别地喜欢我，叫我前去的时候尤多。常

---

①今译狄俄尼索斯，古希腊神话中的葡萄酒之神。——编者注。

常地，把他有了短髭的嘴吻着我的面颊，微微有些刺痛，而他的酒气从他的口鼻中直喷出来，这是使我很难受的。

这样地，他消磨过了一个中午和一个黄昏。天天都是如此。我没有享受过这样的乐趣，然而回想起来，似乎他那时是非常高兴，他是陶醉着，为快乐的雾所围着，似乎他的沉重的忧郁都从心上移开了，这里便是他的全个世界，而全个世界也便是他的。

别一个宴之趣，是我们近几年所常常领略到的，那就是集合了好几个无所不谈的朋友，全座没有一个生面孔，在随意地嗑着酒，吃着菜，上天下地地谈着。有时说着很轻妙的话，说着很可发笑的话，有时是如火如剑的激动的话，有时是深切的论学谈艺的话，有时是随意地取笑着，有时是面红耳热地争辩着，有时是高妙的理想在我们的谈锋上触着，有时是恋爱的遇合与家庭的与个人的身世使我们谈个不休。每个人都把他的心胸赤裸裸地袒开了，每个人都把他的向来不肯给人看的面孔显露出来了；每个人都谈着，谈着，谈着，只有更兴奋地谈着，毫不觉得"疲倦"是怎么一个样子。酒是喝得干了，菜是已经没有了，而他们却还是谈着，谈着，谈着。那个地方，即使是很喧闹的，很湫狭的，向来所不愿意多坐的，而这时大家却都忘记了这些事，只是谈着，谈着，谈着，没有一个人愿意先说起告别的话。要不是为了戒严或家庭的命令，竟不会有人想走开的。虽然这些闲谈都是琐屑之至的，都是无意味的，而我们却已在其间得到宴之趣了。——其实在这些闲谈中，我们是时时可发现许多"珠宝"的。大家都互相地受着影响，大家都更进一步了解他的同伴，大家都可以从那里得到些教训与利益。

"再喝一杯，只要一杯，一杯。"

"不，不能喝了，实在的。"

不会嗑酒的人每每这样地被强迫着而喝了过量的酒。面部红红的，映在灯光之下，是向来所未有的壮美的丰采。

"圣陶，干一杯，干一杯。"我往往地举起杯来对着他说，我是很喜欢一口一杯地喝酒的。

"慢慢地，不要这样快，喝酒的趣味，在于一小口一小口地嗑，不在于一杯干。"圣陶反抗似的说，然而终于他是一口干了，一杯又是一杯。

连不会喝酒的愈之、雁冰，有时，竟也被我们强迫地干了一杯。于是大家哄然大笑，是发出于心之绝底的笑。

再有，佳年好节，合家团团地坐在一桌上，放了十几双的红漆筷子，连不在家中的人也都放着一双筷子，都排着一个座位。小孩子笑孜孜地闹着吵着，母亲和祖母温和地笑着，妻子忙碌着，指挥着厨房中厅堂中仆人们的做菜、端菜，那也是特有一种融融泄泄的乐趣，为孤独者所妒羡不置的，虽然并没有和同伴们同在时那样的宴之趣。

还有，一对恋人独自在酒店的密室中晚餐；还有，从戏院中偕了妻子出来，同登酒楼喝一二杯酒；还有，伴着祖母或母亲在熊熊的炉火旁边，放了几盏小菜，闲吃着宵夜的酒：那都是使身临其境的人心醉神怡的。

宴之趣是如此的不同呀！

王　力（1900—1986），字了一。著名语言学家、诗人。1924 年由亲友资助，入上海南方大学学习。1925 年入上海国民大学。1926 年考入清华大学国学研究院。1927 年留学法国，1931 年获巴黎大学文学博士学位。1932 年回国后，先后在清华大学、燕京大学、广西大学、西南联合大学、中山大学、岭南大学任教，曾任中山大学及岭南大学文学院院长。王力对汉语有极为精深的研究，一生著作等身，写了近千万字的学术论著，其中专著 40 多种，论文近 200 篇，还翻译了 20 多种法国文学作品。

劝　菜

王　力

　　中国有一件事最足以表示合作精神的，就是吃饭。十个或十二个人共一盘菜，共一碗汤。酒席上讲究同时起筷子，同时把菜夹到嘴里去，只差不曾嚼出同一的节奏来。相传有一个笑话。一个外国人向一个中国人说："听说你们中国有二十四个人共吃一桌酒席的事，是真的吗？"中国人说："是真的。"那外国人说："菜太远了，筷子怎么夹得着呢？"那中国人说："我们有一种三尺来长的筷子。"那外国人说："用那三尺来长的筷子，夹着是不成问题了，怎么弯得转来把菜送到嘴里去呢？"那中国人说："我们是互相帮忙，你夹给我吃，我夹给你吃的啊！"

　　中国人的吃饭，除了表示合作的精神之外，还合于经济的原则。西洋每人一盘菜，吃剩下来就是暴殄天物；咱们中国人，十人一盘菜，你不爱吃的却是我所喜欢的，互相调剂，各得其

所。因此，中国人的酒席往往没有剩菜；即使有剩，它的总量
也不像西餐剩菜那样多，假使中西酒席的菜本来相等的话。

　　有了这两个优点，中国人应该踌躇满志，觉得圣人制礼作
乐，关于吃这一层总算是想得尽善尽美的了。然而咱们的先哲
犹嫌未足，以为食而不让，则近于禽兽，于是提倡食中有让。
其初是消极的让，就是让人先夹菜，让人多吃好东西；后来又
加上积极的让，就是把好东西夹到了别人的碟子里、饭碗里，
甚至于嘴里。其实积极的让也是由消极的让生出来的：遇着一
样好东西，我不吃或少吃，为的是让你多吃；同时，我以君子
之心度君子之腹，知道你一定也不肯多吃，为的是要让我。在
这僵局相持之下，为了使我的让德战胜你的让德起见，我就非
和你争不可！于是劝菜这件事也就成为"乡饮酒礼"中的一个
重要项目了。

　　劝菜的风俗处处皆有，但是素来著名的礼让之乡如江浙一
带尤为盛行。男人劝得马虎些，夹了菜放在你的碟子里就算了；
妇女界最为殷勤，非把菜送到你的饭碗里去不可。照例是主人
劝客人，但是，主人劝开了头之后，凡自认为主人的至亲好友，
都可以代主人来劝客。有时候，一块"好菜"被十双筷子传观，
周游列国之后，却又物归原主！假使你是一位新姑爷，情形又
不同了。你始终成为众矢之的，全桌的人都把"好菜"堆到你
的饭碗里来，堆得满满的，使你鼻子碰着鲍鱼，眼睛碰着鸡丁，
嘴唇上全糊着肉汁，简直吃不着一口白饭。我常常这样想，为
什么不开始就设计这样一碗"十锦饭"，专为上宾贵客预备的，

倒反要大家临时大忙一阵呢？

劝菜固然是美德，但是其中还有一个嗜好是否相同的问题。孟子说："口之于味，有同耆①也。"我觉得他老人家这句话有多少语病，至少还应该加上段"但书"。我还是比较地喜欢法国的一谚语："唯味与色无可争。"意思是说，食物的味道和衣服的颜色都是随人喜欢，没有一定的美恶标准的。这样说来，主人所喜欢的"好菜"，未必是客人所认为好吃的菜。肴馔的原料和烹饪的方法，在各人的见解上（尤其是籍贯不相同的人），很容易生出大不相同的估价。有时候，把客人所不爱吃的东西硬塞给他吃，与其说是有礼貌，不如说是令人难堪。十年前，我曾经有一次作客，饭碗被鱼虾鸡鸭堆满了之后，我突然把筷子一放，宣布吃饱了。直等到主人劝了又劝，我才说："那么请你们给我换一碗白饭来！"现在回想，觉得当时未免少年气盛；然而直到如今，假使我再遇同样的情势，一时急起来，也难保不用同样方法来对付呢！

中国人之所以和气一团，也许是津液交流的关系。尽管有人主张分食，同时也有人故意使它和到不能再和。譬如新上来的一碗汤，主人喜欢用自己的调羹去把里面的东西先搅一搅匀；新上来的一盘菜，主人也喜欢用自己的筷子去拌一拌。至于劝菜，就更顾不了许多，一件山珍海味，周游列国之后，上面就有了五七个人的津液。将来科学更加昌明，也许有一种显微镜，

①"耆"通"嗜"。——编者注。

让咱们看见酒席上病菌由津液传播的详细状况。现在只就我的肉眼所能看见的情形来说。我未坐席就留心观察，主人是一个津液丰富的人。他说话除了喷出若干吐沫之外，上齿和下齿之间常有津液像蜘蛛网般弥缝着。入席以后，主人的一双筷子就在这蜘蛛网里冲进冲出，后来他劝我吃菜，也就拿他那一双曾在这蜘蛛网里冲进冲出的筷子，夹了菜，恭恭敬敬地送到我的碟子里。我几乎不信任我的舌头！同是一盘炒山鸡片，为什么刚才我自己夹了来是好吃的，现在主人恭恭敬敬地夹了来劝我却是不好吃的呢？我辜负了主人的盛意了。我承认我这种脾气根本就不适宜在中国社会里交际。然而我并不因此就否定劝菜是一种美德。"有杀身以成仁"，牺牲一点儿卫生戒条来成全一种美德，还不是应该的吗？

丰子恺（1898—1975），著名漫画家、散文家、文艺
理论家和翻译家。1919年毕业于浙江省立第一师范学校。
1921年获亲友资助赴日留学，10个月后因经济困难回国，
先后在上海、浙江、重庆等地任教，并曾任上海开明书店
编辑、《中学生》杂志编辑。1924年在文艺刊物《我们的
七月》上第一次发表漫画《人散后，一钩新月天如水》。
1942年在重庆自建"沙坪小屋"，专事绘画和写作。

吃瓜子

丰子恺

从前听人说，中国人人具有三种博士的资格：拿筷子博士，吹煤头纸博士，吃瓜子博士。

拿筷子，吹煤头纸，吃瓜子，的确是中国人独得的技术。其纯熟深造，想起了可以使人吃惊。这里精通拿筷子法的人，有了一双筷，可抵刀锯叉瓢一切器具之用，爬罗剔抉，无所不精。这两根毛竹仿佛是身体上的一部分，手指的延长，或者一对取食的触手。用时好像变戏法者的一种演技，熟能生巧，巧极通神。不必说西洋人，就是我们自己看了，也可惊叹。至于精通吹煤头纸法的人，首推几位一天到晚捧水烟筒的老先生和老太太。他们的"要有火"比上帝还容易，只消向煤头纸上轻轻一吹，火便来了。他们不必出数元乃至数十元的代价买打火灯，只要有一张纸，便可临时在膝上卷起煤头纸来，向铜火炉

盖的小孔内一插，拔出来一吹，火便来了。我小时候看见我们
染坊店里的管账先生，有种种吹煤头纸的特技：我把煤头纸高
举在他的额旁边了，他会把下唇伸出来，使风向上吹；我把煤
头纸放在他的胸前了，他会把上唇伸出来，使风向下吹；我把
煤头纸放在他的耳旁了，他会把嘴歪转来，使风向左右吹；我
用手包住了他的嘴，他会用鼻孔吹；都是吹一两下就着火的。
中国人对于吹煤头纸技术造诣之深，于此可以窥见。所可惜者，
自从卷烟和火柴输入中国而盛行之后，水烟这种"国烟"竟被
冷落，吹煤头纸这种"国技"也很不发达了。生长在都会里的
小孩子，有的竟不会吹，或者连煤头纸这东西也不曾见过。在
努力保存国粹的人看来，这也是一种可虑的现象。近来国内有
不少的人努力于国粹保存，国医、国药、国术、国乐，都有人
在那里提倡，也许水烟和煤头纸这种国粹将来也有人起来提倡，
使之复兴。

　　但我以为这三种技术中最进步、最发达的，要算吃瓜子。
近来"瓜子大王"的畅销，便是其老大的证据。据关心此事的
人说，"瓜子大王"一类的装纸袋的瓜子，最近市上流行的有许
多牌子。最初是某大药房"用科学方法"创制的，后来有什么
"好吃来公司""顶好吃公司"等种种出品陆续产出。到现在，
差不多无论哪个穷乡僻处的糖食摊上，都有纸袋装的瓜子陈列
而倾销着了。现代中国人的精通吃瓜子术，由此可以想见。我
对于此道，一向非常短拙，说出来有伤于中国人的体面，但对
自家人不妨谈谈。我从来不曾自动地要求或买瓜子来吃，但到

人家作客，受人劝诱时，或者在酒席上、杭州的茶楼上，看见桌上现成放着瓜子盆时，也便拿起来咬。我必须注意选择，选那较大、较厚而形状平整的瓜子，放进口里，用白齿"格"地一咬，再吐出来，用手指去剥。幸而咬得恰好，两瓣瓜子壳各向外扩张破裂，瓜仁没咬碎，剥起来就较为省力。若用力不得其法，两瓣瓜子壳和瓜仁叠在一起而折断了，吐出来的时候我便担忧。那瓜子已纵断为两半，两半瓣的瓜仁紧紧地装塞在两半瓣的瓜子壳中，好像日本版的洋装书，套在很紧的厚纸函中，不容易取它出来。这种洋装书的取出法，现在都已从日本人那里学得：不要把指头塞进厚纸函中去力抠，只要使函口向下，两手扶着函，上下振动数次，洋装书自会脱壳而出。然而半瓣瓜子的形状太小了，不能应用这个方法，我只得用指爪细细地剥取。有时因为练习弹琴，两手的指爪都剪平，和尚头一般的手指对它简直没有办法。我只得乘人不见把它抛弃了，在痛感困难的时候，我本想不再吃瓜子了，但抛弃了之后，觉得口中有一种非甜非咸的香味，会引逗我再吃。我便不由地伸起手来，另选一粒，再送交白齿去咬。不幸而这粒瓜子太燥，我的用力又太猛，"格"地一响，玉石不分，咬成了无数的碎块，事体就更糟了。我只得把黏着唾涎的碎块尽行吐出在手心里，用心挑选，剔去壳的碎块，然后用舌尖舐食瓜仁的碎块。然而这挑选颇不容易，因为壳的碎块的一面也是白色的，与瓜仁无异，我误认为全是瓜仁而舐进口中去嚼，其味虽非嚼蜡而等于嚼砂。瓜壳的碎片紧紧地嵌进牙齿缝里，找不到牙签就无法取出。碰到这种钉子的时候，我就下个决心，从此戒绝瓜子。戒绝之法，大抵是喝一口茶来漱一漱口，点起一支香烟，或者把瓜子盆推开些，把身体换个方向坐了，以示不再对它发生关系。然而过了几分钟，与别人谈了几句话，不知不觉之间，会跟了别人而伸手向盆中摸瓜子来咬。等到自己觉察破戒的时候，往往是已经咬过好几粒了。这样，吃了非戒不可，戒了非吃不可：吃而复戒，戒而复吃，我为它受尽苦痛，这使我现在想起了瓜子觉得害怕。

但我看别人，精通此技的很多。我以为中国人的三种博士才能中，咬瓜子的才能最可叹佩。常见闲散的少爷们，一手指间夹着一支香烟，一手握着一把瓜子，且吸且咬，且咬且吃，且吃且谈，且谈且笑，从容自由，真是"交关写意"！他们不须拣选瓜子，也不须用手指剥。一粒瓜子塞进口里，只消"格"地一咬，"呸"地一吐，早已把所有的壳吐出，而在那里嚼食瓜子的肉了。那嘴巴真像一具精巧灵敏的机器，不绝地塞进瓜子去，不绝地"格""呸""格""呸"……全不费力，可以永无罢休。女人们、小姐们的咬瓜子，态度尤其来得美妙：她们用兰花似的手指摘住瓜子圆端，把瓜子垂直地塞在门牙中间，而用门牙去咬它的尖端。"的，的"两响，两瓣壳的尖头便向左右绽裂。然后那手敏捷地转个方向，同时头也帮着了微微地一侧，使瓜子水平地放在门牙口，用上下两门牙把两瓣壳分别拨开，咬住了瓜子肉的尖端而抽它出来吃。这吃法不但"的，的"的声音清脆可听，那手和头的转侧的姿势窈窕得很，有些儿妖媚动人，连丢去的瓜子壳也模样姣好，有如朵朵的兰花。由此看来，咬瓜子是中国少爷们的专长，而尤其是中国小姐太太们的拿手戏。

在酒席上，茶楼上，我看见过无数咬瓜子的圣手。近来"瓜子大王"畅销，我国的小孩子们也都学会了咬瓜子的绝技。我的技术，在国内不如小孩子们远甚，只能在外国人面前占胜。记得从前我赴横滨的轮船中，与一个日本人同舱。偶检行箧，发现亲友所赠的一罐瓜子。旅途寂寞，我就打开来和那日本人共吃。这是他平生没有吃过的东西，看他非常珍奇。在这时候，我便老实不客气地装内行的模样，把吃法教导他，并且示范地吃给他看。托祖国的福，这示范没有失败。但看那日本人的练习，真是可怜得很！他如法将瓜子塞进口中，"格"地一咬，然而咬时不得其法，将唾液把瓜子的外壳全部浸湿，拿在手里剥的时候，滑来滑去，无从下手，终于滑落在地上，无处找寻了。他空咽一口唾液，再选一粒来咬。这回他剥时非常小心，把咬碎的瓜子陈列在舱中的食桌上，俯伏了头，细细地剥，好像修理钟表的样子。约莫一二分钟之后，好容易剥得了些瓜子的碎片，郑重地塞进口里去吃。我问他滋味如何，他点点头连称Umai，Umai！（好吃，好吃！）我不禁笑了出来。我看他那阔嘴里放进一些瓜仁的碎屑，犹似沧海中投以一粟，亏他辨出 Umai 的滋味来。但我的笑不仅为这点滑稽，半由于骄矜自夸的心理。我想，这毕竟是中国人独得的技术，像我这样对于此道最拙劣的人，也能在外国人面前占胜，何况国内无数精通此道的少爷小姐们呢？

发明吃瓜子的人，真是一个了不起的天才！这是一种最有效的"消闲"法。要"消磨岁月"，除了抽鸦片以外，没有比吃瓜子更好的方法了。其所以最有效者，为了它具备三个条件：（1）吃不厌；（2）吃不饱；（3）要剥壳。

俗语形容瓜子吃不厌，叫作"勿完勿歇"。为了它一种非甜非咸的香味，能引逗人不断地要吃。想再吃一粒不吃了，但是嚼完吞落之后，口中余香不绝，不由你不再伸手向盆中或纸包里去摸。我们吃东西，凡一味甜的，或一味咸的，往往易于吃厌。只有非甜非咸的，可以久吃不厌。瓜子的百吃不厌，便是为此。有一位老于应酬的朋友告诉我一段吃瓜子的趣话，他说他已养成了见瓜子就要吃的习惯。有一次同了朋友到戏馆里看戏，坐定之后，看见茶壶的旁边放着一包打开的瓜子，便随手向包里取一把，一面咬着，一面看戏；咬完了再取，取了再咬，如是数次。发现邻席的不相识的观剧者也来掏取，方才想起了这包瓜子的所有权的事。低声问他的朋友："这包瓜子是你买来的吗？"那朋友说："不。"他才知道刚才是擅吃了人家的东西，便向邻座的人道歉。邻座的人很漂亮，付之一笑，索性正式地把瓜子请客了。由此可知瓜子这样东西，对中国人有非常的吸引力。不管三七二十一，见了瓜子就吃。

俗语形容瓜子的吃不饱，叫作"吃三日三夜，长个屎尖头"。因为这东西分量微小，无论如何吃不饱，连吃三日三夜，也不过多排泄一粒屎尖头。为消闲有效计，这是很重要的一个条件。倘分量大了，一吃就饱，时间就无法消磨。这与赈饥的粮食，目的完全相反。赈饥的粮食求其吃得饱，消闲的粮食求其吃不饱。最好只尝滋味而不吞物质。最好越吃越饿，则咬过几小时瓜子之后，开筵大嚼。醉饱之后，再咬瓜子……一直把时间消磨下去。

要剥壳也是消闲食品的一个必要条件。倘没有壳，吃起来太便当，容易饱，时间就不能多多消磨了。一定要剥，而且剥的技术要有声有色，使它不像一种苦工，而像一种游戏，方才适合于有闲阶级的生活，可让他们愉快地把时间消磨下去。

具足以上三个利于消磨时间的条件的，在世间一切食物之中，想来想去，只有瓜子。所以我说发明吃瓜子的人是了不起的天才。而能尽量地享用瓜子的中国人，在消闲一道上，真是了不起的积极的实行家！试看糖食店、南货店里的瓜子的畅销，试看茶楼、酒店、家庭中满地的瓜子壳，便可想见中国人在"格，呸""的，的"的声中消磨去的时间，每年统计起来为数一定可惊。将来此道发展起来，恐怕连全中国也可消灭在"格，呸""的，的"的声中呢。

我本来见瓜子害怕，写到这里，觉得更可害怕了。

（《子恺随笔》）

张爱玲（1920—1995），本名张煐。中国现代著名女作家。原籍河北丰润，生于上海。1932年开始发表小说、散文等文学作品。1939年就读于香港大学。1942年中断学业回到上海。此后陆续发表《沉香屑·第一炉香》《倾城之恋》《心经》《金锁记》等中、短篇小说，震动上海文坛。作品包括小说、散文、电影剧本和文学论著等，见证了中国近现代史。

公寓生活记趣

张爱玲

读到"我欲乘风归去，又恐琼楼玉宇，高处不胜寒"的两句词，公寓房子上层的居民多半要感到毛骨悚然。屋子越高越冷。自从煤贵了之后，热水汀早成了纯粹的装饰品。构成浴室的图案美，热水龙头上的 H 字样自然是不可少的一部分；实际上呢，如果你放冷水而开错了热水龙头，立刻便有一种空洞而凄怆的轰隆轰隆之声从九泉之下发出来，那是公寓里特别复杂、特别多心的热水管系统在那里发脾气了。即使你不去太岁头上动土，那雷神也随时地要显灵。无缘无故，只听见不怀好意的"嗡……"拉长了半晌之后接着"訇訇"两声，活像飞机在顶上盘旋了一会，掷了两枚炸弹。在战时的香港吓细了胆子的我，初回上海的时候，每每为之魂飞魄散。若是当初它认真工作的时候，艰辛地将热水运到六楼上来，便是咕噜两声，也还情有

可原。现在可是雷声大，雨点小，难得滴下两滴生锈的黄
浆……然而也说不得了，失业的人向来是肝火旺的。

梅雨时节，高房子因为压力过重、地基陷落的缘故，门前
积水最深。街道上完全干了，我们还得花钱雇黄包车渡过那白
茫茫的护城河。雨下得太大的时候，屋子里便闹了水灾。我们
轮流抢救，把旧毛巾、麻袋、褥单堵住了窗户缝，障碍物湿濡
了，绞干，换上，污水折在脸盆里，脸盆里的水倒在抽水马桶
里。忙了两昼夜，手心磨去了一层皮，墙根还是汪着水，糊墙
的花纸还是染了斑斑点点的水痕与霉迹子。

风如果不朝这边吹的话，高楼上的雨倒是可爱的。有一天，
下了一黄昏的雨，出去的时候忘了关窗户，回来一开门，一房
的风声雨味。放眼望出去，是碧蓝的潇潇的夜，远处略有淡灯
摇曳，多数的人家还没点灯。

常常觉得不可解，街道上的喧声，六楼上听得分外清楚，
仿佛就在耳根底下，正如一个人年纪越高，距离童年渐渐远了，
小时的琐屑的回忆反而渐渐亲切明晰起来。

我喜欢听市声。比我较有诗意的人在枕上听松涛，听海啸，
我是非得听见电车响才睡得着觉的。在香港山上，只有冬季里，
北风彻夜吹着常青树，还有一点电车的韵味。长年住在闹市里
的人大约非得出了城之后才知道他离不了一些什么。城里人的
思想，背景是条纹布的幔子，淡淡的白条子便是行驰着的电
车——平行的、匀净的、声响的河流，汩汩流入下意识里去。

我们的公寓邻近电车厂，可是我始终没弄清楚电车是几点

钟回家。"电车回家"这句子仿佛不很合适——大家公认电车为没有灵魂的机械，而"回家"两个字有着无数的情感洋溢的联系。但是你没看见过电车进厂的特殊情形吧？一辆衔接一辆，像排了队的小孩，嘈杂，叫嚣，愉快地打着哑嗓子的铃："克林，克赖，克赖，克赖！"吵闹之中又带着一点由疲乏而生的驯服，是快上床的孩子等着母亲来刷洗他们。车里灯点得雪亮。专做下班的售票员的生意的小贩们曼声兜售着面包。有时候，电车全进了厂了，单剩下一辆，神秘地，像被遗弃了似的，停在街心。从上面望下去，只见它在半夜的月光中袒露着白肚皮。

这里的小贩所卖的吃食没有多少典雅的名色。我们也从来没有缒下篮子去买过东西（想起《俗本痴情》里的顾兰君了。她用丝袜结了绳子，缚住了纸盒，吊下窗去买汤面。袜子如果不破，也不是丝袜了！在节省物资的现在，这是使人心惊肉跳的奢侈）。也许我们也该试着吊下篮子去。无论如何，听见门口卖臭豆腐干的过来了，便抓起一只碗来，蹬蹬奔下六层楼梯，跟踪前往，在远远的一条街上访到了臭豆腐干担子的下落，买到了之后，再乘电梯上来，似乎总有点可笑。

我们的开电梯的是个人物，知书达礼，有涵养，对于公寓里每一家的起居他都是一本清账。他不赞成他儿子去做电车售票员——嫌那职业不很上等。再热的天，任凭人家将铃撳得震天响，他也得在汗衫背心上加一件熨得溜平的纺绸小褂方肯出现。他拒绝替不修边幅的客人开电梯。他的思想也许缙绅气太重，然而他究竟是个有思想的人。可是他离了自己那间小屋，就踏进了电梯的小屋——只怕这一辈子是跑不出这两间小屋了。电梯上升，人字图案的铜栅栏外面，一重重的黑暗往下移：棕色的黑暗，红棕色的黑暗，黑色的黑暗……衬着交替的黑暗，你看见司机人的花白的头。

没事的时候他在后天井烧个小风炉炒菜烙饼吃。他教我们怎样煮红米饭：烧开了，熄了火，停个十分钟再煮，又松，又透，又不塌皮烂骨，没有筋道。

托他买豆腐浆，交给他一只旧的牛奶瓶。陆续买了两个礼拜，他很简单地报告道："瓶没有了。"是砸了，还是失窃了，也不得而知。再隔了些时，他拿了一只小一号的牛奶瓶装了豆腐浆来。我们问道："咦？瓶又有了？"他答道："有了。"新的瓶是赔给我们的呢还是借给我们的，也不得而知。这一类的举动也是颇有点社会主义风的。

我们的新闻报每天早上他要循例过目一下方才给我们送来。小报他读得更为仔细些，因此要到十一二点钟才轮得到我们看。英文、日文、德文、俄文的报他是不看的，因此大清早便卷成一卷插在人家弯曲的门钮里。

报纸没有人偷，电铃上的钢板却被撬去了。看门的巡警倒有两个，虽不是双生子，一样都是翻领里面竖起了木渣渣的黄脸，短裤和长筒袜之间露出木渣渣的黄膝盖；上班的时候，一般都是横在一张藤椅上睡觉，挡住了信箱。每次你去看看信箱的时候总得殷勤地凑到他面颊前面，仿佛要询问："酒刺好了些吧？"

　　恐怕只有女人能够充分了解公寓生活的特殊优点：佣人问题不那么严重。生活程度这么高，即使雇得起人，也得准备着受气。在公寓里"居家过日子"是比较简单的事。找个清洁公司每隔两星期来大扫除一下，也就用不着打杂的了。没有佣人，也是人生一快。抛开一切平等的原则不讲，吃饭的时候如果有个还没吃过饭的人立在一边眼睁睁望着，等着为你添饭，虽不至于使人食不下咽，多少有些讨厌。许多身边杂事自有它们的愉快性质。看不到田园里的茄子，到菜场上去看看也好——那么复杂的、油润的紫色；新绿的豌豆；熟艳的辣椒；金黄的面筋，像太阳里的肥皂泡。把菠菜洗过了，倒在油锅里，每每有一两片碎叶子粘在篾篓底上，抖也抖不下来；迎着亮，翠生生的枝叶在竹片编成的方格子上招展着，使人联想到篱上的扁豆花。其实又何必"联想"呢？篾篓子的本身的美不就够了吗？我这并不是效忠于国社党，劝诱女人回到厨房里去。不劝便罢，若是劝，一样地得劝男人到厨房里去走一遭。当然，家里有厨子而主人不时地下厨房，是会引起厨子最强烈的反感的。这些地方我们得寸步留心，不能太不识眉眼高低。

　　有时候也感到没有佣人的苦处。米缸里出虫，所以搀①了些胡椒在米里——据说米虫不大喜欢那刺激性的气味。淘米之前先得把胡椒拣出来。我捏了一只肥白的肉虫的头当作胡椒，发现了这错误之后，不禁大叫起来，丢下饭锅便走。在香港遇见

――――――――――

　　①"搀"旧同"掺"。——编者注。

了蛇，也不过如此罢了。那条蛇我只见到它的上半截，它钻出洞来矗立着，约有二尺来长。我抱了一叠书匆匆忙忙下山来，正和它打了个照面。它静静地望着我，我也静静地望着它，望了半晌，方才哇呀呀叫出声来，翻身便跑。

提起虫豸之类，六楼上的苍蝇几乎绝迹，蚊子少许有两个。如果它们富于想象力的话，飞到窗口往下一看，便会晕倒了吧？不幸它们是像英国人一般的淡漠与自足——英国人住在非洲的森林里也照常穿上了燕尾服进晚餐。

公寓是最合理想的逃世的地方。厌倦了大都会的人们往往记挂着和平幽静的乡村，心心念念盼望着有一天能够告老归田，养蜂种菜，享点清福。殊不知在乡下多买半斤腊肉便要引起许多闲言闲语，而在公寓房子的最上层你就是站在窗前换衣服也不妨事！

然而一年一度，日常生活的秘密总得公布一下。夏天家家户户都大敞着门，搬一把藤椅坐在风口里。这边的人在打电话，对过的一家的仆欧一面熨衣裳，一面将电话上的对白翻译成了德文说给他的小主人听。楼底下有个俄国人在那里响亮地教日文。二楼的那位女太太和贝多汶①有着不共戴天的仇恨，一拶十八敲，咬牙切齿打了他一上午；钢琴上倚着一辆脚踏车。不知道哪一家在煨牛肉汤，又有哪一家泡了焦三仙。

人类天生的是爱管闲事，为什么我们不向彼此的私生活里

_____

①今译贝多芬。——编者注。

偷偷地看一眼呢，既然被看者没有多大损失而看的人显然得到了片刻的愉悦？凡事牵涉到快乐的授受上，就犯不着斤斤计较了。较量什么呢？——长的是磨难，短的是人生。

屋顶花园里常常有孩子们溜冰，兴致高的时候，从早到晚在我们头上咕滋咕滋锉过来锉过去，像磁器的摩擦，又像睡熟的人在那里磨牙，听得我们一粒粒牙齿在牙仁里发酸如同青石榴的子，剔一剔便会掉下来。隔壁一个异国绅士声势汹汹上楼去干涉。他的太太提醒他道："人家不懂你的话，去也是白去。"他揎拳掳袖道："不要紧，我会使他们懂得的！"隔了几分钟他偃旗息鼓嗒然下来了。上面的孩子年纪都不小了，而且是女性，而且是美丽的。

谈到公德心，我们也不见得比人强。阳台上的灰尘我们直截了当地扫到楼下的阳台上去。"啊，人家阑干上晾着地毯呢——怪不过意的，等他们把地毯收了进去再扫吧！"一念之慈，顶上生出了灿烂圆光。这就是我们不甚彻底的道德观念。

（《流言》）

郁达夫（1896—1945），原名郁文，字达夫。现代著名作家。1913年赴日留学，1922年从东京帝国大学毕业。1921年7月与郭沫若、成仿吾等在东京成立新文学团体创造社；同年第一部短篇小说集《沉沦》问世，影响巨大。其小说、诗歌、散文、文论、政论，多而优质，在现代文学史上独树一帜，代表作有《沉沦》《故都的秋》《春风沉醉的晚上》《过去》《迟桂花》等。其作品感情奔放，恣肆坦诚，同时又忧郁感伤，表现出强烈的个性特色。

住所的话

郁达夫

自以为青山到处可埋骨的飘泊惯的流人，一到了中年，也颇以没有一个归宿为可虑；近来常常有求田问舍之心，在看书倦了之后，或夜半醒来，第二次再睡不着的枕上。

尤其是春雨萧条的暮春，或风吹枯木的秋晚，看看天空，每会做赏雨茅屋及江南黄叶村舍的梦想；游子思乡，飞鸿倦旅，把人一年年弄得意气消沉的这时间的威力，实在是可怕，实在是可恨。

从前很喜欢旅行，并且特别喜欢向没有火车、飞机、轮船等近代交通利器的偏僻地方去旅行。一步一步地缓步着，向四面绝对不曾见过的山川风物回视着，一刻有一刻的变化，一步有一步的境界。到了地旷人稀的地方，你更可以高歌低唱，袒裼裸裎，把社会上的虚伪的礼节、谨严的态度一齐洗去。人与自然合而为一，大地高天形成屋宇。蠛蠓蚁虱，不觉其微；五岳昆仑，也不见其大。偶或遇见些茅篷泥壁的人家，遇见些性情纯朴的农牧，听他们谈些极不相干的私事，更可以和他们一道地悲，一道地喜。半岁的鸡娘，新生一蛋，其乐也融融，与国王年老诞生独子时的欢喜并无什么分别。黄牛吃草，嚼断了麦穗数茎，今年的收获怕要减去一勺，其悲也戚戚，与国破家亡的流离惨苦，相差也不十分远。

至于有山有水的地方呢，看看云容岩影的变化，听听大浪啮矶的音乐，应临流垂钓，或松下息阴。行旅者的乐趣，更加可以多得如放翁的入蜀道，刘、阮的上天台。

这一种好游旅、喜飘泊的情性，近年来渐渐地减了；连有必要的事情，非得上北平、上海去一次不可的时候，都一天天地在拖延下去，只想不改常态，在家吃点精致的菜，喝点芳醇的酒，睡睡午觉，看看闲书，不愿意将行动和平时有所移易：总之是懒得动。

而每次喝酒，每次独坐的时候，只在想着、计划着的，却是一间洁净的小小的住宅和这住宅周围的点缀与铺陈。

若要住家，第一的先决问题，自然是乡村与城市的选择。以清静来说，当然是乡村生活比较地和我更为适合。可是把文明利器——如电灯、自来水等——的供给，家人买菜、购物的便利，以及小孩的教育问题等合计起来，却又觉得住城市是必要的了。具城市之外形，而又富有乡村的景象之田园都市，在中国原也很多。北方如北平，就是一个理想的都城；南方则未建都前之南京、濒海的福州等处也是住家的好地。可是乡土的观念，附着在一个人的脑里，同毛发的生于皮肤一样，丛长着原没有什么不对，全脱了却也是有点儿不可能。所以三年之前，也是在一个春雨霏微的节季，终于听了霞的劝告，搬上杭州来住下了。

杭州这一个地方，有山有湖，还有文明的利器、儿童的学校，去上海也只有四个钟头的火车路程，住家原没有什么不适合。可是杭州一般的建筑物，实在太差，简直可以说没有一间合乎理想的住宅。旧式的房子呢，往往没有院子，顶多顶多也不过有一堆不大有意义的假山和一条其实是只能产生蚊子的鱼池。所谓新式的房子呢，更加恶劣了，完全是上海弄堂洋房的抄袭，冬天住住还可以勉强，一到夏天就热得比蒸笼还要难受。而大抵的杭州住宅，都没有浴室的设备，公共浴场呢，又觉得不卫生而价贵。

所以自从迁到杭州来住后，对于住所的问题，更觉得切身地感到了。地皮不必太大，只教有半亩之宫、一亩之隙，就可以满足。房子亦不必太讲究，只需有一处可以登高望远的高楼、三间平屋就对。但是图书室、浴室、猫狗小舍、儿童游嬉之处、灶房，却不得不备。房子的四周，一定要有阔一点的回廊；房子的内部，更需要亮一点的光线。此外是四周的树木和院子里的草地了，草地中间的走路，总要用白沙来铺才好。四面若有邻舍的高墙，当然要种些爬山虎以掩去墙头；若系旷地，只需植一道矮矮的木栅，用黑色一涂就可以将就。门窗当一例以厚玻璃来做，屋瓦应先钉上铅皮，然后再覆以茅草。

照这样的一个计划来建筑房子，大约总要有二千元钱来买地皮，四千元钱来充建筑费，才有点儿希望。去年年底，在微醉之后，将这私愿对一位朋友说了一遍，今年他果然送给了我一块地，所以起楼台的基础倒是有了。现在只在想筹出四千元钱的现款来建造那一所理想的住宅。胡思乱想的结果，在前两三个月里，竟发了疯，将烟钱酒钱省下了一半，去买了许多奖券；可是一回一回地买了几次，连末尾也不曾得过，而吃了坏烟坏酒的结果，身体却显然受了损害了。闲来无事，把这一番经过对朋友一说，大家笑了一场之后，就都为我设计，说从前的人曾经用过的最上妙法，是发自己的讣闻，其次是做寿，再其次是兜会。

可是为了一己的舒服而累及亲戚朋友，也着实有点说不过去。近来心机一转，去买了些《芥子园》《三希堂》等画谱来，在开始学画了，原因是想靠了卖画来造一所房子。万一画画仍旧是不能吃饭，那么至少至少，我也可以画许多房子，挂在四壁，给我自己的想象以一顿醉饱，如饥者的画饼，旱天的画云霓。这一个计划，若不至于失败，我想在半年之后，总可以得到一点慰安。

（《闲书》）

朱自清（1898—1948），现代著名散文家、诗人、学者。1916 年考入北京大学预科，1920 年毕业于北京大学哲学系。1925 年任清华大学中文系教授。1931 年赴英国进修语言学和英国文学，后又漫游欧洲五国。1932 年回国，任清华大学中国文学系主任。抗战爆发后，任西南联合大学中国文学系主任。1948 年因患胃病逝世。其作品主要有《踪迹》《背影》《匆匆》《新诗杂话》《欧游杂记》等。

谈抽烟

朱自清

有人说："抽烟有什么好处？还不如吃点口香糖，甜甜的，倒不错。"不用说，你知道这准是外行。口香糖也许不错，可是喜欢的怕是女人、孩子居多，男人很少赏识这种玩意儿的；除非在美国，那儿怕有些个例外。一块口香糖得嘴嚼老半天，还是嚼不完，凭你怎么斯文，那朵颐的样子总遮掩不住，总有点不雅相。这其实不像抽烟，倒像衔橄榄。你见过衔着橄榄的人？腮帮子上凸出一块，嘴里不时地嗞儿嗞儿的。抽烟可用不着这么费劲；烟卷儿尤其省事，随便一叼上，悠悠地就吸起来，谁也不来注意你。抽烟说不上是什么味道，勉强说，也许有点儿苦吧，但抽烟的不稀罕那"苦"而稀罕那"有点儿"。他的嘴太闷了，或者太闲了，就要这么点儿来凑个热闹，让他觉得嘴还是他的。嚼一块口香糖可就太多，甜甜的，够多腻味，而且有了糖也许便忘记了"我"。

抽烟其实是个玩意儿。就说抽卷烟吧，你打开匣子或罐子，抽出烟来，在桌上顿几下，衔上，擦洋火，点上。其间每一个动作都带股劲儿，像做戏一般。自己也许不觉得，但到没有烟抽的时候，便觉得了。那时候你必然闲得无聊，特别是两只手，简直没放处。再说那吐出的烟，袅袅地缭绕着，也够你一回两回地捉摸：它可以领你走到顶远的地方去。——即便在百忙当中，也可以让你轻松一忽儿。所以老于抽烟的人一叼上烟，真能悠然遐想。他霎时间是个自由自在的身子，无论他是靠在沙发上的绅士，还是蹲在台阶上的瓦匠。有时候他还能够叼着烟和人说闲话——自然有些含含糊糊的，但是可喜的是那满不在乎的神气。这些大概也算是游戏三昧吧。

好些人抽烟，为的有个伴儿。譬如说一个人单身住在北平，和朋友在一块儿，倒是有说有笑的，回家来，空屋子像水一样。这时候他可以摸出一支烟抽起来，借点儿暖气。黄昏来了，屋子里的东西只剩些轮廓，暂时懒得开灯，也可以点上一支烟，看烟头上的火一闪一闪的，像亲密的低语，只有自己听得出。要是生气，也不妨迁怒一下，使劲吸它十来口。客来了，若你倦了说不得话，或者找不出可说的，干坐着岂不着急，这时候最好拈起一支烟将嘴堵上等你对面的人。若是他也这么办，便尽时间在烟子里爬过去。各人抓着一个新伴儿，大可以盘桓一会的。

从前抽水烟、旱烟，不过一种不伤大雅的嗜好，现在抽烟却成了派头。抽烟卷儿指头黄了，由它去。用烟嘴不独麻烦，也小气，又跟烟隔得那么老远的。今儿大褂上一个窟窿，明儿坎肩上一个，由它去。一支烟里的尼古丁可以毒死一只小麻雀，也由它去。总之，别别扭扭的，其实也还是个"满不在乎"罢了。烟有好有坏，味有浓有淡，能够辨味的是内行，不择烟而抽的是大方之家。

李金发（1900—1976），中国第一个象征主义诗人，中国雕塑的拓荒者。1919年赴法勤工俭学，后就读于第戎美术专门学校和巴黎帝国美术学校。在法国象征派诗歌特别是波特莱尔《恶之花》的影响下，开始创作格调怪异的诗歌，被称为"诗怪"。1925年回国，先后在上海美专、国立杭州艺术专科学校执教。1936年任广州市立美术学校校长。著有《微雨》《为幸福而歌》《意大利及其艺术概要》《异国情调》《飘零阔笔》等。

香烟与人生

李金发

香烟发明于何处及几时流传入中国，都没有见人考据过，大概是非洲或美洲的土产，土人称之为Tobacco。故华人译为淡巴菰，把辣刺不堪的东西，经此一译，变而为很有诗意、雅俗共赏的物品了。听某统计者说，我国人香烟的消费每年达五万万元，若全国人能戒吃香烟一年，以这笔款购飞机、坦克车，则国家早已强盛了。

神经过敏的卫生家常著长篇论文说，香烟中有尼古丁，很有害于身体，至少减少生育，但我国上自达官贵人，下至贩夫走卒，无不一烟在手，心旷神怡，若会影响生育，则我国人口不会由四万万而增加到四万五千万了。乡野间烟瘾最大的农夫通常可享八九十岁的高年，最会摄生的医生也多数吃香烟，我以为至低限度，亦不会毒过都会上的煤烟与汽车油烟和灰尘。

香烟的消耗最不经济，因每支香烟的五分之一（阔人或者三分之一）是吸不完的，掷在地上或痰盂中（听说这一节香烟，藏着最多尼古丁，故国外有一种烟管是贮藏着药品，以收集尼古丁的）。这也还算有人道作用，因为这样能养活不少拾香烟头度日的小瘪三，假如没有这个废物利用的救济，则社会上必多一些捣乱分子。

俄国人最懂经济之道，把香烟头的一端接上一节硬纸，这样子吸至尽头为止。这个办法各国都不效尤，真是不解。

香烟与人生之关系亦大矣，几乎支配了整个世界！若强力禁吸香烟，不但政府的烟税无着，会发生财政恐慌，而吸民烟瘾大发，涕泪交流，造起反来。谁料到这小植物魔力如此之大呢？

听说烟的功用很大。有些作家要拼命抽烟，如邓南遮一样，饮几十杯咖啡，借着刺激，才能文思大进，而做得好文章出来，当一个烟球向空中飞扬消失，他的腹稿亦已拟好，倚马可待了；还有在交际场中，借烟之力，可以高谈阔论，平章国家大事；或夜深人静，一双情侣，在火炉旁边，因香烟之力，使对方有勇气提出求婚的话来；或对借钱的来客，敬奉一支香烟，可以展缓他的要求的提出；福尔摩斯偶然会从一个香烟头研究出盗贼或凶手的所在；有些西洋女子喜欢与吃烟的男子接吻，无非借着烟味以引起对男性的景慕；前线战壕中的联军与同盟军，也有时因为索些烟草救急而谈起话来；骗子可以用一支麻醉性的香烟，以达到其行骗的目的；我们有时在旅途中，因为借火柴抽烟而结识一位爱人或风尘知己……

烟的吸法，也因民族时代而异。中国人旧时用竹竿，后来用金属或木质的水烟筒，近数年开始盛行卷烟。有些乡间农人烟瘾大的，则直接以烟丝放在口中或牙缝里，以安定其工作之精神；安南苦力，则有以火柴盒上穿一洞，洞口放烟丝，另以一掌掩住盒子的一端，以口吸另一端；土耳其人的水烟壶则以橡皮管五六根，壶上一点火，则同时五六人可吸，这容易传染疾病，与中国人皆得而吸之烟管一样；古代的欧洲贵族则喜用鼻烟（好像潮州人亦喜用），以精美的盒子，装着如八宝丹的药末，向鼻一散，粉末散布在鼻孔的外部，多么难看，这种享受，实在野蛮不美观。

吸烟具也是五光十色。巴黎的蓬发艺人，有一种磁烟斗以配合他们的大领结；美国型的青年或生意人，有他们侦探家式的烟斗；德国南部有一种瓦烟斗，其大无匹，颇为旅行家爱好；中国人有象牙琥珀管，或海丰的梅柳烟管（听说可以治痔疮）。我们乡间的农民，喜欢用昆虫咬穿弯弯曲曲的山柑子树做烟筒，或者捉了这种昆虫，使其从一端吃进去。能够驱使昆虫工作，甚是难得的技术。

凡此皆富于异国情调或地方色彩，若火炉架上能齐集之，是甚感趣味的事。

在这里想起一个与香烟有关的故事来。传说南洋某地的森林中，一个工人工作得疲倦了，找到一根倒下的大树，便坐在上面休息，吸着烟以恢复他的精神。但当他将烟灰倾倒在树身上的时候，大树有点移动了。他惊异起来，抬头一望，看见前面一个大蛇头，昂然望着他，他始知道坐的是大蛇，发步大跑，才未被蛇吃掉。这是香烟救命和形容南洋多大蛇的故事。

林语堂先生在生活艺术上极力宣扬吸烟的好处，说得很幽默，一时已记不起来。一定有许多大学生，经了他的宣传而吸起烟来，以便做未来的思想家。林先生是以幽默态度写作，我们不能以严正的学理去辩驳他，大概他的太太鼓励他吃烟，才好写文章出来之故。

我以前喜欢吃烟，而且吃过十几年，但我现在居然戒绝了，我是因美感与健康而戒掉。戒烟不是容易的事，许多朋友说要戒烟了，但我立即打赌，他不能实行。果然，能戒绝者十无一二。

吃烟的结果，最可怕是黑牙口臭，手指头变黄，或口唇焦烂，气喘如牛，很容易使心脏衰弱；有些人讲话的时候，不站远一点，一阵口臭喷过来，使人作恶欲呕，然其本人似乎不觉得。这些烟民的太太够辛苦了，假如他们这样去做密斯运动，定会失败的。

我们试想想，一口一口的浓烟吸进肺部去，若说不会影响健康，是使人难以置信的，你看烟管内的油结集得多得可怕，人身烟油太多，总不会有好影响的。他们说这样子可以避细菌，那么为什么不发明香烟血清呢。吃烟的人，多数是有歇斯底里病态的，一支一支地吸，神志不宁，好像是为吃烟而吃烟，不是为欣赏而吃烟，消耗金钱，自寻烦恼，又何苦来。

　　我以为一个人是应该自自由由、无拘无绊地生活，每天要吃饭，已觉得麻烦，为什么又要染上烟瘾，如蚕自缚呢？你不看见有大烟瘾的人，若手头无烟，则心神不宁，或无精打采，好像不能再活下去，甚至涕泪交流，呼吸短促，如入病态。唉，人生奋斗过程中已够多琐屑无聊之事要处理，故我们的生活应简单化，以减轻烦恼，若时时要烟来刺激才能够做人，那岂不是笑话？

　　换言之，吃烟的恶嗜，与安南人一刻不能离开嚼槟榔、藕叶、树皮及石灰少许，不过是五十步与百步之别。由此类推，将来不难有人发明时时含胡椒、青矾或桐油才能过日子，这是多么野蛮呢？

　　轮船上，在俱乐部，很多另设一间吸烟室；在火车上或电车上，若有女客在坐，有欧美礼貌的人必先问准女客的同意，才可吃烟。这可见吃烟是到处使人讨厌的东西。

　　现在因为战事影响，即蹩脚的老刀牌、七星牌，重庆也卖五六元一包，在发国难财的四夫们（汽车夫、轿夫、挑夫、船夫）尚可以吃得起，唯在薪水有减无加的公务员，真是吃不消。可是烟瘾是无情的，结果大概是把菜钱减缩作为烟费，或以其他手段，弄得后方的太太们哭笑不得。

　　吸烟的人若能像买香烟一样，有恒心，有毅力，把这种香烟钱储蓄起来，为事业费，或为儿女教育费，一二十年后，不是很有可观吗？

　　常常在马路上或劳动阶级里，看见年纪很轻的孩子都吸起拾来的香烟头来，为人道的缘故，我常常干涉他们，他们很少敢反抗的，多数是笑嘻嘻的，表示自己不好，立即把香烟毁灭。负责教育的人，应极力宣传孩童吸烟之害，且香烟屁股是最会传染疾病的。

我记得在十二三岁的时候，即常常与小弟弟偷吃我父亲的水烟筒，居然吃得津津有味。后来 1923 年到了德国，因为马克价低，于是天天吸起金头香烟来，一手捧起樱桃白兰地酒，一手按着象牙烟嘴，大有不可一世之概，终于上了瘾，一直吸了十五年。后来因为觉得喉咙部分分泌痰质日多，声带都受了影响，说话的声音都低暗起来，时时想振作一番，把它戒掉。很可笑地，把整包香烟掷在痰盂里，或把象牙烟嘴踏碎，但一二日后，敌不过烟瘾的威迫，又买过一包香烟来抽了。不禁自己都鄙视自己不坚决的意志来了。烟瘾是有多么伟大的吸引力啊！

在广州沦陷以前吧，记不起是否因为身体或其他力量，居然把香烟戒绝了。在越南一年多，虽香烟非常好而便宜，也不想再去尝试。这个决心确是难能可贵的。故我常说，一个人连戒除香烟的毅力都没有，则将来欲事业成功，恐怕没有多大希望。

三十年一月韶关

《异国情调》

李济生（1917—?），笔名海戈、文慧等。著名作家巴金的胞弟。曾在邮局和银行供职。1942 年入文化生活出版社，历任成都、桂林、重庆等办事处负责人。业余从事写作与翻译。译有《两个骠骑兵》、《一个地主的早晨》（中篇小说）、《巴库油田》（长篇小说）等，著有《思绪点滴》《忆巴金及其他》《一个纯洁的灵魂》等回忆录及《巴金与文化生活出版社》等，编有《张天翼文集》（十卷）、《沙汀文集》（七卷）、《巴金六十年文选》以及《中国当代名家作品选集》《中国现代名家名著珍藏本》等。

谈麻将

李济生

打麻将，据说是中国机会均等的一种表现。四个或五个人，顺着次序打去，一人赢三家，三家赢一人，或者各家都无甚输赢的时候都有。

这是道地的"中学为体"的东西，也许现在人打牌，都去计算那红红绿绿的"化学筹码"，已经是"西学为用"了。听说美国早有麻将公司，日本出了好几部麻将指南，而且有一部还是什么博士做的，可见这样东西已经征服了东西洋民族。一直到现在，全国人都在打牌，而似乎尚未被发现，有人骄傲地说："我这副是日本麻将！"或说："我打的是美国式的麻将。"确证国人尚有爱国心理。

赌我不能反对，因为有建设奖券、黄河水灾救拯券等之必然发行，何况有时我也想侥幸试试那五十万元的彩梦，更何况国民的整数就是四万万人，恰好四位一桌！

于是我更从而研究，虽非想出指南，也很得了一些三昧，而夸大地说，在每一桌麻将上，我能察觉中国的国民性。

四个人坐上桌子，搬庄、分筹码、砌牌、掷骰子，这些繁文末节往往很认真，但开头总是客气（自然，如张宗昌之流是够不上打麻将的），谦和有礼；可是牌到手里，不是拼命在扼下家——不让坐在他右方的人"吃牌"，就是极力在组织"和三番"。这是一种勇于私斗的最好的表现。而这种习惯，完全造成了个人的实际主义的思想。

输了钱的人常常和旁人（谓之曰抱膀子）口角，或是设法使赢钱者吃点小亏。在旁观者受了一二句闲言，往往是缄默；赢家常是笑笑，反正是胜利了，虚数做整数算也没有关系。这都在表示国人爱在云端里看厮杀，而一涉及自己便缩了头的一种无责任的心理，同时也可证明国人的不拘小节，所以二十几省的防区，丢掉了那么四五个省份是满不在乎的。

有人说，中国人能发明打麻将，可证为世界第一聪明的民族，这话确有见解。

以牌论，大致麻将算是世界最复杂的赌具，恐怕谁也得承认。牌有一百几十张，有说不清楚的各式的打法；人数从四个，可以发展到七个，可以许多人合伙打一家，而桌上始终是四单位；起码打八圈（约费时二点），十六圈，二十四圈，一天一夜，三天三夜，对于后者，我曾亲自看见过，那样的长期抵抗性，真值得佩服。

至于打的技术中，还有许多惊人的，可以不在这里谈及，不过非人类中的绝顶聪明者，是不能得其神秘耳。

以世界通行的 Poker① 来和麻将比，那是小巫见大巫。Poker 何等简单，只准你换一次，麻将可以让你换许多次。所以打洋牌的只能吃香烟，而打麻将，却允许你抱一根国产的烟袋慢慢地抽着。

---

①即扑克。——编者注。

吴组缃（1908—1994），原名吴祖襄。著名作家。1921年起先后在宣城安徽省立八中、芜湖省立五中和上海求学。在芜湖五中念书时曾编辑学生会创办的文艺周刊《赭山》，并开始在《皖江日报》副刊上发表诗文。1929年考入清华大学经济系，一年后转入中文系，曾与林庚、李长之、季羡林并称"清华四剑客"。1932年创作小说《官官的补品》，获得成功。1934年创作《一千八百担》。其作品结集为《西柳集》《饭余集》。其创作朴素细致，结构严谨，擅长描摹人物的语言和心态，有浓厚的地方特色，堪称写皖南农村风俗场景第一人。

谈　梦

吴组缃

我常常想写点小小文章来记叙我的梦。我差不多每晚都有梦，有时一夜两三起，有时杂碎模糊，简直点不清有多少起。在量上既已这样的可观，而在内质上也是很不含糊的：除去少数几个经常做的而外，内容大多稀奇怪诞，极尽变化；而且又有一个统一的风格，就是把自己表现得非常怯弱、苦恼。总之是极不愉快。我每次醒过来，把梦中情景回想一番，就不免惊讶：我想我怎么竟又做出这样的一个梦！自己暗暗惭愧，觉得有点腻烦。

现在这些梦大概都已经记不得了。但因一则脑里还有依稀的残留印象可考，二则我每晚仍旧继续着在做，所以我现在还能勉强说得出一个大概。我粗粗归了一归类，其中大约还很有几个细目。一种是颇有点惊险的。普通这类梦有一个俗套，比如不知道在哪里，忽然觉得脚下一空，从高处跌到黑洞里，吓得身肢在床上一跌跳，立刻惊醒。这样子的梦，既无所谓头，又因立刻惊醒，所以也没尾，只是突如其来的一跳就完。做法相当的精警，但究竟不脱窠臼。我现在还记得另外两个梦，也是应该归入这一类的。一个是独自在外面游玩，忽然听见头顶上有"哔哔叭叭"的爆炸声。抬头一看，满天飞舞着大块石条。那石条有的从极高，高到不可见的云端里落下来；有的是从远处横刺里飞过来，一面飞舞，一面大声地炸裂。同时眼前映满可怕的红光，耳里又响起敲铜盆的声音——足足像有一千只铜盆在敲。这时定睛看，天上有几百个太阳在急剧地蹿跳，每一个都红得非常可怕，不住和那些石条石块碰轧着。一碰轧，就訇然大响，往地上掉落。我抱住头想跑，一看脚下，啊呀，不得了！原来我是站在冰上，冰也已经开始溶解，一块块地在水面漂浮、急流。我站的那一块原有桌面那么大，可是眨眼之间就已裂开。我站不住这一块，就连忙跳上另一块。如此慌张地来去蹦跳，毫无办法，急得心肝跳到喉腔里，头痛得要炸裂，脚下已经一点气力都没有，支撑不住，一滑就跌到水里。还有一个是前天晚上刚做的，也是在郊外游玩，有四五位朋友在一起，好像正在草地上举行"皮克匿克"① 似的。我们大声地说笑，吃东西，好不热闹。突然大家全都沉默起来，空气骤然转变得严肃可怖。我起初没觉得，口里还是不住说话。在我对面

---

① picnic（野餐）的音译 。——编者注。

的一位朋友瞪着惧怕的眼珠对我摇手，我这才知道我们是在一个广漠的荒郊上，满郊满野无处不是成群结队地走动着各种硕大凶恶的野兽。我们的身边已经围满这类野兽，其中有象那么大的狮子，有象那么大的老虎，有汽车那么大的白鼠，等等，等等。它们一个个对我们蹲着，舐舌头，眨眼睛。其时蹲在我身旁的一只大老虎就慢慢站起来，张开血盆似的嘴，伸出大舌头，先在我的腮巴上舐了一下，而后大吼一声。我心里明白它要做什么了，等它第二次对我的脑袋张口时，我就吐一口唾沫在它嘴里。它把舌头嘴巴舐咂一回，咽下我那口唾沫。不一会，重又张嘴，我再吐一口。如此一张一吐，一张一吐，渐渐我口里已经干燥非常，很不容易搜罗唾沫。心里有点急，就向我的同伴求助。一位同伴说："你囫囵跳到它肚里去！"我想这倒是办法，但急切不可措手。我的同伴帮着我推了一把，我这才觉得是在老虎肚里了。其时胸口十分窒闷，浑身大痒，自己一看，我的四肢都已消解得模糊不堪，像一只在水里浸透的泥漠菩萨了。我不得不急得大叫。这个梦，惊险中掺和一点诙谐，所以是另备一格的。

一种是属于恐怖一类的，这类梦我做得最多，可惜现在都已说不完全，只能就记得住的约略说一两个。一个是觉得自己还是个小孩子，独自走到屋后的仓房那里去玩。这仓房只在秋季收稻的时候热闹一番，过后就用一把生锈的大铁锁锁上，不再有人去走动，只任耗子、黄鼠狼之类去做世界了。我梦里的这仓房，就正在锁着的时候，我不知为什么要走上去推那锁着的门，那门忽然大开，从里面摔出许多乱石、瓦砾和一些女人用的裹脚布、红肚兜之类。东西摔出，门也随即关上。四面一看，阒无人迹，一时吓得想哭，那门忽又大开，又是一些女人的亵衣和瓦砾摔将出来；摔罢，门又重新关上。……此梦当时很复杂，但现在记得的只这一个大概而已。另一个记得稍稍详细一点。是我自己在一座古庙里游玩，庙里有许多人在烧香，杂沓不堪。我背着手走来走去，忽然看见神龛里一个金脸菩萨把舌头一伸，对我做一个鬼脸，随即恢复原状。我吓了一跳，赶紧要把这个秘密告诉那些烧香的人。一看，刚才烧香的那些人并不是人，原来都是菩萨，已经一个个沉着脸，挺着眼，一点都不动了。我发现这庙里除我而外，并没有第二个人，大吃一惊，拉开脚就往外跑。然而外面山门两旁也都站着高大可怕的菩萨，有的像是四大金刚，有的像是黑白无常，有的像是钟馗、闻太师。他们正在互相谈着话，嗓子极其粗亮，像是打铜锣一般，看见我，大家立刻停止谈话，停住动作，恢复菩萨的模样。我看看他们那高大可怕的身体，自觉自己的渺小。心里又知道他们种种的诡诈，无非都在对付我一个人。醒过来一身大汗。

有一天白昼小睡，梦到自己在一条小河中洗澡。河岸的石罅里忽然跳出一只小小哈巴狗，全身黑色，黑得可爱。它看见我，立即游水到我跟前，在我的腰上百般呵痒。我忍禁不住，格格大笑不止。心里觉得害怕，想反抗，可是一点气力都没有。还有几个经常做的梦，其一是飞在半空中，身体平伏，如游水的姿势。飞得老是像墙头那么高，心里极想飞得再高一点，可是浑身酥软乏力，两条腿尤其像是面粉做成的一般，没法再往上飞，觉得说不出的苦恼、急闷。另一个想大家也常做的，便是在一种半睡半醒的情形下，觉得有个东西压在胸口，浑身瘫软，一动也不能动。这两种梦和那"小哈巴狗呵痒"我觉得都属一类。胸口受压，是完全使人苦闷难过的；飞在空中的一种，逍遥中含有极大的苦痛；至于那哈巴狗的一种，稍稍有点快感，然而愉快远不及难过的成分多，而且掺和了不少可怕的空气（那哈巴狗又可爱，又可怕，如《聊斋》中的年轻美女），情味比较复杂。风格虽各各不同，然其使人觉得软瘫无力、苦闷难过则是一样的。

我在小学中学读书的时候，最怕做算术，最喜欢下象棋，到现在算学已四五年不必去做，就是象棋也久已不下了，然而却常在梦中梦到。做这类梦有一定的时期，好比思虑过度、身上有病或精神不爽时，一合眼便要做。梦中觉得是在课堂里上算术，先生突然发卷子，说要考。题目接到手一看，都是自己没学过的，一道也不懂。心里一急，不知如何得了！有一次竟急得"丹田"一热，闹下一件不可告人的事。梦中下象棋也是很苦痛的，老觉得被人将着军。将老头子逃到这边，这边"将"军；逃到那边，那边"将"军。此时苦得不得了，恨不得乱抓胸口，大声叫号。这两个气味相同的梦我已做了多年，现在还不时要做，真是此生极大苦事。

还有一种是使人嫌恶一类的。这一类，有的是发现遍地是蛇，自己简直无处落脚。有的是发现自己在一座极大的茅厕里，满墙满壁，满地满板，无处不是蛆虫，无处不是粪便，这样的梦每逢东西吃多的时候，可以一夜连做许多个。一翻身一个，一翻身一个，直闹到不敢再睡为止。但印象最深，使我现在想起来还不禁要恶心的，是前几天中秋节那晚做的一个。这个梦我实在有点不愿意说——我约略说一下吧。是在一个亲戚家里，这亲戚是个四十多岁的寡妇，死去多年了。她阴沉着脸，很亲热地款待我。我心知她是鬼，可是并不怕她。她端出一只锅子来，叫我吃点心。我不愿意吃，但她劝得我没奈何，只得箝了一筷子，吃到口里，觉得味道不对。站起来一看，那锅子里是一只白猫子，囫囵地泡在汤里，肚皮向上，挺着眼珠，已经腐烂不堪了。我觉得满口里沾着细毛，满口里是腥臭，不禁大吐……恶！

像我这样的人，每天过着从卧床到书桌，从书桌到卧床的刻板生活，却能在睡梦里得到一点不平凡的体验，在起初我是私心窃喜的，纵然这些梦都是如何的不愉快。可是等到我每夜都做着这样的梦，仔细想想，又感觉得它们是多么荒诞无稽、多么没有意思的时候，我就十分腻烦，腻烦得有点不能忍耐了。

（《饭余集》）

任白戈（1906—1986），四川南充县（今南充市嘉陵区）人。毕业于南充中学。1929 年与沙汀、葛乔等九人在上海创办辛垦书店。后又与沙汀组织编辑刊物《二十世纪》，在当时产生较大影响。1933 年后历任上海左联宣传部长、秘书长，延安抗大教师，重庆军管会、文管会主任，重庆市委副书记，西南局书记处书记，重庆市委书记、市长。20 世纪 30 年代开始发表作品，著有文艺评论《关于国防文学的几个问题》《现阶段的文学问题》等。

梦

任白戈

每个人都有他自己的梦。在恶劣的现境中，没有梦大约是不大容易活得下去的。谚云"一年之计在于春"，这就使得人们在每个新年初上的春光里做出许多的梦。前几天，有些报纸上不是已经明明白白地载着许多大人和小孩的梦吗？

两年前，《东方杂志》也曾载过许多要人和名人的梦，而且还是特别请求做出来的。但那成绩并不怎么样好，主要的就是竟没有什么可以令人安眠的好梦。自然，其中亦间或有一点近乎这一类的好梦的，例如，希望全上海的人都有抽水马桶坐等等。然而好梦尽管是好梦，结果还不是一个梦吗？我相信，前几天那些报纸上所载的梦多好梦，将来依然会是一个梦的。

"日有所思，夜有所梦"，这是一般人对于梦的一个粗浅的解释。除了相信梦是神灵所寄托的那些人以外，恐怕谁都不能否认梦与现境的因缘吧。梦时常总在现境之中打滚，现境太恶劣了，自然好梦也就不可多得。但人们却偏要张着眼睛做出许多好梦。

梦是可以由人做的，但不一定都能做出好梦。要一定做出好梦，便非张着眼睛不可，否则反而会做出噩梦也不一定。张着眼睛做梦，实在是一件苦事。首先就难于做出，这自然是一个问题，即使做出了，而且是好梦，但人们究竟是不适于张着眼睛做梦的。连做梦也成了一件苦事，这应该是许多人在恶劣的现境中所共同体味着的吧。

在我们乡间，一般人就一年一度地要正式体味着这一件苦事了。每逢除夕那一夜，大家便烧着木柴，围在一圈谈天，说吉利话，一直到新年的元旦。这叫作"守岁"，主意是在避免做噩梦。据说，这一夜做出的梦是最有效验的，做出好梦自然很好，如果做出噩梦，便要倒霉一年。他们记得自己时常总是噩梦多而好梦少，所以为了避免噩梦竟连好梦也不敢做了。但我希望他们现在能够张着眼睛做出许多好梦。

能够张着眼睛做出许多好梦的人，现在倒并不少，不过，这中间却有一个区别。许多好梦都专门是为了别人做出的，自然张着眼睛做出一些好梦也是可以的。自然我们也不但希望能够自己张着眼睛做出许多梦，而且希望能够于安眠中做出许多好梦。这就是说，我们根本须得一个可以令人做出许多好梦的现境，接着的问题便应该是怎样使我们的希望还不至于是一个梦。

1935 年 1 月 31 日

张爱玲（1920—1995），本名张煐。中国现代著名女作家。原籍河北丰润，生于上海。1932年开始发表小说、散文等文学作品。1939年就读于香港大学。1942年中断学业回到上海。此后陆续发表《沉香屑·第一炉香》《倾城之恋》《心经》《金锁记》等中、短篇小说，震动上海文坛。作品包括小说、散文、电影剧本和文学论著等，见证了中国近现代史。

天才梦

张爱玲

我是一个古怪的女孩，从小被目为天才，除了发展我的天才外，别无生存的目标。然而，当童年的狂想逐渐褪色的时候，我发现我除了天才的梦之外一无所有——所有的只是天才的乖僻缺点。世人原谅瓦格涅①的疏狂，可是他们不会原谅我。

加上一点美国式的宣传，也许我会被誉为神童。我三岁时能背诵唐诗。我还记得摇摇摆摆地立在一个清朝遗老的藤椅前朗吟"商女不知亡国恨，隔江犹唱后庭花"，眼看着他的泪珠滚下来。七岁时我写了第一部小说，一个家庭悲剧。遇到笔画复杂的字，我常常跑去问厨子怎么写。第二部小说是关于一个失

---

①今译瓦格纳（1813—1883），德国作曲家、文学家。——编者注。

恋自杀的女郎。我母亲批评说：如果她要自杀，她决不会从上海乘火车到西湖去自溺。可是我因为西湖诗意的背景，终于固执地保存了这一点。

我仅有的课外读物是《西游记》与少量的童话，但我的思想并不为它们所束缚。八岁那年，我尝试过一篇类似乌托邦的小说，题名《快乐村》。快乐村人是一好战的高原民族，因克服苗人有功，蒙中国皇帝特许，免征赋税，并予自治权。所以快乐村是一个与外界隔绝的大家庭，自耕自织，保存着部落时代的活泼文化。

我特地将半打练习簿缝在一起，预期一本洋洋大作，然而不久我就对这伟大的题材失去了兴趣。现在我仍旧保存着我所绘的插画多帧，介绍这种理想社会的服务、建筑、室内装修，包括图书馆、"演武厅"、巧格力①店、屋顶花园。公共餐室是荷花池里一座凉亭。我不记得那里有没有电影院与社会主义——虽然缺少这两样文明产物，他们似乎也过得很好。

九岁时，我踌躇着不知道应当选择音乐或美术做我终身的事业。看了一张描写穷困的画家的影片后，我哭了一场，决定做一个钢琴家，在富丽堂皇的音乐厅里演奏。

对于色彩、音符、字眼，我极为敏感。当我弹奏钢琴时，我想象那八个音符有不同的个性，穿戴了鲜艳的衣帽携手舞蹈。我学写文章，爱用色彩浓厚、音韵铿锵的字眼，如"珠灰""黄

---

①今译巧克力。——编者注。

昏""婉妙""splendour"①"melancholy"②，因此常犯了堆砌的毛病。直到现在，我仍然爱看《聊斋志异》与俗气的巴黎时装报告，便是为了这种有吸引力的字眼。

在学校里我得到自由发展。我的自信心日益坚强，直到我十六岁时，我母亲从法国回来，将她睽违多年的女儿研究了一下。

"我懊悔从前小心看护你的伤寒症，"她告诉我，"我宁愿看你死，不愿看你活着使你自己处处受痛苦。"

我发现我不会削苹果。经过艰苦的努力我才学会补袜子。我怕上理发店，怕见客，怕给裁缝试衣裳。许多人尝试过教我织绒线，可是没有一个成功。在一间房里住了两年，问我电铃在哪儿我还茫然。我天天乘黄包车上医院去打针，接连三个月，仍然不认识那条路。总而言之，在现实的社会里，我等于一个废物。

我母亲给我两年的时间学习适应环境。她教我煮饭；用肥皂粉洗衣；练习行路的姿势；看人的眼色；点灯后记得拉上窗帘；照镜子研究面部神态；如果没有幽默天才，千万别说笑话。

在待人接物的常识方面，我显露惊人的愚笨。我的两年计划是一个失败的试验。除了使我的思想失去均衡外，我母亲的沉痛警告没有给我任何的影响。

---

①splendour 意为辉煌、壮丽。——编者注。
②melancholy 意为忧郁。——编者注。

　　生活的艺术，有一部分我不是不能领略。我懂得怎么看"七月巧云"，听苏格兰兵吹 bagpipe①，享受微风中的藤椅，吃盐水花生，欣赏雨夜的霓虹灯，从双层公共汽车上伸出手摘树巅的绿叶。在没有人与人交接的场合，我充满了生命的欢悦。可是我一天不能克服这种咬啮性的小烦恼，生命是一袭华美的袍，爬满了蚤子。

---

①bagpipe 即风笛。——编者注。

张爱玲（1920—1995），本名张煐。中国现代著名女作家。原籍河北丰润，生于上海。1932年开始发表小说、散文等文学作品。1939年就读于香港大学。1942年中断学业回到上海。此后陆续发表《沉香屑·第一炉香》《倾城之恋》《心经》《金锁记》等中、短篇小说，震动上海文坛。作品包括小说、散文、电影剧本和文学论著等，见证了中国近现代史。

童言无忌

张爱玲

从前人家过年，墙上贴着"抬头见喜"与"童言无忌"的红纸条子。这里我用"童言无忌"来做题目，并没有什么犯忌讳的话急欲一吐为快，不过打算说说自己的事罢了。小学生下学回来，兴奋地叙述他的见闻，先生如何偏心，王德保如何迟到，和他合坐一张板凳的同学如何被扣一分因为不整洁，说个无了无休，大人虽懒于搭茬，也由着他说。我小时候大约感到了这种现象之悲哀，从此对于自说自话有了一种禁忌。直到现在，和人谈话，如果是人家说我听，我总是愉快的。如果是我说人家听，那我过后思量，总觉得十分不安，怕人家嫌烦了。当真憋了一肚子的话没处说，唯有一个办法，走出去干点惊天动地的大事业，然后写本自传，不怕没人理会。这原是幼稚的梦想，现在渐渐知道了，要做个举世瞩目的大人物，写个人手一册的自传，希望是很渺茫，还是随时随地把自己的事写点出来，免得压抑过甚，到年老的时候，一发不可复制，一定比谁都唠叨。

然而通篇"我我我"的身边文学是要挨骂的。最近我在一本文书上看到两句话，借来骂那种对于自己过分感到兴趣的作家，倒是非常切当："他们花费一辈子的时间瞪眼看自己的肚脐，并且想法子寻找可有其他的人也感到兴趣的，叫人家也来瞪眼看。"我这算不算肚脐眼展览，我有点疑心，但也还是写了。

一、 钱

不知道"抓周"这风俗是否普及各地。我周岁的时候循例在一只漆盘里拣选一件东西，以卜将来志向所趋。我拿的是钱——好像是个小金镑吧。我姑姑记得是如此，还有一个女佣坚持说我拿的是笔，不知哪一说比较可靠。但是无论如何，从小似乎我就很喜欢钱。我母亲非常诧异地发现这一层，一来就摇头道："他们这一代的人……"我母亲是个清高的人，有钱的时候绝口不提钱，即至后来为钱逼迫得很厉害的时候也还把钱看得很轻。这种一尘不染的态度很引起我的反感，激我走到对面去。因此，一学会了"拜金主义"这名词，我就坚持我是拜金主义者。

我喜欢钱，因为我没吃过钱的苦——小苦虽然经验到一些，和人家真吃过苦的比起来实在不算什么——不知道钱的坏处，只知道钱的好处。

在家里过活的时候，衣食无忧，学费、医药费、娱乐费全用不着操心，可是自己手里从来没有钱。因为怕小孩买零嘴吃，我们的压岁钱总是放在枕头底下过了年便缴还给父亲的，我们也从来没有想到反抗。直到十六岁我没有单独到店里买过东西。没有习惯，也就没有欲望。

看了电影出来，像巡捕房招领的孩子一般，立在街沿上，等候家里的汽车夫把我认回去（我没法子找他，因为老是记不得家里汽车的号码），这是我回忆中唯一的豪华的感觉。

生平第一次赚钱，是在中学时代，画了一张漫画投到英文《大美晚报》上，报馆里给了我五块钱，我立刻去买了一支小号的丹琪唇膏。我母亲怪我不把那张钞票留着做个纪念，可是我不像她那么富于情感。对于我，钱就是钱，可以买到各种我所要的东西。

有些东西我觉得是应当为我所有的，因为我较别人更会享受它，因为它给我无比的喜悦。眠思梦想地计划着一件衣裳，临到买的时候还得再三考虑着，那考虑的过程，于痛苦中也有着喜悦。钱太多了，就用不着考虑了；完全没有钱，也用不着考虑了。我这种拘拘束束的苦乐是属于小资产阶级的。每一次看到"小市民"的字样我就局促地想到自己，仿佛胸前佩着这样的红绸字条。

这一年来我是个自食其力的小市民。关于职业女性，苏青说过这样的话："我自己看看，房间里每一样东西，连一粒钉，也是我自己买的。可是，这又有什么快乐可言呢？"这是至理名言，多回味几遍，方才觉得其中的苍凉。

又听见一位女士挺着胸脯子说："我从十七岁就养活我自己，到今年三十一岁，没用过一个男人的钱。"仿佛是很值得自傲的，然而也近于负气吧？

到现在为止，我还是充分享受着自给的快乐的，也许是因为这于我还是新鲜的事。我不能够忘记小时候怎样向父亲要钱去付钢琴教师的薪水：我立在烟铺跟前，许久，许久，得不到回答。后来我离开了父亲，跟着母亲住了。问母亲要钱，起初是亲切有味的事，因为我一直是用一种罗曼蒂克的爱来爱着我母亲的。她是位美丽敏感的女人，而且我很少有机会和她接触，我四岁的时候她就出洋去了，几次回来了又走了。在孩子的眼里她是辽远而神秘的。有两趟她领我出去，穿过马路的时候偶尔拉住我的手，便觉得一种生疏的刺激性。可是后来，在她的窘境中三天两天伸手问她拿钱，为她的脾气磨难着，为自己的忘恩负义磨难着，那些琐屑的难堪，一点点地毁了我的爱。

能够爱一个人爱到问他拿零用钱的程度，那是严格的试验。

苦虽苦一点，我喜欢我的职业。"学成文武艺，货与帝王家"，从前的文人是靠着统治阶级吃饭的，现在情形略有不同，我很高兴我的衣食父母不是"帝王家"，而是买杂志的大众。不是拍大众的马屁的话——大众实在是最可爱的顾主，不那么反复无常、"天威莫测"；不搭架子，真心待人，为了你的一点好处会记得你到五年十年之久。而且大众是抽象的，如果必须要一个主人的话，当然情愿要一个抽象的。

赚的钱虽不够用，我也还囤了点货。去年听见一个朋友预言说：近年来老是没有销路的乔琪绒，不久一定要入时了，因为今日的上海，女人的时装翻不出什么新花样来，势必向五年前的回忆里去找寻灵感。于是我省下几百元来买了一件乔琪绒衣料。囤到现在，在市面上看见有乔琪绒出现了，把它送到寄售店里去，却又希望卖不掉，可以自己留下它。

就是这样充满了矛盾。上街买菜去，大约是带有一种落难公子的浪漫的态度吧？然而最近，一个卖菜的老头称了菜装进我的网袋的时候，我把网袋的绊子衔在嘴里衔了一会儿。我拎着那湿漉漉的绊子，并没有什么异样的感觉。自己发现与前不同的地方，心里很高兴——好像是一点踏实的进步，也说不出是为什么。

二、 穿

张恨水的理想可以代表一般人的理想。他喜欢一个女人清清爽爽穿件蓝布罩衫，于罩衫下微微露出红绸旗袍，天真老实之中带点诱惑性，我没有资格进他的小说，也没有这志愿。

因为我母亲爱做衣服，我父亲曾经咕噜过："一个人又不是衣裳架子！"我最初的回忆之一是我母亲立在镜子跟前，在绿短袄上别上翡翠胸针，我在旁边仰脸看着，羡慕万分，自己简直等不及长大。我说过："八岁我要梳爱司头，十岁我要穿高跟鞋，十六岁我可以吃粽子汤团，吃一切难于消化的东西。"越是性急，越觉得日子太长。童年的一天一天，温暖而迟慢，正像老棉鞋里面粉红绒里子上晒着的阳光。

有时候又嫌日子过得太快了，突然长高了一大截子，新做的外国衣服，葱绿织锦的，一次也没有上身，已经不能穿了。以后一想到那件衣服便伤心，认为是终生的遗憾。

有一个时期在继母治下生活着，拣她穿剩的衣服穿，永远不能忘记一件黯红的薄棉袍，碎牛肉的颜色，穿不完地穿着，就像浑身都生了冻疮；冬天已经过去了，还留着冻疮的疤——是那样的憎恶与羞耻。一大半是因为自惭形秽，中学生活是不愉快的，也很少交朋友。

中学毕业后跟着母亲过。我母亲提出了很公允的办法：如果要早早嫁人的话，那就不必读书了，用学费来装扮自己；要继续读书，就没有余钱兼顾到衣装上。我到香港去读大学，后来得了两个奖学金，为我母亲省下了一点钱，觉得我可以放肆一下了，就随心所欲做了些衣服，至今也还沉溺其中。

色泽的调和，中国人新从西洋学到了"对照"与"和谐"两条规矩——用粗浅的看法，对照便是红与绿，和谐便是绿与绿。殊不知两种不同的绿，其冲突倾轧是非常显著的；两种绿越是只推扳一点点，看了越使人不安。红绿对照，有一种可喜的刺激性，可是太直率的对照，大红大绿，就像圣诞树似的，缺少回味。中国人从前也注重明朗的对照。有两句儿歌："红配绿，看不足；红配紫，一泡屎。"《金瓶梅》里，家人媳妇宋蕙莲穿着大红袄，借了条紫裙子穿着了，西门庆看着不顺眼，开箱子找了一匹蓝绸与她做裙子。

现代的中国人往往说从前的人不懂得配颜色。古人的对照不是绝对的，而是参差的对照，譬如说：宝蓝配苹果绿，松花色配大红，葱绿配桃红。我们已经忘记了从前所知道的。

过去的那种婉妙复杂的调和，唯有在日本衣料里可以找到。所以我喜欢到虹口去买东西，就可惜他们的衣料都像古画似的卷成圆柱形，不能随便参观，非得让店伙一卷一卷慢慢地打开来。把整个店铺搅得稀乱而结果什么都不买，是很难为情的事。

和服的裁制极其繁复，衣料上宽绰些的图案往往被埋没了，倒是做了线条简单的中国旗袍，予人的印象较为明晰。

日本花布，一件就是一幅图画。买回家来，没交给裁缝之前我常常几次三番拿出来赏鉴：棕榈树的叶子半掩着缅甸的小庙，雨纷纷的，在红棕色的热带；初夏的池塘，水上结了一层绿膜，飘着浮萍和断梗的紫的白的丁香，仿佛应当填入《哀江南》的小令里；还有一件，题材是"雨中花"，白底子上，阴戚的紫色的大花，水滴滴的。

看到了而没买成的我也记得。有一种橄榄绿的暗色绸，上面掠过大的黑影，满蓄着风雷。还有一种丝质的日本料子，淡湖色，闪着木纹、水纹；每隔一段路，水上飘着两朵茶碗大的梅花，铁划银钩，像中世纪礼拜堂里的五彩玻璃窗画，红玻璃上嵌着沉重的铁质沿边。

市面上最普通的是各种叫不出名字来的颜色，青不青，灰不灰，黄不黄，只能做背景的，那都是中立色，又叫保护色，又叫文明色，又叫混合色。混合色里面也有秘艳可爱的，照在身上像另一个宇宙里的太阳。但是我总觉得还不够，还不够，像 Van Gogh[1] 画图，画到法国南部烈日下的向日葵，总嫌着色不够强烈，把颜色大量地堆上去，高高凸了起来，油画变成了浮雕。

对于不会说话的人，衣服是一种言语，随身带着的一种袖珍戏剧。这样地生活在自制的戏剧气氛里，岂不是成了"套中人"了吗？（契诃夫的"套中人"，永远穿着雨衣，打着伞，严严地遮住他自己，连他的表也有表袋，什么都有个套子。）

生活的戏剧化是不健康的。像我们这样生长在都市文化中的人，总是先看见海的图画，后看见海；先读到爱情小说，后知道爱。我们对于生活的体验往往是第二轮的，借助于人为的戏剧，因此在生活与生活的戏剧化之间很难划界。

有天晚上，在月亮底下，我和一个同学在宿舍的走廊上散步，我十二岁，她比我大几岁。她说："我是同你很好的，可是不知道你怎样。"因为有月亮，因为我生来是一个写小说的人，我郑重地低低说道："我是……除了我的母亲，就只有你了。"她当时很感动，连我也被自己感动了。

还有一件事也使我不安，那更早了，我五岁，我母亲那时候不在中国。我父亲的姨太太是一个年纪比他大的妓女，名唤老八，苍白的瓜子脸，垂着长长的前刘海，她替我做了顶时髦

---

[1]今译凡·高（1853—1890）。——编者注。

的雪青丝绒的短袄长裙，向我说："看我待你多好！你母亲给你们做衣服，总是拿旧的东拼西改，哪儿舍得用整幅的丝绒？你喜欢我还是喜欢你母亲？"我说："喜欢你。"因为这次并没有说谎，想起来更觉耿耿于心了。

三、 吃

小时候常常梦见吃云片糕，吃着吃着，薄薄的糕变成了纸，除了涩，还感到一种难堪的怅惘。

一直喜欢吃牛奶的泡沫，喝牛奶的时候设法先把碗边的小白珠子吞下去。

《红楼梦》上，贾母问薛宝钗爱听何戏，爱吃何物。宝钗深知老年人喜看热闹戏文，爱吃甜烂之物，便都拣贾母喜欢的说了。我和老年人一样地爱吃甜的烂的。一切脆满爽口的，如腌菜、酱萝卜、蛤蟆酥，都不喜欢，瓜子也不会嗑，细致些的菜如鱼虾完全不会吃，是一个最安分的"肉食者"。

上海所谓"牛肉庄"是可爱的地方，雪白干净，瓷砖墙上丁字式贴着"汤肉××元，腓利××元"的深桃红纸条。屋顶上，球形的大白灯上罩着防空的黑布套，衬着大红里子，明朗得很。白外套的伙计们个个都是红润肥胖，笑嘻嘻的，一只脚踏着板凳，立着看小报。他们的茄子特别大，他们的洋葱特别香，他们的猪特别地该杀。门口停着塌车，运了两口猪进来，齐齐整整，尚未开剥，嘴尖有些血渍，肚腹掀开一线，露出大红里子。不知道为什么，看了绝无丝毫不愉快的感觉，一切都是再应当也没有，再合法、更合适也没有。我很愿意在牛肉庄上找个事，坐在计算机前面专管收钱。那里是空气清新的精神疗养院。凡事想得太多了是不行的。

四、 上大人

坐在电车上，抬头看面前立着的人，尽多相貌堂堂，一表非俗的，可是鼻孔里很少是干净的。所以有这句话："没有谁能够在他的底下人跟前充英雄。"

五、 弟 弟

我弟弟生得很美而我一点也不。从小我们家里谁都惋惜着，因为那样的小嘴、大眼睛与长睫毛，生在男孩子的脸上，简直是白糟蹋了。长辈就爱问他："你把眼睫毛借给我好不好？明天就还你。"然而他总是一口回绝了。有一次，大家说起某人的太太真漂亮，他问道："有我好看吗？"大家常常取笑他的虚荣心。

他妒忌我画的图，趁没人的时候拿来撕了或是涂上两道黑杠子。我能够想象他心理上感受的压迫。我比他大一岁，比他会说话，比他身体好，我能吃的他不能吃，我能做的他不能做。

一同玩的时候，总是我出主意。我们是《金家庄》上能征惯战的两员骁将，我叫月红，他叫杏红，我使一口宝剑，他使两只铜锤，还有许许多多虚拟的伙伴。开幕的时候永远是黄昏，金大妈在公众的厨房里咚咚切菜，大家饱餐战饭，趁着月色翻过山头去攻打蛮人。路上偶尔杀两头老虎，劫得老虎蛋，那是巴斗大的锦毛毯，剖开来像白煮鸡蛋，可是蛋黄是圆的。我弟弟常常不听我的调派，因而争吵起来。他是"既不能令，又不受令"的，然而他实在是秀美可爱。有时候我也让他编个故事：一个旅行的人为老虎追赶着，赶着，赶着，泼风似的跑，后头呜呜赶着……没等他说完，我已经笑倒了，在他腮上吻一下，把他当个小玩意。

有了后母之后，我住读的时候多，难得回家，也不知道我弟弟过的是何等样的生活。有一次放假，看见他，吃了一惊。他变得高而瘦，穿一件不甚干净的蓝布罩衫，租了许多连环图画来看。我自己那时候正在读穆时英①的《南北极》与巴金的《灭亡》，认为他的口胃大有纠正的必要，然而他只晃一晃就不见了。大家纷纷告诉我他的劣迹，逃学，忤逆，没志气。我比谁都气愤，附和着众人，如此激烈地诋毁他，他们反而倒过来劝我了。

后来，在饭桌上，为了一点小事，我父亲打了他一个嘴巴子。我大大地一震，把饭碗挡住了脸，眼泪往下直淌。我后母笑了起来道："咦，你哭什么？又不是说你！你瞧，他没哭，你倒哭了！"我丢下了碗冲到隔壁的浴室里去，闩上了门，无声地抽噎着，我立在镜子前面，看我自己的掣动的脸，看着眼泪滔滔流下来，像电影里的特写。我咬着牙说："我要报仇。有一天

①穆时英（1902—1940），现代小说家，"新感觉派"代表人物之一。著有《南北极》《公墓》等。——原编者注。

我要报仇。"

浴室的玻璃窗临着阳台，"啪"的一声，一只皮球蹦到玻璃上，又弹回去了。我弟弟在阳台上踢球。他已经忘了那回事了。这一类的事，他是惯了的。我没有再哭，只感到一阵寒冷的悲哀。

徐志摩（1897—1931），现代诗人、散文家，新月派代表诗人。早年先后就读于上海沪江大学、天津北洋大学和北京大学。1918年和1921年先后赴美国、英国留学，1922年回国。1923年参与发起成立新月社，加入文学研究会。1924年与胡适、陈西滢等创办《现代诗评》周刊。印度大诗人泰戈尔访华时任翻译。1926年与闻一多、朱湘等人开展新诗格律化运动。1931年因飞机失事遇难。其代表作品为《再别康桥》《翡冷翠的一夜》。

想　飞

徐志摩

飞，"其翼若垂天之云……背负青天而莫之夭阏者"；那不容易见着。我们镇上东关厢外有一座黄泥山，山顶上有一座七层的塔，塔尖顶着天。塔院里常常打钟，钟声响动时，那在太阳西晒的时候多，一枝艳艳的大红花贴在西山的鬓边回照着塔山上的云彩。——钟声响动时，绕着塔顶尖，摩着塔顶天，穿着塔顶云，有一只两只有时三只四只有时五只六只蜷着爪往地面瞧的"饿老鹰"，撑开了灰苍苍的大翅膀，没挂恋似的在那里盘旋，在半空中浮着，在晚风中泅着，仿佛是按着塔院钟声的波荡来练习圆舞似的。那是我做孩子时所见的"大鹏"。有时好天抬头不见一瓣云的时候，听着"嗃忧忧"的叫响，我们就知道那是宝塔上的饿老鹰寻食吃来了。这一想象半天里秃顶圆睛的英雄，我们背上的小小翅膀骨上就仿佛豁出了一铿铿铁刷似的羽毛，摇起来呼呼响的，只一摆就冲出了书房门，钻入了玳瑁镶边的白云里玩儿去，谁耐烦站在先生书桌前晃着身子背早上上的多难的书！啊，飞！不是那在树枝上矮矮地跳着的麻雀儿的飞，不是那凑天黑从堂屋后背冲出来赶蚊子吃的蝙蝠的飞，也不是那软尾巴软嗓子做窠在堂檐上的燕子的飞。要飞就得满天飞，风拦不住、云挡不住地飞，一翅膀就跳过一座山头，影子下来遮得阴二十亩稻田地飞，到天晚飞倦了就来绕着那塔顶尖顺着风向打圆圈做梦……听说饿老鹰会抓小鸡！

　　是人没有不想飞的。老是在这地面上爬着够多厌烦，不说别的。飞出这圈子，飞出这圈子！到云端里去，到云端里去！哪个心里不成天千百遍地这么想？飞上天空去浮着，看地球这弹丸在太空里滚着，从陆地看到海，从海再看到陆地。凌空去看一个明白——这才是做人的趣味，做人的权威，做人的交代。这皮囊要是太重挪不动，就掷了它，可能的话，飞出这圈子，飞出这圈子！

胡　风（1902—1985），原名张光人。现代文艺理论家、诗人、文学翻译家。1920 年起就读于武昌和南京的中学。1925 年进北京大学预科，一年后入清华大学英文系，不久辍学，回乡参加革命活动。1929 年到日本东京进庆应大学英文科，曾参加日本普罗科学研究所艺术研究会，从事普罗文学活动。回国后于 1935 年编辑《木屑文丛》。翌年与人合编《海燕》文学杂志。1945 年初创办并主编文学杂志《希望》。出版有多部诗集、杂文集、文艺批评论文集、散文集、译文集等。

天　才

胡　风

在艺术家的笔下、心里，常常认自己是天才，也常常认他所喜爱的艺术家同道是天才。天才，也许理论上实有，而且事实上也不必厚非的。

然而，什么是天才呢？它应该是最先见地、最尖锐地说出了人生的真理，而且是最勇敢地、最坚决地保卫了人生的真理。这人生的真理，如果用普通一点的话说，就是战斗的要求。

那么，它就绝不是神秘渺茫的，而是社会意义的东西了。它应该有受到权衡的标准，它也应该有为了战斗的心地。

所以，肯定别人是天才，可以的，但不能只是空空洞洞地说些什么"他的天才是透明的呀"一类的昏话。

自信是天才，也可以的，但不能老是"怀才不遇"地喊着"我是天才呀，你们不优待我呀"……因为，对于敌人，这不算是什么战法，对于友人呢，恐怕只能算是市侩主义了：我是天才呀，与众不同呀，你们为什么不出高一点的价钱呢？……

1944 年 9 月 29 日

冯雪峰（1903—1976），原名福春，笔名雪峰等。现代著名诗人、文艺理论家。1919年考入浙江省立第七师范学校。1921年考入浙江省立第一师范学校。1925年到北京大学旁听日语。1926年开始翻译文学作品及文艺理论专著。1929年参加筹备中国左翼作家联盟，后任"左联"党团书记。1933年年底到瑞金任中共中央党校副校长。1954年因《红楼梦》研究问题和"胡风事件"受批判，1957年被划为右派，1966年又被关进牛棚。1979年中共中央为其彻底平反并恢复名誉。代表作品有《湖畔》《雪峰文集》等。

发　疯

冯雪峰

人们都同情疯子。

然而这同情立即受试验了，只要疯子向人们走去，人们就立即厌恶地走开。

此外，还或者讪笑他，或者让他吃泥土或大小便，或者毒打他，或者将他幽禁起来，也都是同情的表现。

这来试验人们的同情的，就是疯子自己，一切都是他亲自来领受了。

就是疯子自己，再亲自来领受一回社会的同情了。

就是他自己，再一度地向社会肉搏了。

他大抵不相信社会是坚硬的，或者知道它坚硬而以为自己比它更坚硬。

他大抵也不知道自己是违反社会的，或者知道而偏偏反抗着它。

疯子唯一使人欢喜的，就是他使人莫可如何；就是他的想头，他的行为，他的失常了的神经，都和人们不合，使他们大大不安，却已经没有办法说服人，除了打他，将他关起来，或者活活地治死他。

疯子唯一使人憎恶的，也就在此。

他从此走到发疯。在他发疯的时候显示疯子的正态，也显出了社会的正态，显出了一切好心人的正态，于是他再肉搏着社会，再走近人们，他想要再拥抱这真实的社会。他就不会以为他在发疯。

他就不会以为在发疯，因为他在肉搏着真实的社会。这真实使他大大地欢喜，使他拿出了一切的真诚，他用尽一切的真诚去迎接一切的真实。他爱这样干，这早已使他失常，使他发了疯了，而他也真的拥抱着社会的真实了。

他的确有点不近人情，因为他太爱追求社会的真实，太爱和社会的真实碰击，而且太爱拿出自己的真诚，用了自己的生命去碰击。于是就看见了完全的真实，然而又始终以为还不够真实。

疯子发疯的唯一理由，是以他自己的真实，恰恰碰触着社会的真实。

疯子发疯而不立即死亡，是因为他碰触着真实的一瞬间，他看见真实了，于是他发疯了，然而又以为还不够真实，于是又继续追求，继续肉搏，似乎想透过那真实再寻求出另外的真实来，于是又继续发疯。

疯子发疯而不立即清醒过来，原因也就在此。

疯子从这里显出了他的坚强，然而也从这里显出了他的软弱。

他爱和真实碰触，用自己的真实去肉搏。不畏避一切的冷酷，不屈服于一切的坚硬，也不为一切的温顺所软化，偏要走通自己的路。从这里，疯子看见自己是一个强者。

然而他又不相信一切掷来的逆袭，他不甘于这逆袭，他不相信这就是社会的正态，他还以为在真实背后还有真实，在虚伪之中必有真诚，他甚至碰见坚硬时又想找到温软，遇到冰冷时又想送过来暖热——在这里，疯子显出了自己的软弱。

然而他又不甘服于自己的软弱，也不相信自己的坚强，他还以为自己还要更坚强。

他从此走到发疯，于是也从此走到灭亡。

他从此走到灭亡，因为他是强者，然而又是弱者。

社会就在找着强者碰击。社会在找着坚强的东西来强折，以证明它自己的坚硬。

社会在找着弱者做溃口。它压榨着一切的软弱的东西，向着软弱的地方压倒过去——一切软弱的就都是一切看得见的和看不见的魔群所扑击的目标，也就都是种种的积脓的溃决的出口。

社会适合于不强不弱者生存。一切中庸主义者是不会发疯的，也不会灭亡的。

一切市侩和市侩主义者，也不会发疯，也不会灭亡。

一切聪明的人都不会发疯，都不会灭亡。

然而一切最强者也不会发疯，因为他碰得过社会。

而一切最弱者也不会发疯，因为早被压死了。

因此，只有疯子从此走到发疯，也从此走到灭亡。因为他是强者，而又是弱者；他是弱者，然而又自以为是强者。

疯子是这社会的、这时代的恰好的牺牲者。

这时代、这社会在要求着这样的牺牲，这牺牲是实在的，因此，还赢得了人们的同情和厌恶。

这牺牲是实在的，因此，据说现在发疯最多的就是青年了。

青年是以为应该反抗社会，能够反抗社会，然而又以为社会原是应该容易支使的，应该温暖，一切都不应该碰壁的。他是强者，然而又是弱者。自然，青年是要供这时代的牺牲了。

这牺牲自然是实在的，因此，又据说现在发疯最多的就是妇女了。

妇女是以为应该觉醒，已经觉醒，应该反抗传统，反抗一切压迫的，然而又以为社会是应该公平，也应该温暖，她的觉醒与反抗应该受赞许、受欢迎的。她是觉醒者，然而又还没有完全地觉醒。自然，妇女又应该供这时代的牺牲了。

这牺牲自然都是实在的，因此，都赢得了讥笑、厌恶和虐待。

因此，据说发疯最多的，任何时代，都是那有反抗传统和社会的狂气的人。

　　任何时代，一切有狂气的人，一切天才、半天才和自以为天才的人，都要试着去反抗传统，反抗社会，然而又都是小孩一般的天真，青年一般的"不聪明"。

　　任何时代，一切有狂气的人，都是强者，然而又都是弱者。

　　强者然而又是弱者，因此，任何时代，一切疯子从此走到发疯，也从此走到灭亡。

　　因此，疯子是这时代的、这社会的恰好的牺牲者。

　　这时代、这社会在要求着这样的牺牲，然而因此，就在要求着疯子以上的大疯狂者，要求着强者以上的强者。

　　要求着大疯狂者的肉搏。

　　要求着最强者的反抗。

王　力（1900—1986），字了一。著名语言学家、诗人。1924 年由亲友资助，入上海南方大学学习。1925 年入上海国民大学。1926 年考入清华大学国学研究院。1927 年留学法国，1931 年获巴黎大学文学博士学位。1932 年回国后，先后在清华大学、燕京大学、广西大学、西南联合大学、中山大学、岭南大学任教，曾任中山大学及岭南大学文学院院长。王力对汉语有极为精深的研究，一生著作等身，写了近千万字的学术论著，其中专著 40 多种，论文近 200 篇，还翻译了 20 多种法国文学作品。

姓　名

王　力

　　姓名是专名的一种，既然是专名，就应该是一个人所独有的了。然而世界上不少同姓或同名的人，甚至名字都相同。西洋人同名的多，同姓的少；中国人却是同姓的多，同名的少。西洋人普通说出一个姓来，大家就知道是谁；中国人说出姓来还不够，往往需要姓名并举。越南人同姓的更多，虽常见的只有阮、黎、李、陈、范、吴几姓，名的第一个字也往往相同，所以他们习惯上称名不称姓，例如阮文桂只称桂先生，不称阮先生。

　　西洋的姓和名本是同源的。许多教会里给予的"洗礼名"后来都变了姓。但是大多数的姓的来源却不是由于洗礼。只有名往往是"代父"或"代母"题的，这些名差不多全是采用日历上的圣名或上古伟人的名字，所以能有无数的约翰、约瑟、杰克、阿朵尔夫①、亨利、梅伦、玛丽等。一般姓的来源，说来很有趣味。有些是由于原籍或出生地的名称，所以有些人姓山（译意，下同），因为来自山上；姓河，因为来自河边；还有姓谷、姓桥、姓桦树坪之类。有些是由于职业，所以有人姓商、姓匠、姓面包商、姓车匠、姓金匠、姓铁匠、姓鞍鞯匠、姓绳索商、姓木屐匠、姓磨坊主人、姓泥水匠、姓裁缝之类。更有趣的是由绰号或小名变为姓：有人姓胖、姓大、姓小、姓年轻、姓弯腰、姓竖发、姓棕发、姓蓬头、姓赭、姓白、姓黑、姓短大腿、姓独眼龙、姓驼背、姓细毛、姓小约翰、姓大约翰、姓胖约翰，甚至姓坏蛋、姓拖油瓶；又有人姓鱼、姓猴子、姓母羊、姓梨树、姓苹果树、姓葡萄苗、姓李子、姓玫瑰。由绰号小名变为姓的原因，据说是在从前同姓同名的人太多了，譬如一村只有五六姓，每一姓就有许多约翰、许多亨利，混乱得很，于是人们不喜欢叫名字，只叫绰号，后来渐渐地绰号替代了真姓名。姓年轻的人活了八九十岁，人家仍叫他年轻先生；姓胖的儿子虽然很瘦，人家仍旧叫他胖先生；面包商的孙子做了大官，仍旧姓的是面包商。名流之中不乏其例：美国诗人郎斐罗②，直译该是长脚或高个子；去年才退位的法国总统勒白伦，直译该是棕发先生。以形为名，中国上古似乎是有的。春秋时代，郑国有公孙黑，孔子的弟子狄黑，晋国有蔡墨。最有趣的

---

①今译阿道夫。——编者注。
②今译朗费罗（1807—1882）。——编者注。

是卫国有公子黑背；楚国有黑要（腰），又有公子黑肱；晋成公的名是黑臀。他们说不定就是因为背、腰、肱、臀等处生着黑痣，所以得到这种名字。至于以名记事，就更多了。郑庄公是他母亲睡着的时候生的，她醒来吃了一惊，就命名为寤生。楚令君子文是吃过老虎奶的，楚人叫奶作"谷"，叫名虎作"於菟"，而子文姓斗，所以他的姓名是斗谷於菟。直到现代，咱们还有一些以名记事的习惯，例如生于上海就以申为名，生于广西就以桂为名。抗战以后，外省人在昆明生的儿女，不少以昆为名的。依我猜想，重庆的三岁以下的小孩以庆或渝为名的，也该不在少数吧。

中国人命名爱用吉利语也是自古而然的。无忌、无咎、无亏、无骇、弃疾、去病、千秋之类，汉以前就有了。"福""禄"一类的字是较后起的。关于寿，大家喜欢用寿彭、鹤龄、嵩年之类；龟年本来也是美名，但是"龟"字变了骂人的术语之后，大家就避免不用了。近似于吉利语的，则有仰慕古人的字眼：泛指的有希圣、希贤、希哲等；专指的，如姓张，往往是学良、效良或希骞，如果姓李，则往往是希纲、希泌、希白等。

自从女子读书之后，妇女也有名字了。不知为什么，多数人喜欢用些和男子不同的名字。虽不至像越南女子一律在姓下名上加一个"氏"字（如黎氏贵），但如淑贞、淑芳、兰英、静婉之类，总像是带着女性的标记。有些书香人家喜欢在《诗经》里找名字，如舜华、舜英等，这似乎不是很好的办法，因为《诗经》中用这种字眼形容女子是不怀好意的，至少向来的解释是如此。近来风气似乎是变了，许多女学生的名字都和男学生一样了。

因为中国人命名喜欢用吉利或顺眼的字眼，所以姓名很容易雷同，男的不知道有多少世昌和其昌，女的不知道有多少淑贞和淑芳！即使加上姓的分别，同姓的世昌和淑贞还是不在少数。姓名雷同所引起的误会，小而至于被冒领信件，大而至于替人坐监牢，那不是好玩的。听说某先生曾接到某部长的一个电报，叫他到重庆去，他实在莫名其妙，于是复电请问可否从缓启程，那位部长又来一个电报催促，这位先生急得没法了，再打一个电报说明自己的籍贯，那位部长才知道是误会了。这件事虽不至于坐监牢，总算是小小的麻烦，而且耽误了部长的要事，更可说姓名雷同的缺点。

幸亏近代以来，各家族有所谓字辈。字辈和末一字连起来不一定有意义，所以不容易和别人的雷同。只可惜字辈之中仍有许多极常见的字，如"世""其""昌""水""福"之类，和末一字凑起来，仍旧难免和别人的名字相重。新近又有一种采用外国名字的倾向，如约翰、珍妮等，这自然是很新的玩意儿。但是竞尚欧化的今日，我们可以断定将来这一类的名字比世昌、淑贞还更普遍。除非不用普通的译名而自创新的译名，如洪煨莲先生，否则将来此风一盛，不难有千百个马约翰！西洋人用洗礼名是可以的，因为他们同姓的人少；咱们中国人用洗礼名是极容易雷同的，因为咱们同姓的人多。假使将来大多数的中国人都用洗礼名，恐怕只好"全盘西化"，改用"面包商"、"铁匠"一类的姓氏了。

为了避免雷同，有些雅人采用偏僻的名字。我本人就是其中的一个。在十五六岁时，我嫌父亲所给的名和老师所给的字都太俗、太普遍，于是自己改名为"力"，改字为"了一"。但是所谓僻名也是没有标准的。我改名不到几个月，就看见《小说月报》上有个饶了一。后来又知道《西儒耳目资》的刊行者王征别字了一道人。了一道人姓王，这有多么巧！名字古怪了，虽然不容易雷同，却有另外一种麻烦。人们看不顺眼，就会念错。曾经有一个邮差在我的门口高喊"王力先收情"（把"先生"的"先"连上念），另一次又有一个在院子里喊"王了的电报"。前者是"添足"，后者竟是刖刑！

我的名字虽是僻名，却非僻字。若索性用了僻字，大约是不会和别人相重了。但是，天哪，我的名字还有人误念为王刀！试想僻字还有人念得出声音来吗？王世杰先生之被念成王世术，夏丏尊先生被念成夏丐尊，该怨一般人认识的字太少呢，还是该怪自己用字太深？

中国人于姓名之外，还有一个"字"，这也是由来已久的。"字"不一定要有两个字，例如蔡公孙霍字盱，项籍字羽，刘邦字季。就是加"子"字和"孟""仲""叔""季"之类，也可当作一个字看待。"孟"、"仲"、"叔"、"季"、"伯"、"子"、"父"（甫）等字的来源较古，"堂""廷""斋""幼"等字是后起的。表字根据经典，似乎春秋时代就有了的。陈公子佗字五父，王引之以为是根据《诗经》"素丝五纬"之句，纬佗通。

后代相习成风，于是名凤者字鸣岐，名琼者字子瑶之类，差不多看见了字就猜得着名。其中也有割裂得极不通的，如聚五、立三、绳祖等。这种风俗最近一二十年来似乎渐趋消灭了。青年们往往只有姓名，没有表字。因此，他们也就多数不懂称呼上的规矩。有一个高中的学生写信给我，封面写的是王了一，信内却称王力先生。但是，有一位朋友在某机关当秘书，同事们却又劝他取一个表字，以便称呼。青年总是和社会打成两橛的，区区称呼一事也不在例外。

实际上，一个人有两个名字，在现代，非但没有好处，并且还有坏处。常常有人知道我叫王力，还问我认识不认识王了一。这且不提，在北平的时候，有人寄钱给我，写的是王了一。我只有两个图章，其一是王力，另一是了一，银行里不许我取款，因为前者是姓合名不合，后者是名合而没有姓。结果是劝我花了一角钱在刻字摊上刻一个木印，才算办清手续！朱佩弦先生的别名比我更多，也曾遇着同样的情形。他气起来，就叫人刻了一个十几个字的图章，文曰"朱自清字佩弦，又字某某，又字某某之印"，这样才算是处处通用了。

别号和表字不同，却和现代所谓笔名是一样的东西，旧文学家之有别号，正像新文学家之有笔名。《儿女英雄传》的著者署名燕北闲人，和《阿Q正传》的著者署名鲁迅，只有摩登不摩登的分别而已。文学家之用笔名，不外两种原因：第一是换换新花样，第二是不让人家知道真姓名。若为的是换换新花样，那没有什么可说；若为的是隐藏真姓名，这个目的却不容易达到。世间只有捐钱修葺寺庙的"无名氏"没有人根究真姓名，否则只要人家肯调查，总会查得出来。甚至自署"废名"的，人家还会知道他是冯文炳。固然，笔名常常变换的人比较容易隐藏真姓名，但这是和文坛登龙术相违背的：一般人总喜欢专用一个笔名，以便读者深深印入脑筋。但是咱们须知，名字只是一个人的标记，如果天下人都只知道你的笔名，那么，从某一意义上说，这个笔名才是你的真名，而你本来的名字倒反等于完全废弃或半废弃的"原名"了。由此看来，笔名满天下而原名湮没无闻者，事实上等于改名换姓。改名固然平平无奇，换姓也不过等于一个招赘女婿或螟蛉女儿。人家给咱们介绍一位沈德鸿字燕宾又字雁冰的先生，不如介绍茅盾来得响亮；介绍一位谢婉莹女士，不如介绍冰心来得如雷贯耳。等到自己也肯公然承认名叫茅盾或冰心的时候，仍不失为行不更名、坐不改姓的好汉。千秋万岁后，非但真假难辨，而且弄假成真。除了研究西洋文学史的人外，谁还知道莫里哀的真姓名是约翰·巴狄斯特·波克兰，史丹达尔的真姓名是亨利·贝勒，乔治·桑的真姓名是欧洛尔·杜鹏或杜德方男爵夫人呢？

王 力（1900—1986），字了一。著名语言学家、诗人。1924年由亲友资助，入上海南方大学学习。1925年入上海国民大学。1926年考入清华大学国学研究院。1927年留学法国，1931年获巴黎大学文学博士学位。1932年回国后，先后在清华大学、燕京大学、广西大学、西南联合大学、中山大学、岭南大学任教，曾任中山大学及岭南大学文学院院长。王力对汉语有极为精深的研究，一生著作等身，写了近千万字的学术论著，其中专著40多种，论文近200篇，还翻译了20多种法国文学作品。

蹓 跶

王 力

在街上随便走走，北平话叫作"蹓跶"。蹓跶和散步不同：散步常常是拣人少的地方走去，蹓跶却常常拣人多的地方走去。蹓跶又和乡下人逛街不同：乡下人逛街是一只耳朵当先，一只耳朵殿后，两只眼睛带着千般神秘，下死劲地盯着商店的玻璃橱；城里人蹓跶只是悠然自得地信步而行，乘兴而往，兴尽则返。蹓跶虽然用脚，实际上为的是眼睛的享受。江浙人叫作"看野眼"，一个"野"字就够表示眼睛的自由和意念上毫无粘着的样子。

蹓跶的第一个目的是看人。非但看熟人，而且看陌生的人；非但看异性，而且看同性。有一位太太对我说："休说你们男子在街上喜欢看那些太太小姐们，我们女子比你们更甚！"真的，世上没有一样东西，比一件心爱的服装，一双时款的皮鞋，或一头新兴的发鬓，更能在街上引起一个女子的注意了。甚至曼妙的身段，如塑的圆腓，也不是没有一样现代女郎欣赏的对象。中国旧小说里，以评头品足为市井无赖的邪僻行为，其实在阿波罗和藐子①所启示的纯洁美感之下，头不妨评，足不妨品，只要品评出于不语之语，或交换于知己朋友之间，我们看不出什么越轨的地方来。小的时候听见某先生发一个妙论，他说太阳该是阴性，因为她射出强烈的光来，令人不敢平视；月亮该是阳性，因为他任人注视，毫无掩饰。现在想起来，月亮仍该是阴性。因为美人正该如晴天明月，万目同瞻；不该像空谷幽兰，孤芳自赏。

蹓跶的第二个目的是看物。任凭你怎样富有，终有买不尽的东西。对着自己所喜欢的东西瞻仰一番，也就可饱眼福。古人说："过屠门而大嚼，虽不得肉，聊且快意。"现在我们说："入商场而凝视，虽不得货，聊且过瘾。"关于这个，似乎是先生们的瘾浅，太太小姐们的瘾深。北平东安市场里常有大家闺秀的足迹，然而非但宝贵的东西不必多买，连便宜的东西也不必常买；有些东西只值得玩赏一会儿，如果整车地搬回家去，倒反腻了。话虽如此说，你得留神多带几个钱，提防一个"突击"。我们不能说每一次蹓跶都只是蹓跶而已。偶然某一件衣料给你太太付一股灵感，或者某一件古玩给你本人送一个秋波，你就不能不让你衣袋里的钞票搬家，并且在你的家庭账簿上登记一笔意外的账目。

就我个人而论，蹓跶还有第三个目的，就是认路。我有一种很奇怪的脾气，每到一个城市，恨不得在三天内就把全市的

———————

①即缪斯。——编者注。

街道都走遍，而且把街名及地点都记住了。不幸得很，我的记性太坏，走过了三遍街道也未必记得住。但是我喜欢闲逛，就借这闲逛的时间来认路。我喜欢从一条熟的道路出去蹓跶，然后从一条生的道路兜个圈子回家。因此我走错了路。然而我觉得走错了不要紧，每走错了一处，就多认识一个地方。我在某一个城市住了三个月之后，对于那城市的街道相当熟悉；住了三年之后，几乎够得上充当一个向导员。巴黎的五载居留，居然能使巴黎人承认我是一个"巴黎通"。天哪！他们哪里知道这是我五年努力蹓跶（按理，"努力""蹓跶"这两个词儿是不该发生关系的）的结果呢？

蹓跶是一件乐事，最好是有另一件乐事和它相连，令人乐上加乐，更为完满。这另一件乐事就是坐咖啡馆或茶楼。经过了一二个钟头的"无事忙"之后，应该有三五十分钟的小憩。在外国，街上蹓跶了一会儿，走进了一家咖啡馆，坐在 Terrasse 上，喝一杯咖啡，吃两个"新月"面包，听一曲爵士音乐，其乐胜于羽化而登仙。Terrasse 是咖啡馆前面的临街雅座，我们小憩的时候仍旧可以"看野眼"，一举两得。中国许多地方没有这种咖啡馆，不过坐坐小茶馆也未尝不"开心"。这样消遣了一两个小时之后，包管你晚上睡得心安梦稳。

蹓跶自然是有闲阶级的玩意儿，然而像我们这些"无闲的人"，有时候也不妨忙里偷闲蹓跶蹓跶，因为我们不能让我们的精神终日紧张得像一面鼓！

季羡林（1911—2009），国际著名东方学大师、语言学家、文学家、国学家、佛学家、史学家、教育家和社会活动家。历任中国科学院哲学社会科学部委员、聊城大学名誉校长、北京大学副校长、中国社会科学院南亚研究所所长，是北京大学唯一的终身教授。早年留学国外，通英、德、梵、巴利文，能阅俄、法文，尤其精于吐火罗文，是世界上仅有的精于此语言的几位学者之一。生前曾撰文三辞桂冠：国学大师、学界泰斗、国宝。其代表作品有《中印文化关系史论集》《佛教与中印文化交流》《牛棚杂忆》等。

出门的事儿

季羡林

"您上哪儿？"

"南京。您啦？"

"徐州。比您早到点儿。"

"嗳，早到早息着。您贵姓？"

"袁，您啦贵姓？"

就那么谈上了，一直到徐州。在旅途中，人与人之间那堵看不见的墙壁似乎没有平日垒得那样高而坚牢。在火车或轮船上，更好是在骡车里或驴背上；在客店里，更好是在乡下的栈房里，我们就比较好相与得多。我们受的独善其身的教训太多了：老人们总劝我们"多一事不如少一事""莫管他人屋上霜"，且警告说"是非只为多开口，烦恼皆因强出头"，所以我们在日常生活中总是闭着嘴绷着脸的时候居多。有住在一条街上五六年的紧邻，他家里说话高一点声你就能听到，可是你们从来不相闻问；有时候你在公园树荫下遛遛腿，对面过来一个同志，明明是你见过好几面的，可是你把头一低让过去了。这种情形多得很，尤其是这个邻居或朋友身份不与我们相同的时候。但是在旅行中就大不相同，我们很容易地就和邻座弄熟，熟得像多年的老朋友。也许他是个挺俗气的买卖人，或者是个褴褛的乡下人，但是我们都一样。邻座的身份、服饰我们简直顾不到。在旅途中，一切真是如那边那个黑粗的山东客人不住地念叨的：

"出门的事儿，大家将就将就。"

你如其坐了三天轮船，还没同你邻床的人摸过纸牌，那你们两人中必定有一个是精神上或者身体上不健全的。当然，坐在车中或船里也还要绷着脸挂着绅士的牌子的人不是没有，不过这种人真是可怜，他是命定绷一辈子脸的了。

旅行中我们可以增加许多知识，和不同的各色人等聊天也是这种知识的来源之一，而且是一个大来源。我们不必提走到穷乡僻壤或名山胜迹之处可以从其他的乡人或父老得许多书本上再见不到的知识了，即在一三等客车上，贩绸子的客人可以告诉你绸子好坏怎么看法，押车的兵可以告诉你喜峰口的战史，山东商人可以给你介绍山东境内的名胜……我是否应该举一个例呢？有一年坐火车打山东彰德过，见铁路旁不远有口井，那井边的人打水不用人挽辘轳，却用两匹小驴子拉，要跑到十几丈远水桶才上来，驴子跑的路已经成了一道沟。和我一道谈来的山东籍客人就告诉我一个掌故：原来这井水虽难，却是附近好几村的饮料来源。前清时候一位抚台看到当地水源困难，特掘此井。因为地下尽是石头，匠人都不肯干。抚台乃下令凡掘一石者给银一块，于是人夫大集。可是掘了好久很深，依然不见水泉，钱是花得很可观了。终于抚台怀疑起来，亲自吊下去一看，原来水源早就有了，那些工人贪银子都给堵上了。不管这故事有几分真实性，它总不失为一个有趣的传说。

又有一回，我弄了张免票睡起头等包房来，房里只有我一个人。真是天生的这份骨头，我闷得要跳车。不想在半夜竟然由徐州上了一位老粗，还带了一个护兵。他一进包房就嚷："拿我的头等票来，拿我的头等票来！"不晓得怎么的，那头等票还是在护兵手里。半夜查票的来时，他又在床上跳着喊："喂，我的头等票！我的头等票！"这样一个人，我平日见了看也不屑看的，但是在车上我整整和他谈了一路，他津津有味地告诉我种萝卜的要诀，虽然他问了我两次："你也是头等票？"

但是究竟为了什么理由，我们在旅行时就不十分挑眼呢？初看总以为是怕寂寞的缘故，和随便一个人谈谈也可以解闷吧，这固然也有一部分的理由，但终不是唯一的理由。我们平日感到无聊的时候就很不少，人生这个旅途上寂寞的时候才真多。所以，我以为，恐怕旅行之为时不久倒是个较好的理由。这就是说，因为一趟旅行只是人生中很小的一段，与将来各段分离的，而在这旅途中的结识也只是暂时的，我们不必替将来打算。在平时，你不理你的邻居也许因为他是个肉铺掌柜，怕一弄熟了他会跑到你家客厅上来打哈哈，或者在你过生日那天跑来给你道喜；你不敢招呼那位同志，是怕他知道了你现在银行做事，有一天会来找你白汇一笔钱。但是在旅途中你一点不顾虑到这些。那些结识是不负责任的，我尽管和那位"头等票"谈得亲热万分，我知道他总不会坐到我家沙发上来嚷嚷。

然而这还不是个靠得住的永远真的理由。真的有些交情就是在旅行中起始的，好些老朋友头一回见面是在车上或船中。正因为这认识是完全出于自愿而不是为人或事所强迫的，这交情有时就拉得很长。好多恋爱的故事是在旅行中萌芽，正是因为这个机缘的浪漫的气息的缘故。不，我们甚至可以说在途中恋爱是比较地容易有收获，因为双方都在路上，别的琐事都遗留在很远不能来纠缠，都是自由人，无妨做一点诗意的事情。

总之，到了"出门"的时候，我们自动就把围着自己的那堵墙推倒，我们不再自私，我们不再摆身份，真的有点"同舟共济"那种互相称兄道弟的意思。或者这真是往日旅行之危险与艰难的影响？在往日交通不便时候，上路的人总要结伴打伙，大家帮忙。这种同处在一个患难中的心理当然可以打破一切的成见。或者这种心理到如今还保存着吗？那么旅行方法越进步越舒服，旅伴之谊就越有没落之可能了。无怪万国花车上的先生们就很少交谈，最是三等客车中，才真是"出门的事儿，大家将就将就"。

钟显尧，生卒年月不详。湖南醴陵人。国立政治大学及中央训练团毕业。曾任湖南省政府参议、编辑、秘书处长等职。1947 年至 1949 年任湖南常宁县县长。其代表作品有《生活的体验》《常宁文献》。

谈交友

钟显尧

一、 人生不可没有朋友

朋友之不可无，以及我国社会一向把朋友列为五伦之一，先哲们不知给我们留下了多少关于朋友应如何相处的宝贵指示，这些都几乎是尽人皆知的事。夜阑人静，与朋友畅叙心曲；茶余饭后，和朋友略为闲谈；花明景秀之处，偕朋友一道去游玩欣赏；急难骤变之中，得朋友尽力的援助扶持；以至于讲学论道，得朋友印证、参详；建功立业，与朋友共同奋斗：如此种种，哪一件不是人生过程中所不可缺少的？所以有了朋友，特别是有了好朋友，精神上就可以得到慰藉，生活中就可以得到愉快，道德上可以得到长进，事业上可以得到助力。而且，从朋友间得来的慰藉、愉快、长进、助力，比得之于父母、兄弟、夫妻、儿女的，滋味不同，意义亦异。不曾和朋友深交过的人，不会深知交朋友之乐；不曾尽力爱护过朋友的人，不会知道有时得到朋友的尽力爱护，如何令人感奋涕零！一个人在进行着一种艰难的工作或负荷着一种重大的使命时，知道有朋友在相信我可以克服艰难、完成使命，这是一种天大的乐事，也是一帖使人奋发有为、任重致远的无上补药。

古人说："独居而无友，则孤陋而寡闻。"假如一个人真正独居而没有一个朋友，岂仅孤陋寡闻而已，恐怕不成疯狂，也至少会成心理变态。承想一个人满腔心事，没有地方去诉说，而又听不到他人一句真情实话，这人是什么人！这人生是什么人生！这种活刑谁受得了？一个心理失常的人，多半是由于没有朋友而起；反之，有许多朋友的人，绝不会心理失常。

二、 友情的各种境界

把我们所交的朋友，粗略地分起类来，可以分为两大类：一类是泛泛之交，一类是真心朋友。这是一般人的说法，不免嫌其笼统。现在试就友情的各种境界，仔细一点来分别。

1. 点头之交。这种朋友，平时相遇，彼此只点点头至多说说"今天天气好"一类的话。平时不相往来，甚至连姓名还会弄错。这种朋友，当然谈不上交情。可是如果一旦在船上或车上，或其他彼此都陌生的地方相遇，或彼此遭遇了共同的患难，那时，可就一见如故，能够产生很大的朋友作用，这种朋友，也可以名之曰"准朋友"。

2. 游乐之交。这种朋友，就是所谓"酒肉朋友"。平时在一块儿游游、谈谈、吃吃、喝喝，皆大欢喜，油腻非常！所以就平时观之，远非一般朋友可比。可是一到彼此利害关头，或一方遭遇了急难，那可就立刻原形毕露，与平时判若两人；不但不能希望他倾心相助或仗义执言，甚至还要提心他帮倒忙。论理，这些朋友，平时就不应当混在一起。

3. 默契之交。有一种朋友，彼此也还熟悉，内心都有好感。只是平时不大接近，保持相当距离。然而当别人谈到你时，他会替你隐恶扬善；你遇到了急难或不幸时，他会尽力地帮助你，而且并不望你报答。这种朋友，其淡如水。古称"君子之交"，也许就是这种。不过他是君子，必须你也是君子，才会有此默契。

4. 直谅之交。这种朋友，开始相见，具有真情实爱，彼此都很开怀。你告诉他许多心事，他不会光说："这很好呀！"还会帮你考虑。你做坏事，他不会说："没有关系！"还会劝诫你，矫正你。这种朋友，就是畏友，也就是诤友。古人说："士有诤友，则不失于令名。"非自己具备相当条件，是不会得到这种朋友的。

5. 道义之交。这种朋友，不仅是直谅而已，彼此可以"通有无，共患难"。一个人能和朋友有无相通、患难相共，而不考虑自己的利害得失，是一件颇不容易做到的事！分金多与，鲍叔独知管仲之贫，所以管仲说："生我者父母，知我者鲍叔！"据说，某次，伦敦一家报馆悬赏征求对于"朋友"两字的解释。

有一个参加竞赛的人，送去解释说："不管世人都疏远了我，而仍在我身边的人。"后来这答案当选了。这都足以说明道义之交。这种朋友，自然少见了。

6. 生死之交。这种朋友，可以说是到了友情的最高境界。不但可以托孤寄命，而且，忧乐相同，荣枯与共，好像就是一个身体的两半。世间只有极少数的兄弟或夫妻的情谊可以比得上。伯牙自钟子期死后，便不复鼓琴，因为再没有知音的人了。范式与张劭为友，后来张劭死了，范式未到，灵柩便抬不动。范式却恰好梦见张劭死了，醒来赶去，果如其梦。乃喊了一声："行矣元伯！幽明异路，永从此辞！"灵柩抬入窆。这种生死之交，古往今来，很少很少。

三、 交游应该是多方面的

上述的六种友情境界，任何人多少都有些造诣。不过一个人究竟能交到一些什么朋友，主要还是看自己具备了够交哪一种朋友的条件。世间并非缺少可交之人，如果自己不够和他相交，便得不到他做朋友。大抵友情境界愈高，愈不容易到达。我们不必希望对所有的朋友都能产生最高境界的友情；为了各种原因，事实上也无法办到。

因此，我们的朋友应该是多方面的，无妨深深浅浅，兼存并蓄。真心朋友固不可无，泛泛之交也不可少。古人说："生平得一知己，可以无憾！"固然不错，可是如果只有一二知己，也嫌不够。反之，如果相识满天下，知心无一人，那更是太孤单了！要是一个人只能和一二知己讲得来，对旁人个个看不顺眼，因此只和一二知己形影不离，而不愿和他人接近，这未免把朋友的圈子画得太小。假如一个人对任何人都是泛泛之交，都只薄薄相与，甚至以为世上无一可靠之人，因此对任何人都不相信，而自己也不肯以半点诚意待人，这又未免把朋友之义看得太低下了。

这两种人，前一种是把世事看得太认真，他本心是希望人人直率、痛快，人人对他热烈、真诚，看到旁人有一点委婉、曲折，或虚伪、冷淡，甚至过于客气，他便以为这人不可交了。却不知直率、痛快并不是每一个人的性情，而且也未必就完全是美德。同时许多人的真诚、热烈，不是一见面就能产生的。我们可以希望和人做朋友，可不要希望人人具有与我相同的个性。后一种却又是把世事看得太假。这种人多半是自作聪明，认为自己不会上人家的当，所以对任何人全是一套假东西。其实他就在这种想法中上当不少了。这两种类型的人，究竟是站在正态曲线的两端，为数较少，这不过是极端说法。大多数人，都是拥有各色各样的朋友。

四、 同性格与不同性格的朋友的得失

一个普遍的现象：朋友之间，友情境界比较高一点的，多半是一些同性格的人的结合。平常说"观于其友，可知其人"，这是一个比较可靠的看人方法。我们如果是要对某人做个案研究，如果从他所深交的朋友方面去分析，保证可以得到相当收

获。一个学文学的人不会和一个学机械的人交得很深，正和一个爱此"杯中物"的人不会和一位"闻端公"弄得很好，是一样的道理。因此，比较好一点的朋友常是物以类聚，各党其同。于是好朋友就等于自己的一张标本，成功自己的一篇说明。

这种爱和自己性格相同的人做深交，其实是源于一种避重就轻的心理，也可以说是一种惰性，未必是最大的收获所在。和自己性格相同的人为友，当然机会较多、意趣易投，做深交也比较容易。不过使自己和朋友陷入了同一气氛之中，每每自己有某种短处，朋友也正有这种短处；自己染了某种恶习，朋友也恰好有这种恶习。因为好恶相同，彼此不以为非，于是短处不唯无法补救，且有益见厉害的危险；恶习不唯无法革除，更有愈陷愈深的可能。这便是看不见的损失。所以假如一个人要想适应形形色色的社会，要想自己不成为某一种坚固性型的人，那便只有选择和自己的性格不相同的人为友，多与亲近，总可以见他人之长，知自己之短，由是相观而善，庶几可以使自己各方面得着平衡的发展，不致有所偏废。《韩非子》载："西门豹之性急，故佩韦以自缓。董安于之性缓，故佩弦以自急。"与其佩韦佩弦，何若找一个性缓或性急的人做朋友，平时跟着练习练习，两人折中起来，不是都恰到好处吗？要是一个性缓的人再和一个性缓的人常常在一块，那真不知道两人将会缓到甚地何田！所以我国古训"同声相应，同气相求"虽然是自然的趋势，未可厚非，可是为了使自己更完全一点，至少要找几个和自己性格不同的人做良友。

五、 好朋友如何来

好朋友不是如兄弟一样天生就，也不是如夫妇一样由人介绍便"一与之齐，终身不解"，而且又不可速成，不能急就，全在于天假之缘，遇着了这种人，再加以时间的浸润，慢慢而来。西洋有名谚："时间使一切变成丑陋，却使友谊变成美丽。"所以时间是成长友谊一个最重要的条件。我们平常只要听说某人和某人曾有多久的历史，某人追随某公已多少年，从这种时间的数字里面，便可以判断他们之间情谊的厚薄。

一个好朋友的成功，好比是一只美丽的苹果，必须经过开花结果的程序，受过风霜雨露，才滋长成熟的。开花结果，是顺其自然，无法强其提早开花，也无法强其提早结果。可是我们由观察开花结果的情形，可以判断将来结果如何。同时，多加一点浇肥、剪枝的工夫，可以使果子长得更为肥满。所以我们得到了一个可以相交的人，除一方面静待着彼此心情的了解之外，另一方面还须做一番友情培育的工夫。这种友情培育的方法，当然不是指今天请他吃馆子，明天邀他做"竹城之游"。而是当他忙的时候，替他分一点劳；当他困难的时候，替他解除一点困难；当他需要某种东西的时候，尽量替他办一点。诸如此类。他如果是一位够朋友的人，不用说，他将来所回报给你的，只有比你所给予他的更多。如是你给他一分好意，他便给你一分半；你再给他二分，他再给你三分。这样一往一来，渐渐地彼此之间就会有十分的友情了。天道好还，人心匪石，大多数人都是如此不爽的。如果有你尽管以好意对他，而他老是无好意对你的人，那人便不足深交。你也由此知道了他，并不是没有益处的。曾文正公说："友朋之投契，本有定分，然亦可以积诚而致之。"想与此意相差不远。

因此，高度友情的产生，不是旦夕之功，不是骤然可致，乃系积渐而来，所以，我们要注意去积。如果自己一点不肯投资，只想坐收巨利，天下哪有那样不花本钱的生意呢？孟子说："君之视臣如手足，则臣视君如腹心。君之视臣如犬马，则臣视君如国人。君之视臣如土芥，则臣视君如寇仇。"有着君臣之分的尚且如此，何况朋友之间并非某人有责任要无条件对另一人呢？天地间唯有敬人者，人才敬之；爱人者，人才爱之。自己不敬爱人，则人哪里一定会敬爱你？平常许多人埋怨人情太薄，叹息友道衰微，原因常是在不曾反求诸己。

六、 朋友相处之道

朋友相处，第一当在开诚。至诚未有不动，不诚未有能动，这是不移的道理。其次则以恕道为要紧，要常以责人之心责己，怒己之心恕人。小事见责，是建立友情的劲敌。对于朋友，千万不宜求全责备，朋友有朋友的个性、喜怒好恶，不必尽同于我。何况也许更有我不知道的苦衷呢？所以多多原谅人家，"不尽人之忠，不竭人之欢"，总是好的。唯有望于朋友者薄，才能感觉朋友所给予我者厚。平时帮了朋友的忙，只可看作"人生以服务为目的"，只可看作"助人为快乐之本"，即此便足，要能"施人勿念"。可是平日得了朋友的帮助，却又要"受施勿忘"，时图报答。这不是硬以君子自待而以小人待人，因为人之常情，容易忘记的是别人给自己的好处，不容易忘记的却是自己给别人的好处，不如此矫枉过正一点，朋友之间没有方法算清这笔账。

朋友之间，难得的是经得长久。所以孔子特别赞美晏平仲"善与人交，久而敬之"。朋友初相见时，不管是慕名已久，或者是无意碰头，起初总是容易谈得相投，因此无形中极易失之过腻，而使友情早熟。可是久而久之，发现了对方的缺点或伪装时，便又态度顿改。一日暴之，而十日寒之，做事不宜如此，交友也最忌这样。所以，一个善于交友的人，起初在没有把对方看得相当清楚的时候，不会遽与深交；而在交游的过程中，如果发现了对方不可为友，也不会骤然割绝。因此取舍去留之间，便不着痕迹。这不是在朋友前玩花样，而是一种不得已的办法，借此可以减少许多麻烦。这要年事老到、可以控制情绪的人，才能如此办到。一般青年同志，每每热情有余，观察不足，一与人交，便毫无折扣，因此常不免弄出许多烦恼；而利用青年者，亦常在这一点上。

曹禺写的《家》中，瑞珏说："一个人如果真正爱一个人，他就应当替他的爱人铺一条平坦的路，使他毫无牵虑地向前走。"我觉得交朋友也是这样：我们如果真正想和一个人做好朋友，就应当替朋友铺一条平坦的路，使他很自由自在地来往、不必时刻担心意外的蹶跌。

七、 朋友得罪了怎么办

朋友长久处，难免不有意见不合之事，或喜怒不一之时，或者遭人妒忌，为人中伤。有了这些情形，便容易发生误会。生了误会，就很容易动气。动了气，就可能会大闹一场，于是朋友便得罪了。得罪了，怎么办？这里就要看出君子、小人之分了！许多人平时好处，得罪了便不好处；平时很近人情，得罪了便不择手段。这种人客气一点说，是修养不够；不客气一点说，就是小人。我国先贤告诉我们的是"君子交绝不出恶声"。认为朋友处得好，当然难得；万一不相合时，便各行其是，互不相干，这是很合理的态度。

史搢臣说："朋友即甚相得，未必事事如意者。一言一事之不合，且自含忍，不得遂轻出恶言，亦不必逢人诉说；恐怒过心回，无颜再见；且恐他人闻之，各自寒心！"这是多么珍贵的话！纵使在和人吵架之时，尽量少骂几句，便可使将来见面时，自己好意思一点。至于影响所及，关系更大。一个人对甲无礼，这事情本身的损失还小，可是因之使乙、丙、丁看着寒心，这损失就太大！这几乎是处人和处事的一个极重要的道理。聪明的人，应该知道；不聪明的人，也必须知道。从李陵答苏武书中，可以看出李陵为什么不回汉朝来。许多人弄到众叛亲离，或者毫无朋友，每每是由于大家看到他对于一二人的行为，感觉殷鉴不远，便早为之所，并不必要人人亲受的。

(《生活的体验》)

钱锺书（1910—1998），江苏无锡人。1933 年毕业于清华大学外文系，1937 年毕业于英国牛津大学英文系，又去巴黎大学研究院研究法国文学。历任暨南大学外文系主任、中央图书馆外文部总纂、中国社会科学院副院长等。通晓多种外语，擅长中西比较文学研究方法。著有散文集《写在人生边上》、短篇小说集《人·兽·鬼》、长篇小说《围城》、文论集《谈艺录》《管锥编》《七缀集》等，有《钱锺书论学文选》6 卷行世。

谈教训

钱锺书

嫌脏所以表示爱洁，因此清洁成癖的人宁可不洗澡，而不愿借用旁人的浴具。秽洁之分结果变成了他人和自己的分别。自以为干净的人总嫌别人龌龊，甚而觉得自己就是肮脏，还比清洁的旁人好受，往往一身臭汗、满口腥味，还不肯借用旁人使用的牙刷和毛巾。当然，除非肯把情人出让的人，也决不甘以毛巾、牙刷公诸朋友。这样看来，我们并非爱洁，不过是自爱。"洁身自好"那句成语，颇含有深刻的心理观察。老实说，世界上是非善恶邪正等等分别，有时候也不过是人我的差异，正和身体上的秽洁一样。所以，假使自己要充好人，总先把世界上人说得都是坏蛋；自己要充道学，先正颜厉色，说旁人如何不道学或假道学。写到此地，我们不由自主地想到《聊斋》里的女鬼答复狐狸精的话："你说我不是人，你就算得人吗?"

我常奇怪,天下何以有许多人自告奋勇来做人类的义务导师,天天发表文章,教训人类。"人这畜生"(That animal called man)居然未可一概抹杀,也竟有能够舍己忘我的。我更奇怪,有这许多人教训人类,何以人类并未改善。这当然好像说,世界上有这许多挂牌的医生,仁心仁术,人类何以还有疾病。不过医生虽然治病,同时也希望人害病;配了苦药水,好讨辣价钱;救人的命正是救他自己的命,非有病人吃药,他不能吃饭。所以,有导师而人性不改善,并不足奇;人性并不能改良而还有人来负训导的责任,那倒是极耐人寻味的。反正人是不可教诲的,教训式的文章,于世道人心虽无实用,总合需要,好比我们生病,就得延医服药,尽管病未必因此治好。假使人类真个学好,无须再领教训,岂不闲煞了这许多人?于是从人生责任说到批评家态度,写成一篇篇的露天传道式的文字,反正文章虽不值钱,纸墨也并不费钱。

人生中年跟道学式的教训似乎有密切的关系。我们单就作家们观察,也看得到这个有趣的事实。有许多文人,到四十左右,忽然挑上救世的担子,对于眼前的一切人事,无不加以咒骂纠正。像安诺德、罗斯金、莫理斯(William Morris)以及生存着的爱利恶德(T. S. Eliot)①、墨瑞(J. M. Murry)等等,就是人人知道的近代英国例子。甚至唯美的王尔德,也临死发善

①今译艾略特。——编者注。

心，讲社会主义。假使我们还要找例子，在自己的朋友里就看得见。这种可尊敬的转变，目的当然极纯正，为的是拯救世界、教育人类，但是纯正的目的不妨有复杂的动机。义正词严的叫喊，有时是文学创造力衰退的掩饰，有时是对人生绝望的恼怒，有时是改变职业的试探，有时是中年人看见旁人还是少年的忌妒。譬如中年女人，姿色减退，化妆不好，自然减少交际，甘心做正经家庭主妇，并且觉得少年女子的打扮妖形怪状，看不入眼。若南（Jules Janin）说巴尔扎克是发现四十岁女人的哥仑布①。四十左右的男人似乎尚待发现。如孔子，对于中年人的特征也不甚了解，所说《论语·季氏》篇记人生三戒，只说少年好色，壮年好打架，老年好利，忘了说中年好教训。当然也有人从小就喜欢说教传道的，这不过表示他们一生下来就是中年，活到六十岁应当庆九十或一百岁。

有一种人的理财学不过是借债不还，所以有一种人的道学只是教训旁人，并非自己有什么道德。古书上说"能受尽言"的是"善人"，见解不免浅。真正的善人，有施无受，只许他教训人，从不肯受人教训，这就是所谓"自我牺牲精神"。

从艺术的人生观变到道学的人生观可以说是人生新时期的产生。但是，每一时期的开始同时也是另一时期的没落。譬如在有职业的人的眼里，早餐是今天的开始，吃饱了可以

---

①今译哥伦布。——编者注。

工作；而从一夜打牌、通宵跳舞的有闲阶级看来，早餐只是昨夜的结束，吃饱了好睡觉。道德教训的产生也许正是文学创作的死亡。这里我全没有褒贬轻重之意，因为教训的产生和创作的价值高低全看人来定。有人的文学创作根本就是戴了面具的说教，倒不如干脆去谈道学；反过来说，有人的道学，能以无为有，将假充真，大可以和诗歌、小说、谣言、谎话同样算得创作。

头脑简单的人也许要说，自己没有道德而教训他人，那是假道学。我们的回答是：假道学有什么不好呢？假道学比真道学更为难能可贵。自己有了道德而来教训他人，那有什么稀奇；没有道德而也能以道德教人，这才见得本领。有学问能教书，不过见得有学问；没有学问而偏能教书，好比无本钱的生意，那就是艺术。真道学家来提倡道德，只像店家替自己的存货登广告，不免自我标榜；绝无道德的人来讲道学，方见得大公无我，乐道人善，愈证明道德的伟大。更进一层说，真有道德的人来鼓吹道德，反会慢慢地丧失他原有的道德。拉维斯福哥（La Rochefoucauld）《删去的格言》（*Maximes Supprimees*）第五八九条里说："道学家像赛纳卡（séneque）之流，并未能把教训来减少人类的罪恶，只是由教训他人而增加自己的骄傲。"你觉得旁人不好，需要你的教训，你不由自主地摆起架子来，最初你说旁人欠缺理想，慢慢地你觉得自己就是理想的人物，强迫旁人来学你。以才学骄人，你并不以骄傲而丧失才学；以贫贱骄人，你并不以骄傲而变成富贵。但是，道德跟骄傲是不能并立的。世界上的大罪恶、大残忍——没有比残忍更大的罪恶了——大多是真有道德理想的人干的。没有道德的人犯罪，自己明白是罪；真有道德的人害了人，他还觉得是道德应有的代价。上帝要惩罚人类，有时来一个荒年，有时来一场瘟疫或战争，有时产生一个道德家，抱有高尚得一般人实现不了的理想，伴随着和他的理想成正比例的自信心和煽动力，融合成不自觉的骄傲。基督教哲学以骄傲为七死罪之一。王阳明《传习录》卷三也说："人生大病只是一傲字，有我即傲，众恶之魁。"照此说来，真道学可以算是罪恶的初期。反过来讲，假道学来提倡道德，倒往往弄假成真，习惯转化为自然，真正地改进了一点儿品行。调情可成恋爱，模仿引进创造，附庸风雅会养成内行的鉴赏，世界上不少真货色都是从冒牌起的。所以假道学可以说是真道学的学习时期。不过，假也好，真也好，行善必有善报。真道学死后也许可以升天堂，假道学生前就上讲堂。这是多么令人欣慰的事！

所以不配教训人的人最宜教训人，愈是假道学愈该攻击假道学。假道学的特征可以说是不要脸而偏爱面子。依照莎士比亚戏里王子汉姆雷德（Hamlet）① 骂他未婚妻的话，女子化妆打扮，也是爱面子而不要脸（God has given thou one face, but you make yourself another）。假道学也就是美容的艺术。

写到这里，我忽然心血来潮。这篇文章不恰恰也在教训人

---

① 今译哈姆雷特。——编者注。

吗？难道我自己也人到中年，走到生命的半路了！白纸上黑字是收不回来的，扯个淡收场吧。

（《写在人生边上》）

陈子展（1898—1990），文学史家、杂文家。早年自长沙县立师范学校毕业，曾任小学教师。后在东南大学教育系进修，结业后回湖南从事教育工作。1927年"马日事变"后遭通缉，避居上海。1932年主编《读书生活》。1933年起任复旦大学等校教授。1922年开始发表作品，20世纪30年代发表大量杂文、诗歌和文艺评论，后长期从事《诗经》《楚辞》研究。著有《唐宋文学史》《诗经直解》《楚辞直解》等。

说"忍"

陈子展

孔子说过"小不忍则乱大谋"的话，这话本来不错。因为他只教人忍小事，当然权衡轻重，以成就大计划、忍耐小事件为是。倘若对方要使你的大计划弄不成，那就不是小事，只要你还有做人的血性，一定忍无可忍了。孔子的话虽然这样说，可是他老先生常常为了一点小事气得胡子发抖。比如，他看见鲁国当权的阔人季氏在家里擅用只有天子可用的八佾的乐舞，他就气愤愤地说道："这个可忍呀！还有什么不可忍呀！"又有一次，齐国打发人送女戏子给季氏，季桓子玩疯了，三天不办公。恰好有祭祀，胙肉又忘记分送给孔子，孔子只好气冲斗牛地出走，连官也不要做了。可见孔子还有修养不到的地方。

五代时候，冯道以孔子自比，他的忍性的修养功夫，似乎要比孔子进步。相传他做宰相的时候，有人在街上牵着一匹驴子，用一块布写着"冯道"二字，挂在驴子的脸上，这分明是在取笑他了，他看见了也不理。有个朋友告诉他，他不好再装聋，只好答道："天下同姓名的不知道有许多，难道那一冯道就是我？想是人家拾了一匹驴子，寻访失主呢。"

俗语道："宰相肚里好撑船。"肚皮窄狭，不能容忍，那是不配做宰相的。相传唐朝有一个宰相，叫作娄师德。他放他的弟弟去做代州都督，要动身了，他叮嘱弟弟道："我本不才，位居宰相，你如今又做了一州的都督，我家阔气过分，这是人家要妒忌的，你想怎么了结？"弟弟道："从今以后，有人吐我一脸的唾沫，我也不敢作声，只好自己抹去，这样或者不致累哥哥担忧吧？"师德道："这恰恰是我担忧的地方。人家要吐你一脸的唾沫，那是因为他对你生了气。你如今把脸上的唾沫自己抹去，那就会更招人家生气。唾面不抹，它会自己干，为什么不装着笑脸受了呢！"弟弟道："谨受哥哥的指教。"这就是娄师德唾面自干的故事。这一故事活活描出了为着做官，不惜忍受一切耻辱的心理。

吾家白沙先生，是明朝大儒。他有一篇《忍字箴》道："七情之发，惟怒为剧。众怒之加，惟忍为是。当怒火炎，以忍水制。忍之又忍，愈忍愈励。过一百忍，为张公艺。不乱大谋，乃其有济。如不能忍，倾败立至！"他要学张公百忍，可惜他不曾做宰相，像娄师德、冯道之流，以忍治国，他只能学张公艺以忍治家。从家到国，都离不了一个忍字，一忍了事，中国民族算是世界上最能忍耐的伟大的民族了。

这个忍字，真可算得咱们独一无二的国粹。忍的哲学，道家发明最早，不过不曾呈请注册专利。老子的不争主义，就在于能忍。他说"夫唯不争，故天下莫能与之争"，这只算是他的诡辩。道家每每把黄帝、老子并称，称作"黄老之学"，其实不对。倘若关于黄帝的史事可靠，那么，黄帝开国，他是用抵抗主义、斗争主义战胜一切的。他把蚩尤赶走，外患消灭，他才开始整理内部，建设了一个像样的国家。老子主张不争，主张柔弱，不但不曾继承了黄帝的道统，他简直不配做黄帝的子孙。

自从佛家的哲学传到中国，老子的哲学又得到了一个帮手。相传释迦昔为螺髻仙人，常常行禅，在一棵树下兀坐不动。有鸟飞来，把他看作木头，就在他的发髻里生蛋。等他禅觉，才知脑袋顶上有了鸟蛋。他想，我若起身走动，鸟不会再来，鸟蛋一定都要坏了，他即再行入定，直到鸟蛋已生鸟儿飞去，他才起身。这个故事虽然未必真有其事，可是佛家忍性的修养功夫，实在比咱们的道家不知高了许多。六朝道家、佛家的思想最有势力，恰在这个时期中国民族最倒霉，北方经过五胡十六国以及北朝的蹂躏，可怜南方小朝廷，还是偏处一隅，相忍为国，醉生梦死，苟安旦夕。宋朝虽说好像是儒家思想最占势力，其实一般道学家戴的是儒家帽子，却穿了佛家、道家的里衣。他们好发议论，没有实际功夫。"议论未定，兵已渡河"，贻为千古笑柄。这一时期中国民族也最倒霉，北方始终在异民族手里，结果南方的小朝廷退让、退让，一直退到广州的海里崖山，小皇帝投海死了。明朝道学号为中兴。所谓儒家还是贩的佛、道两家的货色，即消极的哲学、懒惰的哲学、不求长进的哲学。

虽说有个王阳明算为无用的书生吐了一口气,可是王学的末流,堕落做了狂禅。明朝亡了,中国民族又倒霉三百年。我虽然不一定要把两千年来中国民族受异民族侵略倒霉的责任通通推在道家、佛家乃至号为儒家的道家身上,但这三派思想浸透中国民族的血液,已经久远了。三派所最注重的忍性修养功夫做得愈精进,愈深湛,就愈成为牢不可破的民族性。因此,这个在世界上最会忍耐一切的伟大的民族,也就愈成为最适于被侮辱、被侵略的民族了。

被作为墨家的一个哲学家说:"见侮不辱,救世之斗。"忍受一切,提倡和平,好伟大的和平主义者!记得清儒张培仁的《妙香室丛话》里有一段说:

> 忍之一字,天下之通宝也。如与人相辩是非,这其间著个忍字,省了多少口舌。如与美人同眠,这其间著个忍字,养了多少精神。……凡世间种种有为,才起念头,便惺然着忍。如马欲逸,应手加鞭,则省事多矣。但忍中有真丹,又是和之一字。以和运忍,如刀割水无伤。和者,众人见以为狂风骤雨,我见以为春风和气,众人见以为怒涛,我见以为平地,乃谓之和耳。

这也像是说的忍耐与和平二者有不可分离的关系。难怪中国民族是这个世界上最会忍耐一切的伟大的民族,同时又是这个世界上最爱和平的伟大的民族。

朱自清（1898—1948），现代著名散文家、诗人、学者。1916年考入北京大学预科，1920年毕业于北京大学哲学系。1925年任清华大学中文系教授。1931年赴英国进修语言学和英国文学，后又漫游欧洲五国。1932年回国，任清华大学中国文学系主任。抗战爆发后，任西南联合大学中国文学系主任。1948年因患胃病逝世。其作品主要有《踪迹》《背影》《匆匆》《新诗杂话》《欧游杂记》等。

论说话的多少

朱自清

　　圣经贤传都教我们少说话，怕的是惹祸，你记得《金人铭》开头就是："古之慎言人也。戒之哉！戒之哉！无多言！多言多败。"岂不森森然有点可怕的样子。再说，多言即使不惹祸，也不过颠倒是非，绝非好事。所以孔子称"仁者其言也讱"，又说"恶夫佞者"。苏秦、张仪之流以及后世小说所谓"掉三寸不烂之舌"的辩士，在正统派看来，也许比佞者更下一等。所以"沉默寡言""寡言笑"，简直就成了我们的美德。

　　圣贤的话自然有道理，但也不可一概而论。假如你身居高位，一个字一句话都可影响大局，那自然以少说话、多点头为是。可是反过来，你去见身居高位的人，那可就没有准儿。前几年南京有一位著名会说话的和一位著名不说话的都做了不小的官。许多人踌躇起来，还是说话好呢？还是不说话好呢？这是要看情形的：有些人喜欢说话的人，有些人不。有些事必得会说话的人去干，譬如宣传员；有些事必得少说话的人去干，譬如机要秘书。

至于我们这些平人，在访问、见客、聚会的时候，若只是死心眼儿，一个劲儿少说话，虽合于圣贤之道，却未见得就顺非圣贤人的眼。要是熟人，处得久了，彼此心照，倒也可以原谅的；要是生人或半生半熟的人，那就有种种看法。他也许觉得你神秘，仿佛天上眨眼的星星；也许觉得你老实，所谓"仁者其言也讱"；也许觉得你懒，不愿意卖力气；也许觉得你厉害，专等着别人的话（我们家乡称这种人为"等口"）；也许觉得你冷淡，不容易亲近；也许觉得你骄傲，看不起他，甚至讨厌他。这个自然也看你和他的关系以及你的相貌神气而定，不全在少说话，不过少说话是个大原因。这么着，他对你当然敬而远之，或不敬而远之。若是你真如他所想，那倒是"求仁得仁"；若是不然，就未免有点冤哉枉也。民国十六年的时候，北平有人到汉口去回来，一个同事问他汉口怎么样，他说："很好哇，没有什么。"话是完了，那位同事只好点点头走开。他满想知道一点汉口的实在情形，但是什么也没有得着；失望之余，很觉得人家是瞧不起他哪。但是女人少说话，却当别论；因为一般女人总比男人害臊，一害臊自然说不出什么了。再说，传统的压迫也太厉害，你想男人好说话还不算好男人，女人好说话还了得！（王熙凤算是会说话的，可是在《红楼梦》里，她并不算是个好女人。）可是——现在若有会说话的女人，特别是压倒男人的会说话的女人，恭维的人就一定多；因为西方动的文明已经取东方静的文明而代之，"沉默寡言"虽有时还用得着，但是究竟不如"议论风生"的难能可贵了。

说起"议论风生"，在传统里原来也是褒辞。不过只是美才，而不是美德；若是以德论，这个怕也不足轻重吧。现在人也还是看作美才，只不过看得重些罢了。

"议论风生"并不只是口才好，得有材料，有见识，有机智才成——口才不过机智，那是不够的。这个并不容易办到。我们平人所能做的只是在普通情形之下，多说几句话，不要太冷落场面就是。——许多人喝下酒时、生气时爱说话，但那往往是多谬误的。说话也有两条路，一是游击式，一是包围式。有一回去看新从欧洲归国的两位先生，他们都说了许多话。甲先生从客人话里选择题目，每个题目说不上几句话就牵引到别的上去。当时觉得也还有趣，过后却什么也想不出。乙先生也从客人的话里选题目，可是他却粘在一个题目上，只叙说在欧洲的情形。他并不用什么机智，可是说得很切实，让客人觉着有所得而去。他的殷勤，客人在口头在心上，都表示着谢意。

普通说话大概都用游击式。包围式组织最难，多人不能够也不愿意去尝试。再说游击式可发可收，爱听就多说些，不爱听就少说些，我们这些人许犯贫嘴到底还不至于的。要说像"哑妻"那样，不过是法朗士的牢骚，事实上大致不会有。倒是有像老太太的，一句话重三倒四地说，也不管人家耳朵里长茧不长。这一层最难，你得记住哪些话在哪些人面前说过，才不至于说重了。有时候最难为情的是，你刚开头儿，人家就客客气气地问："啊，后来是不是怎样怎样的？"包围式可麻烦得多。最麻烦的是人多的时候，说得半半拉拉的，大家或者交头接耳说他们自己的私话，或者打盹儿，或者东看看西看看，轻轻敲着指头想别的，或者勉强打起精神对付着你。这时候你一个人霸占着全场，说下去太无聊，不说呢，又收不住，真是骑虎之势。大概这种说话，人越多，时候越不宜长；各人的趣味不同，绝不能老听你的——换题目另说倒成。说得也不宜太慢，太慢了怎么也显得长。曾经听过两位著名会说话的人说故事，大约因为唤起注意的缘故吧，加了好些个助词，慢慢地叙过去，足有十多分钟，算是完了；大家虽不至疲倦，却已暗中着急。声音不宜太平，太平了就单调，但又丝毫不能做作。这种说话只宜叙说或申说，不能掺一些教导气或劝导气。长于演说的人往往免不了这两种气味。有个朋友说某先生口才太好，教人有戒心，就是这个意思。所以包围式说话要靠天才，我们平人只能学学游击式，至多规模较大而已。——我们在普通情形之下，只不要像林之孝家两口子"一锥子扎不出话来"，也就行了。

1934 年 8 月 8 日

陈西滢（1896—1970），著名作家和学者。江苏无锡人。1912年负笈英伦，先读中学，后入爱丁堡大学和伦敦大学，1922年获博士学位。回国后任北京大学外文系教授。1927年与王世杰等创办《现代评论》周刊。1929年到武汉大学任教授兼文学院院长。1943年赴伦敦主持中英文化协会工作，1946年出任国民政府驻联合国教科文组织首任常驻代表。著有《西滢闲话》和《西滢后话》。

捏住鼻子说话

陈西滢

中国的智识阶级和老百姓非但隔了一条河，简直隔了一重洋。你们尽管提倡你们的新文化运动，你们的科学与玄学、文言和白话、帝国主义有没有赤色的仗，他们悟善社、同善社的社员还是一天一天地加多。有一个新从安徽回京的朋友谈起一件事，很可以表示中国的国民有没有出中古时期。

两三年前安徽的霍邱来了一个河南美少年，自言有一个仙狐跟随他。这仙狐不肯显色相示人，可是声音是可以听见的。每到黑夜到它的坛前焚香祷告，仙狐就可以判人的休咎，医人的疾病。霍邱本是闭塞的地方，何况捧这美少年的是做过知县的翰林，所以全城若狂，捐了两三万金建造了一座极宏大的天狐庙。今年春天，这美少年奉了仙狐到蚌埠，大受那里的军政官的欢迎。新近又从蚌埠到了安庆。安庆城里的官绅也都拜倒在"仙姑"香案的底下。仙姑降坛的时候，全城的阔人，从厅长以下都上朝似的、听讲似的恭立在坛前。可是安庆城比不得蚌埠，更比不得霍邱，那里是有"学生"的。一天晚上，十个教育界的人居然也杂在乡绅中间混了进去，每人袋子里怀着一把手电灯。仙姑降坛还没有说满三句话，一声咳嗽，十把手电灯齐注射在坛后，大家看见的是：那个本坐在坛旁的美少年立在坛后，捏住了鼻子学女人说话。这出其不意的电火把他骇呆了，他所以还是捏住了鼻子学女人说话，结果受了一顿打。打的时候，什么厅长也溜了，什么局长也溜了，什么道尹也溜了，什么监督也溜了，只剩了某县的知事溜不掉，只好硬硬头皮把这坛上的仙姑拿下来做了阶下犯。

这种事也许在中国算得很平常，中国的老百姓，中国的官绅，本来只有拜在妖狐坛前的程度。可是我们代受骗的人的身份设想，骗子应得稍为灵巧些。在黑夜里捏了鼻子说话，就可以弄得举省若狂的两三年，那些官绅似乎非但没有出中古时期，简直还应当向非洲的土人学些文化呢。

《西滢闲话》

黄庐隐（1898—1934），作家。1917 年从北平女子师范学校毕业，先后任教于北平公立女子中学、安徽安庆小学及河南女子师范学校。1919 年考入北平高等女子师范学校。1921 年加入文学研究会。1923 年到北平师范大学附中任教。1926 年到上海大夏大学教书，1931 年起任上海工部局女子中学国文教师。1925 年出版第一本小说集《海滨故人》。其作品还有《云欧情书集》《东京小品》《灵海潮汐》《曼丽》等。

吹牛的妙用

黄庐隐

吹牛是一种夸大狂，在道德家看来，也许认为是缺点，可是在处世接物上却是一种刮刮叫的妙用。假使你这一生缺少了吹牛的本领，别说好饭碗找不到，便连黄包车夫也不放你在眼里的。

西洋人究竟近乎白痴，什么事都只讲究脚踏实地去做，这样费力气的勾当，我们聪明的中国人，简直连牙齿都要笑掉了。西洋人什么事都讲究按部就班地慢慢来，从来没有平地登天的捷径，而我们中国人专门走捷径，而走捷径的第一个法门，就是善吹牛。

吹牛是一件不可看轻的艺术，就如修辞学上不可缺少"张喻"一类的东西一样，像李太白什么"黄河之水天上来"，又是什么"白发三千丈"，这在修辞学上就叫作"张喻"，而在不懂修辞学的人看来，就觉得李太白在吹牛了。

而且实际上说来，吹牛对于一个人的确有极大的妙用。人类这个东西，就有这么奇怪，无论什么事，你若老老实实地把实话告诉他，不但不能激起他共鸣的情绪，而且还要轻蔑你、冷笑你；假使你见了那摸不清你根底的人，你不管你家里早饭的米是当了被褥换来的，你只要大言不惭地说"某部长是我父亲的好朋友，某政客是我拜把子的叔公，我认得某某巨商，我的太太同某军阀的第五位太太是干姊妹"，吹起这一套法螺来，那摸不清你的人，便服服帖帖地向你合十顶礼，说不定碰巧还恭而且敬地请你大吃一顿燕菜席呢！

吹牛有了如许的好处，于是无论哪一类的人，都各尽其力地大吹其牛。但是且慢！吹牛也要认清对手方得，不然的话必难打动他或她的心弦，那么就失掉吹牛的功效了。比如说你见了一个仰慕文人的无名作家或学生，而你自己要自充老前辈时，你不用说别的，只要说胡适是我极熟的朋友，郁达夫是我最好的知己，最妙你再转弯抹角地去探听一些关于胡适、郁达夫琐碎的遗事，比如说胡适最喜欢听什么，郁达夫最讨厌什么，于是便可以亲亲切切地叫着"适之怎样怎样，达夫怎样怎样"，这样一来，你便也就成了与胡适、郁达夫同等的人物，而被人所尊敬了。

如果你遇见一个好虚荣的女子呢，你就可以说你周游过列国，到过土耳其、南非洲！并且还是自费去的！这样一来就可以证明你不但学识、阅历丰富，并且还是个资产阶级。于是乎你的恋爱便立刻成功了。

他如遇见商贾、官僚、政客、军阀，都不妨察言观色，投其所好，大吹而特吹之，总而言之，好色者以色吹之，好利者以利吹之，好名者以名吹之，好权势者以权势吹之，此所谓以毒攻毒之法，无往而不利。

或曰吹牛妙用虽大，但也要善吹，否则揭穿西洋镜，便没有戏可唱了。

这当然是实话，并且吹牛也要有相当的训练，第一要不红脸。你虽从来没有著过一本半本的书，但不妨咬紧牙根说："我的著作等身，只可恨被一把野火烧掉了！"你家里因为要请几个漂亮的客人吃饭，现买了一副碗碟，你便可以说"这些东西十年前就有了"，以表示你并不因为请客受窘。假如你荷包里只剩下一块大洋，朋友要邀你坐下来八圈，你就可以说："我的钱都放在银行里，今天竟匀不出工夫去取！"假如哪天你的太太感觉你没多大出息时，你就可以说张家大小姐说我的诗作得好，王家少奶奶说我脸子漂亮而有丈夫气，这样一来太太便立刻加倍地爱你了。

这一些吹牛经，说不胜说，但神而明之，存乎其人！

（《东京小品》）

梁实秋（1903—1987），著名散文家、学者、文学批评家和翻译家，华人世界第一个研究莎士比亚的权威。1915年秋考入清华学校留美预备班，1923年赴美留学，获哈佛大学英文系博士学位。1926年回国后，先后任教于东南大学、青岛大学、北京大学、北平师范大学。梁实秋从20世纪30年代开始翻译莎士比亚作品，持续40年，完成了全集的翻译；其多方面的才华还体现在卷帙浩繁的作品和主编的《远东英汉大辞典》中。

骂人的艺术

梁实秋

古今中外没有一个不骂人的人，骂人就是有道德观念的意思，因为在骂人的时候，至少在骂人者自己总觉得那人有该骂的地方。何者该骂，何者不该骂，这个抉择的标准，是极道德的。所以根本不骂人，大可不必。骂人是一种发泄感情的方法，尤其是那一种怨怒的感情。想骂人的时候而不骂，时常在身体上养出毛病，所以想骂人时，骂骂何妨？

但是，骂人是一种高深的学问，不是人人都可以随便试的。有因为骂人挨嘴巴的，有因为骂人吃官司的，有因为骂人反被人骂的，这都是不会骂人的缘故。今以研究所得，公诸同好，或可为骂人时之一助乎？

一、 知己知彼

骂人是和动手打架一样的。你如其敢打人一拳，你先要自己忖度一下：你吃得起别人的一拳否？这叫作知己知彼。骂人也是一样。譬如你骂他是"屈死"，你先要反省，自己和"屈死"有无分别。你骂别人荒唐，你自己想曾否吃喝嫖赌。否则别人回敬你一二句，你就受不了。所以别人若有某种短处，而足下也正有同病，那么你在骂他的时候，只得割爱。

二、 无骂不如己者

要骂人须要挑比你大一点的人物，比你漂亮一点的，或者比你坏得万倍而比你得势的人物，总之，你要骂人，那人无论在好的一方面或坏的一方面都要能胜过你，你才不吃亏。你骂大人物，就怕他不理你，他一回骂，你就算骂着了。因为身份相同的人才肯对骂。在坏的方面胜过你的，你骂他就如教训一般，他即便回骂，一般人仍然不会理会他的。假如你骂一个无关痛痒的人，你越骂他他越得意，时常可以把一个无名小卒骂出名了，你看冤与不冤？

三、 适可而止

骂大人物骂到他回骂的时候，便不可再骂；再骂则一般人对你必无同情，以为你是无理取闹。骂小人物骂到他不能回骂的时候，便不可再骂；再骂下去一般人对你也必无同情，以为你是欺负弱者。

四、 旁敲侧击

他偷东西，你骂他是贼；他抢东西，你骂他是盗：这是笨伯。骂人必须先明虚实掩映之法，须要烘托旁衬，旁敲侧击，于紧要处只要一语便得，所谓杀人于咽喉处着刀。越要骂他你越要原谅他，即便说些恭维话亦不为过，这样骂法才能显得你所骂的句句是真实确凿，让旁人看起来也可见得你的度量。

五、 态度镇静

骂人最忌浮躁。一语不合，面红筋跳，暴躁如雷，此灌夫骂座、泼妇骂街之术，不足以言骂人。善骂者必须态度镇静，行若无事。普通一般骂人，谁的声音高便算谁占理，谁的来势猛便算谁骂赢，唯真善骂人者，乃能避其锋而击其懈。你等他骂得疲倦的时候，你只消轻轻地回敬他一句，让他再狂吼一阵。在他暴躁不堪的时候，你不妨对他冷笑几声，包管你不费气力，把他气得死去活来，骂得他针针见血。

六、 出言典雅

骂人要骂得微妙含蓄，你骂他一句要使他不甚觉得是骂，等到想过一遍才慢慢觉悟这句话不是好话，让他笑着的面孔由白而红，由红而紫，由紫而灰，这才是骂人的上乘。欲达到此种目的，深刻之用意固不可少，而典雅之言词则尤为重要。言词典雅可使听者不致刺耳。如要骂人骂得典雅，则首先要在骂时万万别提起女子身上的某一部分，万万不要涉入生理学的范围。骂人一骂到生理学范围以内，底下再有什么话都不好说了。譬如你骂某甲，千万别提起他的令堂令妹。因为那样一来，便无是非可言，并且你自己也不免有令堂令妹，他若回敬起来，岂非势均力敌，半斤八两？再者骂人的时候最好不要加入以种种难堪的名词，称呼起来总要客气，即使他是极卑鄙的小人，你也不妨称他先生，越客气，越骂得有力量。骂的时节最好引用他自己的词句，这不但可以使得他难堪，还可以减轻他对你的骂的力量。俗话少用，因为俗话一览无遗，不若典雅古文曲折含蓄。

七、 以退为进

两人对骂，而自己亦有理屈之处，则于开骂伊始，特宜注意，最好是毅然将自己理屈之处完全承认下来，即使道歉认错均不妨事。先把自己理屈之处轻轻遮掩过去，然后你再重整旗鼓，着着逼入，方可无后顾之忧。即使自己没有理屈的地方，也绝不可自行夸张，务必要谦逊不遑，把自己的位置降到一个不可再降的位置，然后骂起人来，自有一种公正光明的态度。否则你骂他一两句，他便以你个人的事反唇相讥，一场对骂会变成两人私下口角，是非曲直，无从判断。所以骂人者自己要低声下气，此所谓以退为进。

八、 预设埋伏

你把这句话骂过去，你便要想想看，他将用什么话骂回来。有眼光的骂人者，便处处留神，或是先将他要骂你的话替他说出来，或是预先安设埋伏，令他骂回来的话失去效力。他骂你的话，你替他说出来，这便等于缴了他的械一般。预先安设埋伏，便是在要攻击你的地方，你先轻轻地安下话根，然后他骂过来就等于枪弹打在沙包上，不能中伤。

九、 小题大做

如对手有该骂之处，而题目甚小，不值一骂，或你所知不多，不足一骂，那时节你便可用小题大做的方法来扩大目标。先用诚恳而怀疑的态度引申对方的意思，由不紧要之点引到大题目上去，处处用严谨的逻辑逼他说出不逻辑的话来，或是逼他说出合于逻辑而不合乎理的话来，然后你再大举骂他，骂到体无完肤为止，而原来惹动你骂的小题目，轻轻一提便了。

十、 远交近攻

一个时候，只能骂一个人，或一种人，或一派人，绝不宜多树敌。所以骂人的时候，万勿连累旁人，即使必须牵涉多人，你也要表示好意，否则回骂之声纷至沓来，使你无从应付。

骂人的艺术，一时所能想起的有上面十条，信手拈来，并无条理。我做此文的用意，是助人骂人，同时也是想把骂人的技术揭破一点，供爱骂人者参考。挨骂的人看看，骂人的心理原来是这样的，也算是揭破一张黑幕给你瞧瞧！

马国亮（1908—2001），广东顺德人。历任上海良友
图书公司编辑，《今代妇女》主编，香港《大地画报》总编
辑，《广西日报》副刊编辑，新大地出版社总编辑，上海
《前线日报》副刊编辑，香港《新生晚报》编辑，香港长城
电影公司编导室主任、总管理处秘书长，上海美术电影制片
厂编剧。1929年开始发表作品。著有中篇小说《露露》，电
影文学剧本《绮罗春梦》《南来雁》《神？鬼？人》，散文
《昨夜之歌》《给女人们》等，回忆录《良友忆旧》。

善忘者的幸福
——慰友人书
马国亮

我的朋友，你不要再为这事烦恼了，记忆力和你一样坏的
人，世间多着呢，而我便是其中的一个。

我不妨告诉你我的经验，以前，和你一样，我常常私下里
觉得难过。许多朋友写来的信忘记作复，许多别人委托的事情
忘记去办。为了这情形我常常诅咒自己。那时候，我的急于想
办法，和你现在没有两样。于是我去见一个医生，和他谈论了
许久，从那里我得到的结论是：使身体强壮一点，记忆力自然
会好的。

听了这话，觉得也颇有道理。自己的身体实在也太不行了，
医生的话似乎正是对症下药的治本方法。我立刻寻着了当天的
报纸，把补药品的广告细细地找了一遍，却把我弄得头昏了。

报纸上这里有"维他赐保命",那里有"补力多",这里有"利凡命",那里有"立勃络髓"……这许许多多的,不知是由外国原名译成汉音,还是先定了汉音,再译成外国名字,不中不西、刁钻古怪鬼灵精的字眼,在我的脑袋里大翻跟斗,我想如果再继续看下去,我不至于晕倒在地上,也一定要变成疯狂的。总之,在我不曾把身体弄好之前,它一定会把我的记忆力弄得更糟。结果我再去问医生,依了他的嘱咐买了一瓶鱼肝油,连服了几瓶,身体果然好像强健一点(如果不是因为在服药的时期我对于日常生活也特别小心的话)。可是记忆力却没有长进。最后我明白了,身体强健不一定记忆力便会好的。因为我曾探听过,有些在体育界负盛名的雄赳赳的朋友,他的记忆力比我更坏;反之,有些体魄比我更弱的,记忆力却比我强得多。

这里,我说了一大堆,我并没有意思去和你讨论记忆力为什么会好或不好的原因;不过我要告诉你,从那时候起,我便把整顿记忆的计划放弃了。

时日渐渐地过去,一直到现在,我不特不诅咒自己的记忆力不好,而且反引以自幸了。因为我从前自己和别人中又得到了许多记忆力不好的好处。这种种使我安慰的理由,不敢自私,特地来和你谈谈,我的朋友,如果你能够从我的话里领悟到其中的奥妙而得到了多少的安慰啊!

老实说,我不能举出记忆力好有什么好处,可是记忆力坏的好处和记忆力好的坏处,我却可以说出一些例子来。

譬如,有个朋友来信向你借钱,你看了觉得有点头痛,可是当你把信搁下，随着你也把这事忘记了，两星期之后，你的朋友又来一信，说"前商之件，兹已解决，可勿劳吾兄费神矣……"云云。这样，你简直不曾忧虑过，而事情却完全解决了，不然的话，你至少有一两星期要感到不舒服的。此其一。

又如，昨夜临睡之前，你的太太吩咐你明天从办事处回家时，顺道给她买两双丝袜，你口里不能不答应，可是心里却有点麻烦。不是吗，一个男人跑到百货店里买两双女人的丝袜，总是很尴尬的。但是你的记忆力不好，结果第二天从办事处带了一双空手回家。太太问起时才想起是忘记了。太太看你这样糊涂，只好自己去买，并且以后也不敢再叫你了。如是既可脱身，又免挨骂。好在只是"忘记买"并非"不肯买"，绝不会因此伤了感情的。此其二。

再如，你向朋友借了件东西，譬如说，一本书或一件衣服吧，借来后你便忘记送还，于是这一本书或衣服便实际上成为你的占有物，同时却不须担负强占不还的罪名。好在人人晓得你善忘，倘若有人说起的时候，你可以指天发誓，你不是"不想还"，实在是"忘记还"而已。此其三。

总之，记忆力坏的好处不胜枚举，随时随地也能发现它的神奇的效果，记忆力不好的人，无往而不占便宜。

固然我所说的，都是根据所谓记忆力不好的一般程度而言。你不必过虑，以为记忆力不好，会误了许多事。朋友的信忘记作复是无关重要的。真挚的友谊绝不会因鱼雁鲜通而分裂。别人托你做事，忘记了岂不一身干净？如果是些重要的大事，则拜托你的人绝不会让你忘记，所以你无须为这个担心。其他一切的过虑也是不必的。除掉病昏了的人，世间最善忘的，也绝不会在中午十二时忘记离掉办公桌回家吃饭，绝不会忘记了月底三十是发薪金的日子，忘记了情人的约会，或忘记在航空奖券开彩的前几天买进两张的。

反过来说，倘若记忆好，事事不忘，则为害之大，将不堪设想。孩童时代打破了一件心爱的玩具，记忆不灭，结果一定会使一个人到老年还要痛心。至于母亲失掉了她的爱子，妇人失掉她的丈夫，记忆永存的人只有终身过着悲痛的生涯，唯有善忘者才能抛撒已往，瞻望前途，再从头挺起胸脯去做一番事业。

再说得实际点，世界的进化，拜人类善忘之赐实多。即如一个孩子学步，第一次摔倒在地上，他会忍不住大哭起来。可是过了不久，他把第一次摔在地上的痛苦忘记了，于是又来第二次的学步，结果后来便会走、会跳、会跑，有些还居然能够在十秒钟内跑一百米的路程。最初有飞机的时候，倘若那时人们把从飞机上摔下来的惨死者的恐怖永远明显地记在心上，你想航空事业在今日会有这样的进展吗？你现在还能天天怀着那半个百万富翁的美丽的希望吗？

再来一个近乎滑稽，却是事实的例。昨天你在戏院的大门上摸到一口不知哪一位先生吐下来的浓痰，你心上觉得非常难过，回家马上在自来水管下面洗了又洗，可是心里还存着那些肮脏的印象，对于那一只摸过了浓痰的手好像总不能宽恕。幸而第二天你便把这事情忘得干干净净了，假如你的记忆力是好的话，你想你还会用那只手去拿食物，去擦摩你的爱人的头发吗？恐怕你觉得非把这一只手割掉不行呢！

至于从前自己做过贪官污吏，现在无官可做，便不妨把贪官污吏大骂一顿。好在自己善忘，所以能行之若素；老百姓也善忘，所以也会在台下高声喝彩。假如人类的记忆力甚佳，对此等事岂不大煞风景！

东北失掉的时候，我们心里非常难过。想起那些不抵抗的先生们，自己几乎气愤到想去自杀，可是时日迁移，创痛的记忆日渐浅薄，东北失去似乎不算什么，自己也绝对想不到要自杀了。善哉善哉，善忘的效力伟大极矣！

信手写来，不觉扯了许多。天气正热，还是少说为佳。希望你读完这些话，会忘记了你那所谓"记忆力太不行的苦恼"。

刘半农（1891—1934），本名刘复。著名文学家、语言学家和教育家，新文化运动的先驱之一。1917 年任北京大学预科教员。1920 年到英国伦敦大学学习实验语音学，1921 年转入法国巴黎大学学习，1925 年获法国国家文学博士学位。1925 年回国，任北京大学中国文学系教授及研究所国学门导师。所著《汉语字声实验录》荣获法国康士坦丁·伏尔内语言学专奖。

"好好先生"论

刘半农

当任可澄将要上台做教育总长的时候，一天，我同适之在某处吃饭。我因任可澄这三个字好像有些不见经传——其实是我读的经传太少——就问适之："你看这人怎样？不要上了台也同老虎一样胡闹吗？"适之说："不会不会！他绝不会！他是个好好先生。"

后来，好像又在什么报上看见记任可澄的事，说他做省长多年，调动的知事只有两三个。

其实调动知事的多少，我是绝对不要注意的。不过，拿这件事来做参考，似乎适之所说的好好先生一句话，总还有点可靠。

好好先生也并不是什么一个大不了的考语；换句话说，只是个"全无建白的庸人"；译作白话，乃是"糊里糊涂的大饭桶"。

　　但是，在这个年头儿，白米饭吃不饱，窝窝头也就可以将就；鸦片烟吃不着，吞土皮也就可以过瘾。所以，苟其任可澄真是好好先生，也就算啦！

　　于是我就睁着眼睛来看这位好好先生：

　　他第一个下马威，便是用武力接收女师大。

　　第二件事，便是他上台之后没有筹到一个镚子，却要分润别人所筹到的钱。

　　再次一件大事，便是活活地烧死了两个女生。

　　再次一件事，便是不能为中小学筹钱，反从中捣乱，闹出京、保两派的大风潮。

　　抹去零的不说，单说这四件事，也就够了吧。

　　或曰：任可澄屡次说过"以人格为担保"这一句话，他的人格既已做了担保品不放在自己家里，也就难于怪他。

　　如此说，他可真是个公而忘私的"好好先生"呢！

十五年十二月五日，北京

（《半农杂文》）

胡　适（1891—1962），原名嗣穈，学名洪骍，字希疆；后改名胡适，字适之，笔名天风、藏晖等。安徽绩溪人。因提倡文学革命而成为新文化运动的领袖之一。历任北京大学教授、北京大学文学院院长、中华民国驻美利坚合众国特命全权大使、北京大学校长等职。胡适兴趣广泛，著述丰富，在文学、哲学、史学、考据学、教育学、伦理学、红学等诸多领域都有深入的研究，被誉为现代思想文化界最稳健、最优秀、最高瞻远瞩的哲人智者。

差不多先生传

胡　适

　　你知道中国最有名的人是谁？提起此人，人人皆晓，处处闻名，他姓差，名不多，是各省各县各村人氏。你一定见过他，一定听过别人谈起他。差不多先生的名字天天挂在大家的口头，因为他是中国全国人的代表。

　　差不多先生的相貌和你和我都差不多。他有一双眼睛，但看得不很清楚；有两只耳朵，但听得不很分明；有鼻子和嘴，但他对于气味和口味都不很讲究；他的脑子也不小，但他的记性却不很精明，他的思想也不很细密。

　　他常说："凡事只要差不多就好了。何必太精明呢？"

　　他小的时候，他妈叫他去买红糖，他买了白糖回来，他妈骂他，他摇摇头道："红糖白糖不是差不多吗？"

　　他在学堂的时候，先生问他："直隶省的西边是哪一省？"

他说是陕西。先生说："错了。是山西，不是陕西。"他说："陕西同山西不是差不多吗？"

后来他在一个钱铺里做伙计；他也会写，也会算，只是总不会精细；十字常常写成千字，千字常常写成十字。掌柜的生气了，常常骂他，他只笑嘻嘻地赔小心道："千字比十字只多一小撇，不是差不多吗？"

有一天，他为了一件要紧的事，要搭火车到上海去。他从从容容地走到火车站，迟了两分钟，火车已开走了。他白瞪着眼，望着远远的火车上的煤烟，摇摇头道："只好明天再走了，今天走同明天走，也还差不多。可是火车公司未免太认真了。八点三十分开，同八点三十二分开，不是差不多吗？"他一面说，一面慢慢地走回家，心里总不很明白为什么火车不肯等他两分钟。

有一天，他忽然得一急病，赶快叫家人去请东街的汪先生。那家人急急忙忙地跑去，一时寻不着东街汪大夫，却把西街的牛医王大夫请来了。差不多先生病在床上，知道寻错了人；但病急了，身上痛苦，心里焦急，等不得了，心里想道："好在王大夫同汪大夫也差不多，让他试试看吧。"于是这位牛医王大夫走近床前，用医牛的法子给差不多先生治病。不上一点钟，差不多先生就一命呜呼了。

差不多先生差不多要死的时候，一口气断断续续地说道："活人同死人也差……差……差……不多……凡事只要……差……差……不多……就……好了……何……何……必……

太……太认真呢?"他说完了这句格言,方才绝气了。

他死后,大家都很称赞差不多先生样样事情看得破,想得通,大家都说他一生不肯认真,不肯算账,不肯计较,真是一位有德行的人;于是大家给他取个死后的法号,叫他作圆通大师。

他的名誉越传越远,越久越大,无数无数都学他的榜样。于是人人都成了一个差不多先生。——然而中国从此就成了一个懒人国了。

柳　湜（1903—1968），湖南长沙人。1916年考入长沙县立师范学校。1928年加入中国共产党。1934年担任《申报》读书指导部主任，后与李公朴等创办《读书生活》半月刊。1940年冬前往延安。1957年被错划为右派，"文化大革命"中被严刑拷打致死。著有《社会学常识》《柳湜论文选》等。"政治迫害，毒打取供。我非叛徒，为我申冤"是他留在人间的最后几个字。

常百万的故事

柳　湜

幼小时，每听到家人说起常百万的故事，就张着小耳，睁着大眼在出奇，总是越听越有趣味，好像听《西游记》似的。常百万是谁呢？我到如今还不知道他的名字，只知道他姓常，是当时我们县里最阔的财主，有百万的家产。

百万是多少呢？那时我也自然弄不明白，只晓是多，比任何人都多的意思。我记得有一次我曾问过外祖父，百万到底是多少呢？他也好像不能回答实在是多少，他只说，有了百万就可"万事不求人"了。他又告诉了我，常百万这样的人，县里并没有好几个。我除了听了这些话之外，我还晓得的就是常百万有很多的田地、山场，镇上开有肉店、布店、酱园、奢坊，河里还有数十号帆船。他与官府有往来，新知县大老爷到任，就得首先下驾拜访他。他却不亲自回拜，只派儿子去答礼，如此这般势耀之类的事。

这故事近来是不大被人提及了。

现在的孩子张着小耳，睁着大眼在倾听的故事不再是常百万了。因为故乡的阔人辈出，百万已不是大不了的数目了。我又记得，有一年我从北京回家，十一岁的春妹就要我讲摩尔根①的故事给她听。是的，现在支配世人心目的人物已经换了摩尔根、佛特②、三井这类名字了。

我当时是如何回答春妹的呢？我记得，我是十分狼狈的。因为要形容摩尔根这类阔人是不能拿百万、千万，或田地、山场、肉店、布店去说明的。如果要举出摩尔根投下资本的事业的数字出来，不独会吓坏人家的孩子，就是自己也记不清楚。所以我也学了二十年前外祖父对付我的那一套方法，对她说了下面的一个故事：

"在美国的纽约，摩尔根办了一个大学，他自己是终身董事，他的养子、管家人，他的银行家也都当着董事。校长又是摩尔根的人寿保险公司的董事，他与摩尔根的牧师、摩尔根的医生、摩尔根的报纸都互相结托着。如果这位大学校长著了一本书，去教育美国国民，劝他们成为摩尔根的善良而又温顺的被雇用的人，那么，这本书就一定由摩尔根的印刷所出版，用摩尔根的国际纸公司的纸张。这个制造纸的就

①今译摩根。——编者注。
②今译福特。——编者注。

有摩尔根银行的地方分行，这分行中的一个董事就是当地的
教育局长，全部的视学员都是从摩尔根大学出身的人。教育
局长、部员、视学、教员都加入了摩尔根人寿保险公司，学
校教科书也都是采用摩尔根大学师范部长所著的书。这些书
就有摩尔根大学创办的教育杂志、摩尔根日报去称赞它。如
果摩尔根当着理事的那个共和党要把一个摩尔根的管家推荐
为美国副大总统的候选人，于是就有摩尔根的牧师向他祝
福，摩尔根的新闻向他宣传，摩尔根的灌音公司忙着灌出这
候选人演说的留声机片，摩尔根大学生忙着开同乐会，大家
兴高采烈地喝着摩尔根饮料公司的柠檬水……"

"哟哟！吓死我了，摩尔根是个什么怪物呢?"我十分清白
地记得当时的春妹是如此反诘我。

"你觉得奇怪吧！这不过就他在美国教育方面举出一个小例
子啊！他哪里只有这点势派呢！因为太说大了你会不相信，所
以只拣小的讲点你听。这就是今日世界的'常百万'呢!"

"我听见先生说，摩尔根是美国财阀的领袖，但不知他到底
阔到怎样，照你刚才说来，美国简直是他个人的了，这还
了得!"

"这话实在一点不假，今日的美国是世界上最阔的国家，全
国的经济都操在五个大公司手里。这些公司的大老板像摩尔根
先生这样出色的人物也就数不出多少个呢！在 1912 年末，美国
财富就集中在一百多个金融大王手里，管理五百亿金圆。现在
这类大老板的集团的人数也就一天天地越发减少了，集中的财

富当然还要超过这个巨大的数目。他们不独掌握了美国国民经济生活上最最重要的各种经济部门，它还掌握了全世界大部分人的命运呢！"

我记得当时我还画了一张地图给她，说明由纽约华尔街（金融中心）这类巨头如何地把资本投到北、中、南三美洲去，如何地侵入欧洲，如何地又将他们的巨爪伸入远东的中国。我又告诉了她，这不独美国如此，老牌的英、德也无不一样，现在连东邻的小朋友日本也出了三井、三菱这类的东方摩尔根了。

这是新时代的阔人的故事。这些阔人现在不叫作财主，他们叫作金融资本家了。现在世界上真正的统治者不是别人，却是这四五百个摩尔根、三井先生之类的巨人了。这时代就被人称作金融资本时代。

这些巨富是如何诞生的呢？我们回头望望，前面是有过交代的。资本主义社会的西洋镜，从英国人做了那次破天荒的产业革命的玩意后，世界就一天天变得万花缭乱了。占有了生产工具的人们，首先开工厂发财，狮子滚绣球的，有的越滚越大，有的被别人兼并了。大鱼吃小鱼，大鱼大到无称可称了，于是工厂老板同时开银行，银行老板兼而开工厂，把工厂扩大成了魔物，什么托拉斯、加尔特尔①、辛狄克②，这些怪物就出现了。

---

①今译卡特尔。——编者注。
②今译辛迪加。——编者注。

是的，这都是资本主义的发展，从商业资本、工业资本、银行资本一部一部汇合起来，世间无水不东流，结果就都集中到这金融的大海了。并没有什么可怪的地方呀！

不过，到了今日世界的财富既然这样集中起来，资本先生的把戏也就快玩完了。这就是那些教书先生说的什么金融资本是资本主义发展到尽头的一类的话头啊！

在常百万的故事中，我们听见了许多势派的排场，好不威风的气概，在那个时代里如何地成了时代的最崇拜的人物，我到现在还未忘记尽呢！但是，今日世界上常百万的新的势派的排场又怎样呢？是的，这是有趣味的故事啊！上面举出的那一段还不是正文呀！好的在后面呢，下次再说吧！

（《街头讲话》）

巴　金（1904—2005），原名李尧棠，字芾甘。新文化运动以来最有影响力的作家之一，被称为中国的卢梭。1927年至1929年赴法国留学。1927年完成第一部中篇小说《灭亡》，1929年在《小说月报》发表后引起强烈反响。主要作品有《死去的太阳》《新生》《砂丁》《索桥的故事》《萌芽》；还有著名的"激流三部曲"《家》《春》《秋》和"爱情三部曲"《雾》《雨》《电》，其中，《家》是其代表作，也是我国现代文学史上最卓越的作品之一。

卖艺人

巴　金

我走到第四层甲板上，卫便向我说："刚才有个阿剌伯①的老头儿来船上玩把戏，可惜你没有看见。"我问他是什么样的把戏。

"用三个铜杯，叫每个里面都变出一个木塞来，过后又叫三个木塞都跑进一个铜杯里面。"卫说。

"这没有什么意思！还有别的吗？"

"还有把一只小鸡的头一扯，立刻跑出另一只小鸡来。"卫显得有些得意了。

这时候早餐的铃声响了，我们便停止了谈话走下舱去。在吃饭的中间，膳厅里来了三个穷音乐师，给我们奏起音乐来，里面那个年老的还唱了几首歌。歌是悲哀的，音乐也是。那老歌者的破声痛楚地在膳厅里抖着，抖到了我的心上。唱完了以后，他便拿了一个盘子挨次走到每张桌子的前面。吃饭的人全

---

①今译阿拉伯。——编者注。

都高兴地从衣袋里摸出钱来放在盘子里，那老歌者谢了一声，再歌一曲便去了。

饭后我们又跑上舱面去。不久就看见一个老头儿走过来。他有红黑的肤色，飘散的短发，满口是灰白的胡须，穿着灰白色的衣服，说话声音颤动得很厉害。看他的年纪，大概有五十岁了。他瘦脸上堆着笑容，拣了人多的地方坐下去，就开始玩起把戏来。

他起初玩着木塞的把戏，这我觉得并没有趣味，不过我也看出来他的手法的灵敏。过后他忽然从胸膛里摸出一只黄色的小鸡，说一声"Poulet"（小鸡），把这鸡放在地上让它走了几步，然后又把它捉在手里，拾起一块木塞，说了一声"Mangez"（吃吧），就不由分说塞进了鸡的嘴里，立刻从鸡的屁股后面取出了这木塞来。

这时候一般观众都笑起来了。男人笑得大声。小孩望着他们的母亲笑。女人们一面笑着，一面用手拍她们的儿女。那老人在这时突然左手捉住鸡，右手拉着鸡头拼命地一扯，随着他的右手出来了一只黑色小鸡，很活泼的，两只鸡都在甲板上安闲地走着。他又拿出一个木塞放在旁边一个观者的怀里，后来把手一扬，这木塞又回到他的手里了。他又玩了一些类似的把戏。最后他忽然问那个人要鸡，那人诧异地伸手在怀里一摸，果然摸出了一只小鸡来。这自然是起先放木塞时放进去的，不过人们不会想到，不会注意到罢了。出其不意的，这一来惹得许多人大笑起来，于是铜子、银角便像雨一般地抛与那老卖艺人了。

（《海行杂记》）

王任叔（1901—1972），笔名巴人等。1922年5月始发表散文、诗作、小说，由郑振铎介绍加入文学研究会。1924年10月任《四明日报》编辑，主编副刊《文学》。同年11月，小说《疲惫者》在《小说月报》发表，引起文化界重视。1938年与许广平、郑振铎、胡愈之等共同编辑《鲁迅全集》，主编《译报·大家谈》《申报·自由谈》《公论丛书》等。1939年后，撰写、出版《文学读本》《边鼓集》和剧本《前夜》等。

略论叫化之类

王任叔

一、 先说动机

据说作文须如"画龙点睛"，总得最后题破一笔，方觉鞭辟入里。故"太史公曰"，例在纪传以后；而项羽"天亡我也"之叹，更显出其"拔山""盖世"之英姿了。吾生也不肖，墨守旧法，颇觉无谓，于是于本文之先，且说动机。

天下用"好动机"来写文章者，我想并不多觏。但世上既有"圣人"之名，总有"圣人"之实，我也不敢一概抹杀。至于我写文章，动机大都不很纯正。除非拉去客串，只好装腔学唱，这是不得不尔，本非"名山事业"，只好管他妈的了。至于我写这篇文章，动机却正起在我荣任申报馆《自由谈》编辑之时，不但不大纯正，而且"大逆不道"。因为《自由谈》复活三天，就由我发下一篇《略论刺激性》的杂感，引起了一些"识大体者"的"喊喊嚓嚓"，那是并不足奇的。求自由而不得，卷铺盖以逍遥，我确也早抱了复刊之日傅东华先生的感言中所说的"决心"。偶与一二好友，略饮于老正兴馆，谈及此事，不觉竟"惶惑"而又"悲愤"起来了。匆匆返家，爬了二层楼梯，酒气与闲气交攻，大有不可终日之慨。不料二层楼梯的转角上，居然有一粗蛮的缝纫妇挡住我的去路，这实在是"奇耻大辱"，非将她一脚踢走不可。然而，终于也按住了气，爬到三层楼去了。

妻看到我回家，不免有些"絮叨"。絮叨者，亲爱的表示也，这在我是很知道的。然而我则照例"默默"，最多也不过"唯唯"与"否否"而已。我是深苦于终日的仆仆，而妻则又深苦于终日的孤寂，相形之下，自然是一边絮叨，一边默默。但这回的絮叨，我却听出大道理来了。庄子曰："道在矢溺。"何况絮叨乎？

妻告诉我那个缝纫妇真是个出奇人物，手臂上全是一条条剪去的深痕。那原是她要把这剪下的肉条，当作香来供奉神明、祈求多福的。据她说，这就叫作"肉香"。她有个师父，今年已经活到108岁。自然是不多也不少，总是108岁。不会是109或110，《水浒》里不正是108个好汉？那么就是108岁吧，这正是用肉香祈求来的长寿。而她今年还不到50，剪下肉来当香烧，还须一次次虔诚地干下去……这故事是很简单的，然而确实惊动了我。碰到这样的妇人，我要引为"奇耻大辱"，那是无足怪的。

然而，说实话吧，这灵魂终久会被时代踢掉，并不可怕——我那时确是这样相信。可怕的，却还是招摇撞骗，"出卖狗肉"以至于既不"悲愤"又无"惶惑"者流。

"哀莫大于心死"，连灵魂也没有的人，我是无法与之对抗的。这么一来，我要写文章了。"略论叫化之类"，就是那时想定的题目。

二、于是 "文归正经"

"叫化"两字，普通总写作"叫化子"。不知从什么时候起，我就讨厌这个"子"字，正如穆时英的文章里有许多"啦"字，我一读到别人文章也有"啦"字，不管他如何用得适切，也觉得有点讨厌。反正"叫化"两字也还习见，省略了个"子"字，也落得个干净。

其实在我们乡里，"叫化"是叫作"讨饭"的。这名词我觉得非常干脆。在我乡里的叫化，除讨饭以外，确也别无营生。而且照例是老老实实走到前门或后门，伸手要饭，如此而已，既不虚张声势，也不卑躬屈节。做施主的也例少斥叱，一碗白饭，和和气气送上，有时还问一声："咸菜要哦?"真像招待一个客人。

但也有事出例外。一年之间，偶然有一二个"讨饭"，要的却并不是饭，而是"孔方兄"。所谓"孔方兄"者，我们的后辈怕已无法索解了吧。外圆中方，名曰制钱，每当新年，用红绳穿其中，与姊妹比压岁钱多少，其乐诚不可及也。而这些讨饭，目的竟不在饭，而在"孔方兄"，足见"孔方兄"之神通广大。然而为求达其目的，照例身上背着一只蛇篓，里面藏的就是蛇。赤链蛇，火烧蛇，据说还有练柱蛇，名目繁多，不胜列举。他们来到时，孩子们无不既惧且喜，群随其后，他们大都气概昂藏，不多说话。站立门前，伸手入笼，出蛇玩弄。当此之时，孩子们照例却走三武，然犹不忍远离。蛇在他们手中，盘曲自如，或循臂而上，或沿颈而下，伸着如丝之舌，如同一丝火线窜跃，确有一些媚惑。世俗以蛇蝎喻淫妇，我想，那与蛇舌大有关系。但这可不必说了，考证学家已当了驻美大使，这个"我想"是无从找到佐证的。总之是，他们就是那么玩弄一回，主人就悄悄送上钱来。他们却非常坦然，接了钱又走向别一家去。这样的家伙，乡下人虽然恨透，一遇儿子不肖，就斥之曰："你背蛇篓的！"但终久不得不待之如礼。所以我们孩子群称之为"强讨饭"。讨饭而至于强，固然是人心不古，但毕竟还保留三分人气。我确是十分尊敬他们的。

十五岁那年，我总算和这"老死不相往来"的故乡告了别，到府城一家师范学堂里去读书。乡下人上城，据说应该对城门行"三跪九叩首"大礼。我虽没有这么办，但有鉴于从航船登陆，那里濠河一带小饭店拉客之热劲，我确实立下"一入校门，足不出户"之心愿。世界在我的身边是如何骎骎地驰过，我简直闭了眼睛，什么都没有看见。大概在二年级那年，据说是我们的省长吕公望，为要提倡体育，召开全省中等学校运动会了。

我在我们体育教员于凤鸣先生指导之下，学了一套"工力拳"——我至今还不知这三字是怎么写法的——也算是个选手，上省城杭州去了。夫杭州之有西湖，那是闻名久矣；打拳之暇，上灵隐玩玩，虽非骚客诗人，而为一个拳师，大概也是免不了的。生长在乡僻之区，看惯的是高山崇岭，绿畴平野，灵隐之优胜何在，我确然有点渺茫。但世界毕竟不同，使我吃惊的，依然是一路上的叫化。大概开运动会之类，总在春光明媚之时；而这也仿佛成为世界定则，进香的太太小姐，也绝不肯放过这"春意阑珊"。于是"红男"而兼"绿女"，灵隐道上，成为人山人海。那些叫化，沿路求施，自是"千载一时"——其实是"一载一时"——怎能平白放过。叫化也就叫化吧，反正我总不给钱，他们饿煞也是他们活该。可是实在不行，每一个叫化，总有一副怪形状，不是瘸了手的，就是血淋淋地烂了腿，尤其是烂了腿，差不多是一望皆是，脓血鲜艳夺目，或蠕蠕在动，或滴滴下坠；而"太太奶奶"之声又复不绝于耳，既悲且惨，不忍卒听，我终于也不得不掏出钱去了。

游过了灵隐，返归逆旅，与同为"拳师"兼是"宗侄"又复"同学"的绍衣谈及此事，绍衣却说我上了大当："那些腿上的脓血，全是蜡烛油渣上去的。"于是我始恍然于以欺骗求怜悯者之可恶。"在山泉水清，出山泉水浊"，乡曲的"讨饭"一变作城市的"叫化"，也就其不可问闻了。

我从此就憎恨叫化之类的卑污的灵魂。

其实这样的"以欺骗求怜悯"的做法，还没有卑污到万分。

要发生"五卅惨案"的前一个月，我因为失了业，流落在上海，即现在的孤岛；住在闸北一幢小里屋的亭子间里，终日无事，不免往街头闲踱。吃饭固然成问题，然而"拉矢"更成问题。为了"简便"起见，我是每天一早终跑到西藏路（而今则改为虞洽卿路了）宁波同乡会，"拉矢"而后"看报"。自华界而至租界，世界竟成两个，闸北一带叫化之多，那是无以复加的。而租界之上，则大都是吃开口饭的所谓"看相""测字"之流。"叫化"之为国产，于此已可断定。而且他们要钱的手法，似乎显得有点特别，仿佛父母多长了他们一个脑袋，不住地用额角碰着地面，谷谷作声，说这是假吧，实在假也不得。仰首俯首之间，我是分明看到他们额上殷红的栗疬，而且有时还绽出血丝来了。我自然是不免"同病相怜"，甚至愤怒得要破灭这个世界。然而，易地而处，我是决不愿自毁以求怜，延残喘而为荣的。那时的心境，即在今日，我还分明记得：何如收天下的叫化，全都沉之于海，使其与浊浪相角逐，或放诸孤岛之上，使其相互吃食，岂不更为勇猛而悲壮。诚如此，则我也极愿"奉陪"了。

然而我的更大的愤怒，却是为了苟延残喘，竟自"欺诈"而至于"自毁"了。于是所谓"人气"也者，那是"扫地尽矣"了。

还在二年以前，我偶然在交通路上看到一个更出奇的行脚僧似的叫化。一边"哇呀哇呀"地唱着，一边却拖着足足有二三十斤重的粗长的铁索，而把铁索的一端用铁针锁在鼻梁之上。

虽然在他拖拉之间，不免时时用手帮忙一下，但看那填起的鼻梁，已可想象到他中心①的痛楚。然而他却必须充作好汉，发为"哇呀哇呀"之声，与铁索的"锵锵郎郎"之声相和，借以冲淡这中心的痛楚。他一次次地拖过来，他又一次次地拖过去。他仿佛沉醉于声音与痛楚之中，而一无所觉。他甚至不向两边旁观者睃一睃眼，表示哀求。他仿佛本无所求，而以其高明的技术动人，使人不得不有所施。这英雄的事业，确使人叹为观止焉。然而在我则不免寒心，这是极自毁以求怜的至境了。躺在街心，任人践踏！然而犹恐他人不来践踏，又复自己作践一番。而现在则是尚嫌别人作践不够。这是我在当初要写这篇文章时所万万想不到的。

三、 还是 "太史公曰"

文章已经可以了结，但觉犹有余意，结论之类，大概终少不了。而司马迁牛马走所习用的是"太史公曰"，就让我也来照抄一下了吧。

太史公曰：吾尝游东瀛，即今之侵略国日本是也，绝未见街头有如此之多的"国产"，故亦未见有捧"国产"其人者。偶在早稻田，见一道貌巍然之人，身佩短刀，以麦秆织成之大帽——无以名之，名之曰大帽——笼其头，手执尺八，吹之，呜呜作声，对门而立，少顷即去，闻其声，颇使人有"何时归

---

①这里的"中心"意为"心中"。——编者注。

看浙江潮"之慨，彼邦人士，谥之谓"武士道"，其亦乞食之流
亚欤。又闻有深夜破户入室，不私取财物，唯求与主人做长谈，
上至政教文化，下至细民苦痛，无不谈得娓娓动听，必至主人
赐予报酬，然后扬长而去。彼邦人士，名之曰"说教强盗"！我
绝未闻见任人作践以外又来自己作践以求其所谓"荣誉的和
平"。则我于割肉作香、祈求多福的愚妇，以蜡涂腿、欺诈求
怜、磕头如捣、自毁形容的叫化，铁索银铐扯断鼻梁、似无所
求而有所求的行脚僧，又复何怪！又复何怪！头项碰在墙上，
犹自以为是"老子"，阿Q的精神，我不知其将在何日消灭！呜
呼，噫嘻，悲哉！

郁达夫（1896—1945），原名郁文，字达夫。现代著名作家。1913 年赴日留学，1922 年从东京帝国大学毕业。1921 年 7 月与郭沫若、成仿吾等在东京成立新文学团体创造社；同年第一部短篇小说集《沉沦》问世，影响巨大。其小说、诗歌、散文、文论、政论，多而优质，在现代文学史上独树一帜，代表作有《沉沦》《故都的秋》《春风沉醉的晚上》《过去》《迟桂花》等。其作品感情奔放，恣肆坦诚，同时又忧郁感伤，表现出强烈的个性特色。

故　事
郁达夫

听说外国人称中国作"支那"，是因为大秦的威力远播，Chin 拼起来是秦字的声音，而拉丁字的地名等末尾老要加一个 a 字，所以秦字就一转而作了"支那"。这考据的确不的确，暂且不去管它，但因为想到了秦字，所以想将秦朝的有几宗故事来说给大家听听。

秦国本来是专讲究武器，年年不断地招募新兵，看百姓不值一钱，将百姓的辛苦劳力全部压榨出来，只用到打仗杀人等事情上去的一个国家。

恶人强横霸道，在这世界上是只会兴盛起来的。所以秦国因它的武器，因它的兵力，就成了中国一统的大国了。代表这强横霸道的大国的，是一个秦始皇。他非但想把同时代的异己者杀得干干净净，他并且对于后世千年万年的不附己的人类，也同时想杀得个寸草不留。所以他于统一中国之后，就把全中国的读书人收集了拢来，一刀一个，不问理由，不问皂白，只是同割草似的杀过去。因为有人告诉他说，读书人是最不好指使，最容易起不平，最能把那些如牛似马的农人呀、工人呀等挑拨起来的一种动物。这告诉他以这些事情的，当然也是个把读书人，他们的所以要献这计的原因，就因为想讨讨秦始皇的好，一面也可以将同行者杀尽，而自己等能够得到专卖的利益。献计者的周到，真可以说是无微不至。他们教秦始皇杀尽了千千万万的读书动物之外，还要把凡是这些读书动物所做所刻所写的东西，都拿来烧成了灰。因为这些东西不烧了，百姓是依旧会感到不平，感到不公，要蹊跷起来的。这些东西若烧不了，后来的子子孙孙，依旧会摇头摆尾地变成读书的动物的。

　　费了这种种苦心，做了这种种把戏之后，秦始皇满足了，以为以后的牛马似的百姓是再也不会聪明起来，而这天下就可以长长久久地由他及他的子孙享受过去了。教秦始皇做这些事情的读书人也满足了，以为以后的中国，说起读书人就只有他们一家，百姓中间就只有他们几个是最聪明的了。

　　秦始皇和这几个读书人就放大了胆，要干什么就干什么，要百姓出多少钱就出多少钱，要杀几个人取乐取乐就杀几个人。百姓果然不敢响了，在路上走路的时候也不敢互相看一眼。家家户户每家有几个人就老早去预备了几口棺材放在那里，因为几时被皇帝来杀是决不定的。所以他们个个都生也还没有生着，就在那里预备死了，而实际上像他们那样地活着，也还是死了的好，还不如死了倒舒服些。

但是秦始皇和他的几个专卖的读书人似乎也是人，不是别的东西，因为想千年万年活过去的他们，也只上了一回一个茅山道士的当，终于做不成神仙，终于一个一个地死掉。他们死了之后，国内的许多许多还没有被他们杀了的百姓——自然是杀不尽的，因为无论如何，百姓总是绝对多数，杀了一半，总还有一半剩落，再杀一半的一半，也总还有一半的一半剩落，杀到最后，这剩落的总还是大多数者——就想动起手来，于是就有一个比秦始皇更厉害、杀人杀得更多的人出来了。他四方八面杀了一阵之后，实在觉得杀也杀不尽这许多的，所以就想了一个计策出来，好省他许多力气。他教百姓若完完全全能够听他的话的时候，他就可以不杀他们。所以他就在大家的面前牵过一只鹿来，教大家说，这是马。若有人敢说一声不是的，当然是一刀。可是他虽则看见大家都在说这是马，这是马，这不是鹿，而由他的聪明的眼睛看将起来，觉得大家的赞声都是空虚而在那里发抖的。所以他又大声地怒叫着说，你们不承认吗？你们敢反对吗？你们能够证明这不是马吗？听了他这怒叫，大家是吓得魂灵儿也没有的了，有哪一个敢出来证明呢？

可是在大家的中间，自然是有又聪明又能干的也是专卖的读书人的子孙混着的，这几个专卖的读书人就乘此机会出来活动了。第一他们就先对大家说："这是马，这不是鹿，我可以证明。"说着他们就去牵几只马出来，指给大家看，一边重新高喊着说："这才是鹿哩！这才是鹿哩！你们谁能够否认我这证明，而出来证明这不是鹿的吗?"当然是没有人敢出来证明的。然而光是空玩玩这套把戏，他们还是不满足的，所以他们还要硬指出几个人出来，说是这几个人否认了他们的证明。

时间一年一年地过去了，秦始皇也一个一个地换过了，专卖的读书人，尤其是一代一代地聪明起来了。于是，结果，被杀的百姓也就一次一次地增加了。

现在是什么朝代我不晓得，我只晓得上面所述的仿佛是秦朝的，仿佛也是秦朝以后一直一直传下来直传到了现在的故事。

　　　　　　　　　　　　　　　　　　　　1928 年 10 月作

林语堂（1895—1976），现代著名作家、翻译家、语言学家。福建龙溪人。1916 年在上海圣约翰大学获得学士学位，1920 年获哈佛大学文学硕士学位，1923 年获德国莱比锡大学语言学博士学位。曾任北京大学英文学系语言学教授、厦门大学文学系主任兼国学院秘书、联合国教科文组织艺术文学组组长、国际笔会副会长等职。其用英文所著《吾国与吾民》《生活的艺术》《京华烟云》等被译为多国文字。

夏娃的苹果

林语堂

　　见到工爻君之"夏娃的苹果"（《论语》廿二期），觉得甚有回味。耶教经说，上帝造亚当与夏娃，两小无猜，裸体同居乐园，不知羞耻，后因蛇诱夏娃吃禁树上的苹果，夏娃又将一半给亚当吃，由是两人聪明起来，赶紧编树叶，遮盖下体，不意上帝在夕阳西照、晚风徐来散步（见《创世记》）之时撞见，由是将夫妻两个赶出乐园。人生苦难，皆由此一粒苹果而生，上帝不能宽宥该对夫妻偷苹果之罪，乃罪其后裔子子孙孙受难五千年。后来又派耶稣下凡，叫世人将他独生之子谋害，于是上帝心平气静，乃大大宽宥众生。此说比齐天大圣偷吃蟠桃故事更加荒唐。然此是耶道之幽默，姑且不提，单论苹果。据西方传说，上帝来时，夏娃半个苹果早已吃下去，而亚当尚含在口中，一见上帝，胆战心惊，匆忙吞下，惜吞至喉已被上帝看

见，苹果乃停在喉中，所以现在男人颈上有一粒核凸出来，在
英文名为"亚当的苹果"（Adam's apple），而女人则颈如蜻蜓，
毫无苹果的痕迹，盖苹果已落在腹内，变为子宫。听说妇人分
娩之苦，月经之脏，皆因吃此苹果，上帝故意责罚所致。论者
谓亚当之罪，不在偷苹果，而在被发现，且吃苹果，便应整个
咽下，才是真正聪明人，否则留在喉中，当有吐之为快之感。
世人常有骨鲠在喉之感者，都是未曾吃好夏娃的苹果，慧心未
启，世事未懂之故。真正的聪明人，把夏娃的苹果咽下，启了
慧心，是不会再有骨鲠在喉之感的了。

（《我的话》）

梁实秋（1903—1987），著名散文家、学者、文学批评家和翻译家，华人世界第一个研究莎士比亚的权威。1915 年秋考入清华学校留美预备班，1923 年赴美留学，获哈佛大学英文系博士学位。1926 年回国后，先后任教于东南大学、青岛大学、北京大学、北平师范大学。梁实秋从20 世纪 30 年代开始翻译莎士比亚作品，持续 40 年，完成了全集的翻译；其多方面的才华还体现在卷帙浩繁的作品和主编的《远东英汉大辞典》中。

男 人

梁实秋

男人令人首先感到的印象是脏！当然，男人当中亦不乏刷洗干净洁身自好的，甚至还有油头粉面、衣冠楚楚的，但大体讲来，男人消耗肥皂和水的数量要比较少些。某一男校，对于学生洗澡是强迫的，入浴签名，每周计核，对于不曾入浴的初步惩罚是宣布姓名，最后的断然处置是定期强迫入浴，并派员监视，然而日久玩生，签名簿中尚不无浮冒情事。有些男人，西装裤尽管挺直，他的耳后脖根，土壤肥沃，常常宜于种麦！袜子、手绢不知随时洗涤，常常日积月累，到处塞藏，等到无可使用时，再从那一堆污垢存货当中拣选比较干净的去应急。有些男人的手绢，拿出来硬像土灰面制的百果糕，黑糊糊粘成一团，而且内容丰富。男人的一双脚，多半好像是天然的具有泡菜、霉干菜再加糖蒜的味道，所谓"濯足万里流"是有道理的，小小的一盆水确是无济于事，然而多少男人却连这一盆水都吝而不用，怕伤元气。两脚既然如此之脏，偏偏有些"逐臭之夫"喜于脚上藏垢纳污之处往复挖掘，然后嗅其手指，引以为乐！多少男人洗脸都是专洗本部，边疆一概不理，洗脸完毕，手背可以不湿。有的男人是在结婚后才开始刷牙。"扪虱而谈"的是男人。还有更甚于此者，曾有人当众搔背，结果是从袖口里面摔出一只老鼠！除了不可挽救的脏相之外，男人的脏大概是由于懒。

对了！男人懒。他可以懒洋洋坐在旋椅上，五官四肢，连同他的脑筋（假如有），一概停止活动，像呆鸟一般，"不闻夫博弈者乎……"那段话是专对男人说的。他若是上街买东西，很少时候能令他的妻子满意，他总是不肯多问几家，怕跑腿，怕费话，怕讲价钱。什么事他都嫌麻烦，除了指使别人替他做的事之外。他像残疾人一样，对于什么事都愿坐享其成，而名之曰"室家之乐"。他提前养老，至少提前三二十年。

紧毗连着"懒"的是"馋"。男人大概有好胃口的居多。他的嘴，用在吃的方面的时候多。他吃饭时总要在菜碟里发现至少一英寸见方半英寸厚的肉，才能算是没有吃素。几天不见肉，他就喊："嘴里要淡出鸟儿来！"若真个三月不知肉味，怕不要淡出毒蛇猛兽来！有一个人半年没有吃鸡，看见了鸡毛帚就流涎三尺。一餐盛馔之后，他的人生观都能改变，对于什么都乐观起来。一个男人在吃一顿好饭的时候，他脸上的表情硬是感谢上天待人不薄；他饭后衔着一根牙签，红光满面，硬是觉得可以骄人。主中馈的是女人，修食谱的是男人。

男人多半自私。他的人生观中有一基本认识，即宇宙一切均是为了他的舒适而安排下来的。除了在做事赚钱的时候不得不忍气吞声地向人奴颜婢膝外，他总是要做出一副老爷相。他的家便是他的国度，他在家里称王。他除了为赚钱而吃苦努力外，他是一个"伊比鸠派"①，他要享受。他高兴的时候，孩子可以骑在他的颈上，他引颈受骑，他可以像狗似的满地爬；他不高兴时，他看着谁都不顺眼，在外面受了闷气，回到家里来加倍地发作。他不知道女人的苦处。女人对于他的殷勤委曲，在他看来，就如同犬守户、鸡司晨一样的稀松平常，都是自然现象。他说他爱女人，其实他不是爱，是享受女人。他不问他给了别人多少，但是他要在别人身上尽量榨取。他觉得他对女人最大的恩惠，便是把赚来的钱全部或一部拿回家来，但是当他把一卷卷的钞票从衣袋里掏出来的时候，他脸上的表情是骄傲的成分多，亲爱的成分少，好像是在说："看我！你行吗？我这样待你，你多幸运！"他若是感觉到这家不复是他的乐园，他便有多样的借口不回到家里来。他到处云游，他另辟乐园。他有聚餐会，他有酒会，他有桥会，他有书会、画会、棋会，他有夜会，最不济的还有个茶馆。他的享乐的方法太多。假如轮回之说不假，下世侥幸依然投胎为人，很少男人情愿下世做女人的。他总觉得这一世生为男身，而享受未足，下一世要继续

---

① 今译伊壁鸠鲁派。——编者注。

努力。

　　"群居终日，言不及义"，原是人的通病，但是言谈的内容，却男女有别。女人谈的往往是"我们家的小妹又病了!""你们家每月开销多少?"之类。男人的是另一套，普通的方式，男人的谈话，最后不谈到女人身上便不会散场。这一个题目对男人最有兴味。如果有一个桃色案，他们唯恐其和解得太快。他们好议论人家的阴私①，好批评别人的妻子的性格相貌。"长舌男"是到处有的，不知为什么这名词尚不甚流行。

---

　　①"阴私"意为"隐秘不可告人之事"。——编者注。

丁　易（1913—1954），原名叶鼎彝、叶丁易。现代
著名作家、学者。20世纪30年代在北京师范大学中文系读
书，大学毕业后去四川，曾在四川省立戏剧音乐学校任教。
1941年去兰州，任国立西北师范学院、国立四川剧专讲师。
1945年去四川三台县任东北大学中文系副教授。1947年被
选为北平文协理事，任《民主周报》主编。著有长篇小说
《过渡》，中篇小说《雏莺》，杂文集《丁易杂文》，论著
《明代特务政治》《中国现代文学史略》《中国文学与中国
社会》等。

谈风雅

丁　易

陶渊明该算是个最风雅的人物了。

"采菊东篱下，悠然见南山。"他这两句传诵千古的名句，
就活脱地画出了那种雅人深致来。澹泊宁静，冲淡恬适，世间
一切都似乎在若有若无之间。那种无所为而为的超然精神，使
读者于吟味之余，就好像摆脱了尘俗的羁绊，胸地顿时开阔起
来，所以王国维《人间词话》特地拈出这两句，说是"有
境界"。

有境界的确是有境界，只是这境界也不是随随便便什么人
都可以"有"的，必须衣食饱暖之后才能领略得之。观乎陶渊
明就不曾为吃饭、穿衣担过心，而每天还必喝几杯酒便可明白。
至于那些吃了午饭还愁着晚饭的人们，一天到黑终不免有所为
而为，虽欲"澹泊宁静"，无奈力不从心，结果是无论如何也

"悠然"不起来的。

这话好像以前也有人说过，不过我却由此又想起一件类似的事来。

儿时在家乡念书，家乡是素以"文风甚盛"著称的。家里长辈希望我能接武乡贤，所以除了请先生教做古文而外，又叫我去跟一位父执学作诗。

父执是一位著名的风雅之士，古今体诗作得都很好，曾做过几任县官。后来不知是要学陶渊明不愿为五斗米折腰，抑是另有原因，就解职归田了。归田后当然就越发作起诗来。

他常常拿他自己作的诗给我看，那些诗是写在一本很厚的账本上的。我第一次看见的时候，心里有些诧异，为什么用账本来做诗稿呢？后来一想，也就释然，这大概就是所谓风雅吧！于是就毕恭毕敬地看着他那副潇洒出尘的神态来谈"超以象处，得其环中"了。

有一天我又去"领教"去了，走进堂屋，就看见一堆泥糊腿的佃户们鸦雀无声地围着他站着，他坐在一张太师椅上，迅速地翻动他那本诗稿。我以为他要和佃户们来谈诗，心里想这真是风雅透顶了。可是仔细一看，他那副神情却不像——绽着满额的青筋，脸上泛着红润的油光，以前那股潇洒劲儿，一丝丝也没有了。

突然地，他圆睁布满红丝的双眼，向一个佃户指着诗稿的一页：

"你看，积欠还这么多，又来求减租了，混账东西！"

他这一发气，我却恍然大悟了。原来他那账本，前半本是诗稿，后半本却是田租账。他是一面作诗，一面还在计算着佃户们的"积欠"的。

风雅和"积欠"是分不开的，看似讽刺，实是真理。《晋书》上说陶渊明把自己的田全种上秫，则佃户们交租的时候拖一点"积欠"，自然也是会有的。

今世有欲风雅者乎？且先来广积"租田"吧！

1943 年 10 月 20 日

徐 訏（1908—1980），原名徐传琮。享有"鬼才"之誉，是以写作传奇小说且高产而著称的著名作家。早年到北平就读于成达中学。1931 年从北京大学哲学系毕业，转心理学系读研究生。1936 年赴法国巴黎大学修哲学，获博士学位。先后任《天地人》《作风》等刊物主编。1942 年赴重庆，执教于中央大学。1950 年赴香港。其成名作《鬼恋》曾三次被搬上银幕，并获得第七届亚洲电影节最佳影片奖——"金禾奖"。

谈美丽病

徐 訏

那么，为什么不叫病态美，偏要叫美丽病呢？这个，我愿意先告诉你，我是学过医的，没有学过艺术，所以我愿意而且只能够谈病，谈美可真就外行了。

近来有许多提倡健康美的艺术家，把小姐们半身的、穿着游泳衣的与穿运动衣的照片介绍给我们，指示我们这是健美的艺术家，叫人摆脱东方病态美的典型，来模仿她们。

说是东方美的典型就是病态美，这句话假如是从演绎法来的，则根本不能成立；假如是从归纳法来的，那么说他们是从旧才子书画上的美人归纳而来，这是一点也不会冤枉他们，因为，假如他们常常用社会里的女子来归纳，是绝不会得这句结论的。而另一方面，在那些文字与照片上可知道，他们的健美人物也只是在高材生、运动员与艺员选来的。所以这个标准，还只是他们新才子派的标准，并不适宜于我们这般俗人的。

自然，艺术家终是有几分才子气，我们应当谅解他。因为假如"健美"的名称很早就有，我们相信贾宝玉也很会把肺病到第二期的林黛玉捧作健美的标准的吧。

其实，不用说未成名的美人是有许多在民间生长与消灭，这我们在民歌里还可以找到，她们都是康健而美丽；就是已成名的美人，如西施，她是浣过纱的，文君，她是开过老虎灶的，这些事情都不是太娇弱的人可以做的。此外，妲己、玉环，我终觉得也是健康的女子。

所以把这些美人都说是病态，我终觉得是才子之罪。我看过西施浣纱图，溪流是清澈见底，游鱼可数，柳绿桃花，蝴蝶在周围飞，黄莺在树上唱，西施穿着黄淡色的衣裳在河边像寻诗一样地浣纱，纱像新式手帕样娇小玲珑，使我疑心这是哪一个小姐旅行团在风景绝伦的地方用手帕在水里晃荡时留下的一幅照片了。我也看到过文君当炉图，茶馆在山明水秀之村，生意很好，四周是人，人人都是高等华人，或挥鹰毛扇，或读《太上感应篇》；相如书生打扮在捧茶，秀美无匹；文君则粉白黛黑泛桃花，笑容可掬，衣服鲜丽，手握小团扇，如梅兰芳饰着虞姬，手拿网球拍一样。也许我是乱世的惊弓之鸟，见此图后，替她担心者久之，谁敢担保张宗昌部下不会来喝一杯茶呢？

才子们曲解事理，逃避现实，这是古已如此的了。但是在小说里的女子来有二派，一派是私订终身后花园的多愁多病的大家闺秀，一派是武艺超群、飞来飞去的将门千金，前者正如同许多近代小说里的会诗会文的大学生与画报上擅长艺术的小姐，后者正像一部分小说里所有着的浪漫的、热情的、黑俊色的女性与画报里的游水池畔、运动场上、跳舞衣里的玉人照片。自然这并不是完全相同的二对，可是才子的弯曲这些，把部分的现象当作整个的事实是一样的。

美的标准原是由社会而变的，当初是皇帝的世界，觉得宫殿里需要袅袅的女子，于是女子们都来缠脚了；皇帝要胖太太，于是胖子都是美人，人才们都歌颂丰腴；皇帝要瘦老婆，于是瘦鬼都为美人了，才子们都歌颂苗条。现在社会变了，阔人们不打算造宫殿来藏娇，有时候要走西伯利亚铁路去法国，有时候又坐"皇后号"去英国，长途跋涉，舟车颠簸，自然要康健一点为是，于是才子们来了健美运动。

本来人生无病就是福，谁愿意生病？但健康的要求，原是在做得动，吃得下，固然也有几分为享受，但大部分倒是为工作的。可是现在的口号有些不同，健康的要求倒是为美了！

其实如果你是要健康的人，我们一同到乡下去找，田野间或者是手工场一定可以有许多，苏州有抬轿的姑娘，江北多种田的女子，固然许许多多现在都饿瘦了，但你给她吃就会复原的。可是才子们一定要将穿着高跟鞋或者是游泳衣的人捧为健美，这个道理实使我费解的。

其实青年人之愿意为美而牺牲的，正像生物在性的追逐时，常常会不顾生命，植物在结果前要开花一样，这倒是极其自然的事。

用这个眼光去看现在青年们健康，实在也只是为另外一种牺牲罢了。以前是的，西洋女子有束腰，中国女子有缠脚，不久以前，把好好的牙齿去换一颗金牙齿，不是有的吗？把好好的耳朵钻过窟窿去挂金器不是中西都是一样吗？人人都笑非洲土人的以泥装饰为野蛮，可是你有没有想到自己生活中也常有这种相仿的事情呢？金属与土不都是矿物吗？现在正有人冒着冬寒裸着手臂为戴镯头之用，忍受那手术之痛苦冒着危险去受科学美容术的洗礼你都知道？

由此看来，牺牲着身体去求美，这是一直没有什么变更过。变更的是方法，而这方法则是进步的。

比方说缠脚是为娉婷，但是人当老得不配娉婷时候你不是不能还原吗？而以此牺牲的苦之大小与所获得美的代价去比较，高跟鞋之娉婷自然要自由、要好得多。以耳朵钻洞去挂金器，自然没有夹扣法为少痛苦，而其所要修饰之目的不是相同的吗？这是进步，可是为美外还是要牺牲身体是事实。

我相信人生有二重目的，一重是自存，一重是种族，前者是求健康以利工作，后者是牺牲健康以利新生命。哪一个人不为自己生存争斗？可是哪一个母亲不是为子女而衰老？哪一个人不为异性而牺牲？

我赞成健康运动，我也赞成修饰要求，但是我反对才子们的健美运动，因为这是把健康当作只为美而把美当作买卖，受这群新才子们的影响，那就反映在女明星的不喂奶主义！

　　话到这里必须说回来，既然每个人在某个时代终愿意牺牲点身体来求美，可是照常识看来，也许是蛮性的遗留吧：青年人的牺牲常常是盲目到置生死于度外的，穿高跟鞋露臂一类事本不算什么，世间还有为了太胖一点而不吃白脱①与牛奶的小姐，有故意做微咳或者小病的太太，世间还有无数的为空想的美（恋爱）而痛苦而呻吟而死的青年男女！

　　美丽病也不是我所赞成的，但我同情它，因为我相信，以夹扣环代替钻耳朵，以高跟鞋代替束腰与缠脚的程序一样，人类文明的进步是能使得美丽病减轻的。

　　我反对不喂奶主义的健美买卖，因此我愿意在才子美人面前提倡美丽病。

1943 年 1 月 29 日 12 时

---

①"白脱"为"Butter"一词的音译。——编者注。

老　舍（1899—1966），本名舒庆春，字舍予。现代著名小说家、文学家、戏剧家。1918 年毕业于北京师范学校。1924 年赴伦敦大学东方学院华语学系任华语讲师，并开始文学创作，1929 年回国。20 世纪 30 年代先后任教于齐鲁大学和山东大学。1946 年接受美国国务院邀请赴美讲学，1949 年回国。"文化大革命"中遭受迫害，于 1966 年 8 月 24 日深夜含冤自沉于北京西北的太平湖。著有《老张的哲学》《四世同堂》《骆驼祥子》《茶馆》等。

小　病
老　舍

大病往往离死太近，一想便寒心，总以不患为是。即使承认病死比杀头、活埋、剥皮等死法光荣些，到底好死不如歹活着。半死不活的味道使盖世的英雄泪下如雨呀。拿死吓唬任何生物是不人道的。大病专会这么吓唬人，理当回避，假若不能扫除净尽。

可是小病便当另作一说了。山上的和尚思凡，比城里的学生要厉害许多。同样，楚霸王不害病则没的可说，一病便了不得。生活是种律动，须有光有影，有左有右，有晴有雨，滋味就含在这变而不猛的曲折里。微微暗些，然后再明起来，则暗得有趣，而明乃更明；且不至明过了度，忽然烧断，如百烛、电灯泡然。这个，照直了说，便是小病的作用。常患些小病是必要的。

　　所谓小病，是在两种小药的能力圈内，阿司匹灵①与清瘟解
毒丸是也。这两种药所不治的病，顶好快去请大夫，或者立下
遗嘱，备下棺材，也无所不可。咱们现在讲的是自己能当大夫
的"小"病。这种小病，平匀地每一个半月犯一次就挺合适。
一年四季，平均犯八次小病，大概不会再患什么重病了。自然
也有爱患完小病再患大病的人，那是个人的自由，不在话下。

　　咱们说的这类小病很有趣。健康是幸福，生活要趣味。所
以应当讲说一番：

　　小病可以增高个人的身份。不管一家大小是靠你吃饭，还
是你白吃他们，日久天长，大家总对你冷淡。假若你是挣钱的，
你越尽责，人们越挑眼，好像你是条黄狗，见谁都得连忙摆尾；
一尾没摆到，即使不便明言，也暗中唾你几口。不大离的你必
得病一回，必得！早晨起来，哎呀，头疼！买清瘟解毒丸去！
还有阿司匹灵吗？不在乎要什么，要的是这个声势。狗的地位
提高了不知多少。连懂点事的孩子也要闭眼想想了——这棵树
可是倒不得呀！你在这时节可以发散发散狗的苦闷了，卫生的
要术。你若是个白吃饭的，这个方法也一样灵验。特别是妈妈
与老嫂子，一见你真需要阿司匹灵，她们会知道你没得到你所
应得的尊敬，必能设法安慰你：去听听戏，或带着孩子们看电
影去吧？她们诚意地向你商量。本来你的病是吃小药饼或看电
影都可以治好的，可是你的身份高多了呢。在朋友中、社会中，

_____

　　①今译阿司匹林。——编者注。

光景也与此略同。

　　此外，小病两日而能自己治好，是种精神的胜利。人就是别投降给大夫。无论国医西医，一律招惹不得。头疼而去找西医，他因不能断症——你的病本来不算什么——一定嘱告你住院，而后详加检验，发现了你的小脚指头不是好东西，非割去不可。十天之后，头疼确是好了，可是足指剩了九个。国医文明一些，不提小脚指头这一层，而说你气虚，一开便开二十味药；他越摸不清你的脉，越多开药，意在把病吓跑。就是不找大夫。预防大病来临，时时以小病发散之，而小病自己会治，这就等于"吃了萝卜喝热茶，气得大夫满街爬"！

　　有宜注意者：不当害这种病时，别害。头疼，大则足以失去一个王位，小则能惹出是非。设个小比方：长官约你陪客，你说头疼不去，其结果有不易消化者。怎样利用小病，须在全部生活艺术中搜求出来。看清机会，而后一想象，乃由无病而有病，利莫大焉。

　　这个，从实际上看，社会上只有一部分人能享用，差不多是一种雅好的奢侈。可是，在一个理想国里，人人应有这个自由与享受。自然，在理想国内也许有更好的办法；不过，什么办法也不及这个浪漫，这是小品病。

叶永蓁（1908—1976），原名叶蓁，号会西，又字剑榆。1914 年就读于乐清县第三小学（今柳市小学）。1926 年毕业于温州第十中学（今温州中学），后考入黄埔军校五期炮科，毕业后即参加北伐战争。1937 年在《宇宙风》发表了一篇《再当丘八》的文章，以此告别文坛。其代表作品为自传体小说《小小十年》。

吃　药

叶永蓁

"药能治病"，这句话，每个人由孩提的时候起，大概都已经有意识地或无意识地知道的。

而病之于生命，有着怎样的危害，也大概当那人知道"药能治病"的时候，同加以理解的吧！于是，人一当生了病，唯求药能确治他那种病，这似乎是一件比较重要的事，在他的心灵中惦念着。

可是也不尽然，人在孩提的时候，虽然已经知道"药能治病"，也已经理解病之于生命有着怎样的危害，但不论谁，那时候即使生了病，即使确知道某种药能治得他那种病，然而谁也不会对于这某种药就能痛痛快快地吃了下去。是可见药之于人，也大概当那人知道"药能治病"的时候，就存下一种不大好感的印象。

　　有些药的味其实并不大苦，但是因为它是药，吃的时候必须要一点糖果伴送它到嘴里，想象以为它是糖果之类的东西，然后才好吃下。至于说那苦味的呢，那更不必说，只要一看见它那种种样样的颜色，一闻到它那种种样样的气味，谁也都不自觉地摇起头来了，还能谈到如何痛痛快快地将它吃了下去？

　　——这原因，是人当孩提的时候，仅能知道"药能治病"而已，仅能理解病之于生命，有着怎样的危害而已，而未曾懂得透彻生命的本身在这人世间出现、存在着，将有多么重大的意义。

　　这样，一直到以后，人慢慢地长大起来，也慢慢地有几分认识自己的生命会从怎样艰苦的境地中才成为目前这模样，而更有未来的种种企图诱惑着他的生命要活。

　　于是，在这时候，人对于病，对于病的时候吃药的态度，却大异于昔日：他将不论那药味的甘苦，而唯祈求生命能在这危害的苦厄中逃了出来，使生命继续存在着；他将不论以多么忍耐的力，也想自己能得忍耐下去，要自己活，要自己能达到他所期待的企图，是他唯一的希望。而且有时候他就不确知道某种药能治他的病，他也将试试看。但自然，不想自己活而又无企图的人，那是无须说的。

　　是故要懂得生命本身的价值，乃是人的最重要的一件事，即于吃药这一小道，也有这么大的一种机微存焉。

钱玄同（1887—1939），原名钱夏，字德潜，号疑古。著名思想家、语文改革活动家、文字音韵学家，"五四运动"的倡导者之一。1906年赴日本早稻田大学学习。1910年回国后曾任浙江省教育总署教育司视学、北京高等师范附中教员、高等师范国文系教授、北京大学教授、《新青年》编辑等。1925年与黎锦熙一起创办并主持《国语周刊》。1931年任国音字母讲习所所长。1932年与黎锦熙共任《中国大辞典》总编纂。著有《文字学音篇》《重论经今古文学问题》《古韵二十八部音读之假定》《古音无邪纽证》等论文。

中国派的医生

钱玄同

有一位中国派的医生说："外国医生动辄讲微生虫，其实哪里有什么微生虫呢？就算有微生虫，也不要紧。这微生虫我们既看不见，想必比虾子、鱼子还要小，我们天天吃虾子、鱼子还吃不死，难道吃了比它们还小的什么微生虫倒会死吗？"我想这位医生的话讲得还不好，我代他再来说一句："那么大的牛吃了还不会死，难道这么小的微生虫吃了倒还死吗？"——闲话少讲，那位医生自己爱拿微生虫当虾子、鱼子吃，我们原可不必去管他，独是中国这样的医生，恐怕着实不少，病人受了他的教训，去放量吃那些小的虾子、鱼子，吃死的人大概也就不少。我想中国人给"青天老爷"和"丘八太爷"弄死了还不够，还有这班"功同良相"的"大夫"来帮忙，也未免太可怜了！但是"大夫"医死了人，人家不但死而无怨，还要敬送"仁心仁术""三折之良""卢扁再世"的招牌给他，也未免太奇怪了。

中国人自己说自己身体的构造，很有生些特别：心在正中，一面一个肝，一面一个肺，这三样东西的位置和香炉、蜡台的摆法一样，这已经很奇怪了。此外还有什么"三焦"，什么"丹田"，什么"泥丸宫"，什么"气"，身体里还有等于金、木、水、火、土的五样东西，连络①得异常巧妙。所生的病有什么"惊风"，什么"伤寒"，什么"春温""冬温"，还有什么"痰里火""火里食"。这样的怪身体，这样的怪病，自然不能请讲生理学的医生来医了。

---

①"连络"意为"联络"。——编者注。

瞿兑之（1894—1973），原名宣颖，字铢庵，晚号蜕园。现代史学家、文学家、画家。为清季军机大臣、外务部尚书瞿鸿禨的幼子，其外姑为曾国藩"满女"崇德老人曾纪芬。早年就读上海圣约翰大学及复旦大学。曾任北洋政府顾维钧内阁国务院秘书长，编译馆馆长，河北省政府秘书长及南开、燕京等大学教授。瞿兑之学问渊博，精研文史，于职官、方志等学均有深湛研究，尤精于掌故之学，著有文史掌故笔记《杶庐所闻录》《养和室随笔》等。

谈中西医

瞿兑之

距今四十五年前，曾纪泽病了，请一外国医生来看，给他戴上一个冰帽子，不多几天便去世。曾氏是久居外国，最以洋派出名的人，那时一班士大夫对于曾氏个人的名德是敬仰的，可是对于他的迷信洋人，总不大以为然，不过不好当面说他罢了。他这一死，于是"西医杀人"顿成话柄。那时浙江的大名士俞曲园先生做了挽联送他，内中有一句便是："始知西药不宜中。"一时齐说曾氏如果不请西医，断不至死，中国人有病断不可请西医。俞氏的话，一点不差。"西医不宜中"，这句话大概传诵有二十年之久。

光绪年中西药的势力虽然不及现在之大，然而有几种药却也深得社会的信仰，例如金鸡纳霜，又如玉树神油，差不多够得上到过上海、香港的，都愿意买两瓶回家备用。外国药商深知中国人的心理，广告的鼓吹无微不至，于是其他专投中国人脾胃的药品日新月异都出来了，尤其是补品的药，是吃不死人的，又是中国有钱的人所最愿意听的，随着报纸的销路也一天长似一天。此外又有些投机的名目，中国人要戒烟了，便有戒烟丸；中国人喜欢小脚，便有什么裹脚散；中国人忽然又要放脚了，便又有什么放脚散。那时候的流行语，说中国是东亚病夫，诚然不错。要不是病国，何以报纸上全是药的广告呢？何以报纸与药房互倚为生呢？

外国人赚钱的方法总瞒不过中国人，于是中国人也自己想出花样来假冒外国药的旗号来骗中国人，这是近几十年来商业史上一件极有关系的问题。艾罗补脑汁似属此类，据说"艾罗"者乃上海名流黄某（黄英文为Yellow，再译音便成艾罗矣）。直至如今，试问哪一种营业能比得上开药房的赚钱容易呀！

中国社会的矛盾现象不可胜数，而医药便是一端。尽管一方面喊着不信西医，一方面可让盈千累万的银子被西药商换了去，依然睡在鼓里，这不独是外国人所看不透的，连我们中国人也莫明其故吧。

但是再反过来一看，尽管欢迎西药，却始终不甚相信西医。西医的势力以教会为后盾，也不算得不伟大了，医院的成绩也不算得不相当地表现出来了，然而社会对于西医的怀疑与妒忌，直至民国二十年以后还没有绝迹。

在中国的西医势力中心，近十年来断然要推那所谓煤油大王所创设的协和医学校了。记得民国八九年在北京旧豫王府建筑新医院的时候，便听得一种传言，说是造屋的中间，发起了地下的窟金多少万，造成以后，那碧色的屋瓦，朱红的楹柱，错金的彩画，白玉的阶墀，占满了几条胡同的地位，伟大、庄严、富丽的气象，真足以使寒酸吐舌。在我们毫无成见的人看来，这不过是洛克非勒①所提倡的慈善事业的一种，在卫生医药智识缺乏的中国，却不能不认为是很需要的救星。事实也可以证明，从各处远来求诊的人络绎不绝，病床的供给显然不能应付需要，往往有急待疗医的病人因病床缺乏而不得不废然而返的，绝不能说协和医院是多余的了。但是在一班中下级的舆论中，总可以听到一种对协和医院不满的论调，不是说它专以病人做试验品，就是说医生玩忽业务，这些都不去管它，最奇的是民国十九年所发生的解剖尸体一案。

据说有一个姓宋的因腿病不治而死，死后发现尸体有剖解痕迹，于是尸属要提起诉讼，甚至于负领导社会责任的报纸也起来攻击得不遗余力。尸体神圣，这是中国历来相沿的一种不合理的传统思想，拿这种尸体神圣的观念来判断医家的责任，这正是二千年来王莽（首先实行解剖的）之所以受攻击，也正是五六十年前一班仇教者之心理。不料中国人过了二千年，还是不肯拿无情的尸体来帮助医药的进步，这就无怪今日之中国还是一个病国了。

民国十二三年有一句喧传社会的话柄，说是胡适之的病西

①今译洛克菲勒。——编者注。

医看不好，被陆仲安看好了，问陆仲安用什么药治好的，说是用的黄芪。人家不相信，当面问胡适之。适之说："不错，我这里还将药方留着呢。可以为凭。"于是俞曲园所谓"始知西药不宜中"的话，顿然复活起来，却稍为变了一点方式，道是"西医也有看不好的病"。

几年以内，便有应时而起融合中西医药的著作，也便有专教中医的学校，以至于因国医问题而发生立法院的大辩论。

其实，中医与中国文化的关系是有的，看其医学与其他学术连带的关系，可以知道。

第一，中国医学源出于巫，巫之仪文与艺术，散布在各种学术制度之中，而与医尤为密切。本来医字从巫，而医只是巫的一种副业，在近代的中国医学本身中，虽然未必有很多直接的巫术影响，然而在传统的药方上还有不少巫的色彩。例如用象形的东西来治人身某部分的病（如以"肺形草"治肺病之类），又如用秽恶的东西来产生神秘的作用（据西方学者的研究，原始民族用秽物为药品只是巫的一种策略，因为巫知道病人需要呕吐，便以秽物来产生呕吐的作用，一班民众不明白这种用意，便误以为神秘了），至于对于生理病理所应用的阴阳五行之说，尤其是巫术的遗痕，绝不能否认的。

第二，医学与道教的关系。自从道教正式成立，便承袭了儒家所吐弃的一部分巫术，而别启许多学术途径，医学的发达正在这一时期。大约道教对于医学的贡献，第一是导引，这是古代的生理卫生，流传到近代，加以种种演变，便成一种半神秘的拳术。东汉黄巾之乱便是它，庚子年闹得八国联军进北京也是它。近年尊为国术的也是它。第二便是服饵，草木之药，道教所认为下药的茯苓、远志之流，都是近代药剂中所不可少之物，其应用方法之研究，不能不归功于道家。第三便是修炼，道教修炼的宗旨是为不死，至于点石成金，还不过是副作用。从刘安、刘向以至于张三丰，这事闹了几千年，始终没有打破闷葫芦。然而中国的冶金学却得有不少的学者埋头研究，而朱砂、硫磺之治病也是由此而来的。今年医学界已经不甚再谈神秘的话，然而秋石还有人吃，这秋石不就是道家炼铅的一种变相吗？中国的道教讲了几千年，然而它的子孙现在只剩了些面黄肌瘦、衣服褴褛的羽士，问他道教是什么，只知道画符，别的一概不知道。道教的真正精深学术，却都已传授与医家了。

第三，医学与植物学的关系。中国医药上的著作大家都知道是陈藏器、李时珍一流的本草研究，他们研究的对象极为广泛，从这些对象当中，可以看出中国古医学的利用外国输入品。

甘草是中药之君主，据陶弘景《别录》说是生河西川谷及上郡。

药名中有胡字者，都疑出于外国。例如柴胡、前胡、延胡索（据《本草纲目》说出于奚国）、胡王使者（白头翁、独活都有此别名），可见中古时代外国来的药很多，所以随便就加上了一个胡字的徽号。

柴胡是张仲景《伤寒论》方中所列最主要的药剂，据苏颂

《本草》① 说是出在银州（陕西榆林），则汉朝人的处方已经好用远方的药物。

许多热带的产物给中国以不少的外国新名词。可是中国人已经渐渐地忘记它们的来历了，随便举几件来说：

槟榔是六朝时代输入中国的，这两字便是马来语的 Pinang。也有写仁频的，便是爪哇语的 Jenpin。

烟草是十六世纪末年入中国的，中国先翻译马来语的 Tambacao，写作淡巴菰，后来才改用一个"烟"字来代表。

就是其他地带的产物也有从外国翻译而得名的。

张骞带来的葡桃②是希腊文 Batrus 的译音。

萝卜是拉丁文 Rapa 的译音。

芦会③是希腊文的 Alce。

这些字中国人差不多全都忘记它们的来历了。

波斯、阿拉伯两种语言与中国医学的关系最深。

密陀僧是波斯语 Murdaseng 的译音，就是 Litlrarge（酸化铅）。

八担或巴旦杏就是波斯语的 Baban。

没石子或无食子就是波斯语的 Mazu。

硇砂就是波斯语的 Nushadir。

耶悉茗就是阿拉伯语的 Jasmin，随后方才有素馨花的新名。

没药就是阿拉伯语的 Myrrh。

---

①即《本草图经》。——编者注。
②即葡萄。——编者注。
③即芦荟。——编者注。

阿梨勒就是阿拉伯语的 Halilen。

所以从此说来，中国医学中的药学部分是很受西来影响的。

但是真正中国的医学技术，现在所存的也很有限了。时下的中医，多半只能开几帖汤药。我们试看真正古的医术，针砭灸熨，种种方法，是常用的。即以汤药而论，也是用几味单纯的药品和比较重的分剂。不像时医开上一大单，却又不敢用重剂。所以谈到中国的医药，还待有彻底的研究。

许钦文（1897—1984），原名许绳尧。1917 年毕业于杭州省立第五师范学校，留任母校附小教师。1920 年赴北京工读。1922 年发表短篇小说《晕》。1926 年由鲁迅选校、资助的短篇小说集《故乡》出版，描写的多是浙江的人情世故，颇受好评。鲁迅将其列入"乡土作家"。1927 年离开北京到杭州。历任杭州高级中学、成都美术学校、福建师范、福州协和大学、杭州第一中学、浙江师范学院教师。

香港脚

许钦文

　　因为脚上的湿疮加重，到了厦门，我只好请得医师来诊治。许多要好的同事，都很关心我的病。虽然寸步难行，我天天困在椅子牢中，谈天却总不怕无对手；有时室内满座，觉得很是热闹。医师来给我洗涤换药，于是大家就都围拢来看我的脚。红红的血液和白白的脓汁以外，因为满是搽过碘酒的阿墨林①的痕迹，两只脚根本像是煨年糕。觉得很是难看，但也不便阻止他们的观赏。

　　医师第二次给我诊治的时候，就带来一瓶绿莹莹，颜色好像是硫酸铜的药水。说是外国人发明的叫作"香港脚"的药水。他说我的病是"香港脚"，这是对症的药。

---

　　①今译阿莫林。——编者注。

　　他又解释，许多外国人，到了香港以后，总就生起这种病来，所以叫作"香港脚"。

　　于是大家都把我的病叫作"香港脚"。一见着我，总就这样发问："你的'香港脚'好了点吗？"

　　现在我已能够下楼行走了，他们还是忘不了这个名称；只是语气稍微改变了点，是这样地问了："你的'香港脚'好了吗？"

　　这里明明是厦门，距离香港，外海轮船的速力还要连行两昼夜才可以到达。而且，我的病也明明是从浙江带过来的：真的，我脚上的疮是在浙江的地方生起来的，因为多受了湿气。我又不曾去过香港。但我是被这样地称作"香港脚"了。

　　其实，我这样的遭遇，何其只是"香港脚"的一节。三年以前的五年半之间，我在杭州唱书改文；再以前，我在台州唱书改文；更以前，我也在绍兴唱过书改过文。在唱书改文之暇，也无非写些小说一类的文字。说得好听些，我是从事教育事业的；说得夸张点，也可以说是教育家的了吧；说得确实些，我是个教书匠；说得不好听点，我是在教育界里混混的。经过三侦四查的法院的判决书中，我的职业一项上，也明明地填着"教员"这两个字。

　　即使丢开正业，从我的副业来说，也是所谓小说匠、小说者或者"小说家"。

　　聘请我的总是"校长"，我的对象叫作"学生"。我没有带过兵，固然不曾被尊称过"旅长""师长"，也没有人叫我过

"排长""班长"。我也不曾捏着枪杆上过阵线。总而言之,我不是军人。可是我,刚被在"军人"监狱里关了十一个月只缺得六天,这是切身经历了的事实。

孔子曰:"必也正名乎!"

然而正名,谈何容易!

曹伯韩（1897—1959），当代著名语言学家。曾任香港《华商报》翻译、桂林《自学》月刊主编、昆明《进修月刊》编辑，后于桂林师范学院任教。著有六部语言学专著以及20余部历史、地理、国际关系、青年修养等人文社会科学方面的学术和文化普及读物，如《语法初步》《世界历史》《语文问题评论集》《中国文字的演变》《怎样求得新知识》《国学常识》《民主浅说》《通俗社会科学二十讲》等。

关于移风易俗

曹伯韩

曾国藩曾经说过，社会的风俗习惯如果不好，可以由一二人的提倡，使它改变的。风俗习惯是可以改变的吗？是可以由一二人的提倡使它改变的吗？这都是值得讨论的问题。

一切事物是变动的，当然风俗习惯也是变动的，我们从事实上考察，确是如此。比方，中国在三四十年前，女人的小脚是为全国人士所赞美的，男人的辫子也是一样。可是现在呢，除交通极不便的地方外，女人的小脚已经不时行了，男子的辫子恐怕除北方的偏僻乡村外，再不能找出。一般人对于天足女子与无辫男子已经习以为常，不觉得不美观了；反之，小脚女人和拖着辫子的男人偶然在群众中出现，要被大家认为怪物，给以不美观的评语了。这就是风俗习惯可以变迁的明显证据。

可是风俗习惯的变动，虽然可以由一二人提倡而开始，但是不是可以变得成功，却要看是在什么社会条件底下才能决定，换句话说，就是风俗习惯的变动另有其深刻的原因，或必然的趋势在，所谓一二人之提倡，不过是顺着这种趋势而作为转移风俗的开路先锋罢了。即如女子放脚，在清朝末年形成一个广大的运动，当时进步的知识分子，不知做了多少次的口头宣传与文字宣传。如《缠足受病考》《缠脚歌》等类的小册子，是流传得很普遍的，这当然是少数先进分子有意地提倡之表现，正如曾国藩的一二人转移风气的说法。可是，为什么这些先进分子会提倡女子放脚？这一提倡为什么可以形成广大的运动？这一运动为什么可以获得很大的成功？这不能从那少数人本身去了解的。那少数先进分子若在百年以前，即便是天禀聪明，恐怕也不能造成这样的一种运动，甚至于他们本身，想都不会想到要女子放脚，好像柏拉图的理想国，依然要建立在奴隶劳动的基础之上一样——柏拉图的理想是非常民主的、平等的、自由的，可是他还没有意识到奴隶应当与其主人平等，他或者以为奴隶与主人的不平等地位是自然法则，无可改变，和我们圣贤所谓"天尊地卑，乾坤定矣""乾道成男，坤道成女"（均见《易经》），即认为男尊女卑是自然法则一样。他们当时必定认为女子放脚是无可改易的风俗。他们生在清朝末期，正当帝国主义势力侵入中国，一方面国民经济崩溃，一方面资本主义生产方法输入，感到社会变动的必然趋势，嫌恶那些妨碍这种趋势发展的反动因素，因而很想排除种种反动因素而推进社会的变动，在这一个前提之下，女子放脚运动被他们提出到议事日程，就是当然之理。从前妇女在封建社会是被拘束于家庭内的家事劳动者，所谓男子治外、女子治内，是根据于这种经济制度的。那时宗法制度的传统还存在，女子就是家长底下的奴隶，所以必须受着家长的权威统治。这种封建宗法的家庭，既须拘束女子在家庭以内，使她们服从男子的权威统治，就不能不设种种方法限制她们的行动，阻碍她们的自由发展。除在观念上造成"男尊女卑"（《易经》），"以顺为正者，妾妇之道也"（《孟子》）的学说——基督教所谓"女人由男人肋骨造成的，在伊甸园首先犯禁食无花果，又是罪孽深重"的故事，也是男尊女卑的学说——以外，在女子的身体上又设定了种种的枷锁，如中国的缠足，欧洲的贞节带——欧洲中世纪的女子用物，系于胯间，可以加锁，于丈夫远行前系之，且由丈夫加锁，至丈夫归来时启之——都是。社会上既然认定女子缠足是合理的，便加以种种赞美，如说"三寸金莲"即是说脚愈小愈美，小到三寸长，走起路来，便每步都和莲花一样的好看，或者她应该在莲花上面走才合适。这种赞美，就是一种提倡。当初缠足的风俗，原是由一二人提倡起来的——据说是五代时一个皇妃窅娘首先缠起来的，不知是否确实——其所以成功一种风俗，而且流传千数百年的缘故，就是因为适合封建宗法社会的要求。到了帝国主义势力侵入中国以后，封建宗法社会的旧制度逐渐动摇，中国的经济、政治必然要现代化才有出路，因此资本主义的"男女平等""妇女解放"正合乎时势的要求——什么是资本主义妇女解放的原因呢？那就是需要妇女作为劳动后备军而出现于劳动市场，利用妇女的工资低与容易管理，尽可能使之逐渐代替男工的地位——而放脚运动正是中国初期妇女解放运动的必要步骤。因为有这样的社会条件，所以便有少数人起来提倡了，而且形成了广大的运动，而且获得很大的成功。

从以上说明，我们可以说移风易俗可由一二前进分子来创始，但是必须是在社会历史条件具备的时候方才有效。韩非曾指出在殷周之世不能施行舜禹之治，也就是看到了人们的努力要受历史时期的限制。如果说一二人移风易俗的力量是毫无条件限制的，那就错误了。

以上是关于移风易俗的可能问题，我想再谈一谈风俗的好坏。风俗有绝对的好坏吗？就一件一件的事来说，是没有绝对的好坏的，比方从前说过的杀老人，在野蛮部落看来并不是坏的风俗，因为那个社会生产力过小，没有法子养活不能生产的人，所以将他杀了正是适当的解决。到了文明社会，如果有这种风俗就很坏了，但穷人杀死婴孩的事还是很普遍的，人们并不以为奇怪。从前还谈到过迷信问题，曾说及古代主张"君子以神道设教"（《易经》）的时候，是唯恐人们不信神的。但这种迷信的风俗，到了旧社会没落新社会制度起而代兴的时候，就有改变的必要，因为这时候需要以理性代替迷信，使大众打破传统习惯的束缚，而参加到社会改革运动里面去。于是破除迷信的运动随之而起，如我国辛亥革命前后，知识分子多半参加破除迷信，曾形成一个有声有色的运动。迷信的风俗在革命时代被认为是坏的，但到了革命的潮流过去，又被认为是不坏的东西了，于是老革命党变为长斋念佛者的事情也有，而和尚、道士又特别被人尊崇起来。风俗好坏的标准不但因时代而不同，而且因人群而差异，如同一时代中，老绅士认自由恋爱为淫乱的风俗，新兴的布尔乔亚则认为是合乎时代的优良风俗。这就是标准因人群而差异的明证。

最后我想说说改良风俗在整个社会改革运动中的比重。

风俗习惯的形成常常是经过长久时期的，它的变动也是要经过长久时期的，它比较政治、经济的变动要来得慢，因此它的变动常常落到政治、经济的后面，所以每当社会大变革的时候，政治、经济已经有了显著的变更，而旧的风俗习惯，不管它是怎样的陈腐、不合时宜、坏得很，也依然存在着。不过有时改革风俗的运动也可以带着政治的或经济的意义，走在政治、经济变革的前面促进其改革，例如刚才说的辛亥以前的放脚运动、破除迷信运动都是。

我们不能机械地运用这种例子。一般说来，我们对于经济的变革应当特别注意，许多上层的改革如果不是推进经济变革所必要的，暂时便可不必强调。等到经济基础变革以后，许多上层问题都可迎刃而解了。风俗习惯的变更，大体说来尤其是如此。即如推行国历，到了将近用了三十年阳历的现在，一般人还是保持着过旧历年的风俗，这就是因为一般人没有和外国人来往，在经济生活上感到有实行阳历的必要的只有极少最大商人，而这少数人还没有确实支配全国经济的力量，所以一时改变不过来。即使商家改用阳历，一般农民和商家来往不多，他们仍然要过他们的旧历年的（但并不是如他们自己所谓旧历有节气，阳历无节气的理由，阳历的节气实在更容易记得）。又如礼节，自民国元年革命政府宣布废除跪拜，改用鞠躬以后，已经二十多年，但民间仍然认鞠躬为不恭敬，遇有隆重仪式，还是离不了磕头作揖，尤其死了父母的人必须向一切的人磕头。"五四运动"时易家钺死了父亲，不肯向吊客磕头，便引起他的许多父执的责骂，指为不孝。时至今日，一般公务员仍然是恪守朱文公①旧礼，而不遵守民国礼制。这不但表现风俗习惯的惰性，而且表现辛亥革命精神的堕落，换句话说，就是反映辛亥革命的失败。辛亥革命失败，旧的官僚依然盘据政权，作威作福，所以一切旧官僚的传统习惯依然照旧，不但磕头作揖不废除而已，即称呼也仍旧恢复"老爷""大人"的（老爷、大人的称呼是辛亥革命后南京临时政府宣布废除了的）。如果辛亥革命彻底地胜利，新历与新礼制一定早已形成一种风俗，代替阴历与磕头了。

　　由此来看，社会的改革虽然也可以从移风易俗着手，但这究竟不是什么主要的问题，还是应该注意基础的方面，为了推进经济基础的变化，政治的改革比风俗的变更要重要些，一般说来是这样的。同时还得注意：有许多风俗在社会改革以后仍可保存的，表现一个民族的特殊风味的风俗习惯，尤其值得重视，值得保存与发扬。比方，苗族同胞男女集会跳舞，并因此

---

　　①即朱熹，谥文，又称朱文公。——编者注。

结合两性成为配偶，这种风俗虽然使汉族同胞看不顺眼，但何尝有什么坏处呢？如果有人一定要故意去改变它，那似乎反而多事了！

对于一般喜欢高唱移风易俗的志士，我愿意把这些拉杂的意见给他们做一个参考。

（《精神文化讲话》）

郑振铎（1898—1958），中国现代著名作家、文学史家。1917 年考取北京铁路管理学校高等科官费生。1920 年与沈雁冰、叶圣陶等发起成立文学研究会。1921 年到商务印书馆编译所工作。1923 年起主编《小说月报》。1931 年任燕京大学中文系教授。1935 年任暨南大学文学院院长兼中文系主任。1945 年创办并主编《民主》周刊。著有《插图本中国文学史》《文学大纲》《中国俗文学史》等。

民间故事的巧合与转变

郑振铎

相同的神话、故事与传说，每在各地流行着。譬如印度有一则故事，在欧洲也有着；欧洲中世纪的传说，在波斯也流行着；中国的一段神话，在西伯利亚也被人发现。在十九世纪以前，极少人注意到这件事实。自比较神话家出来，取了各地相同的传说、神话、故事而加以比较的研究之后，乃发现它们是如此的相同。因此他们便提倡着"故事的阿利安来源说"。换言之，即说一切欧洲的神话与传说，其源皆出印度，或出于阿利安民族未分家之前。后来，专门研究民间故事的人，便根据了这种的理论，用精细的考察手段去证明欧洲中世纪的许多传说、寓言、故事皆系从印度的来源转变而来。W. A. Clouston 的两大册的 *Popular Tales and Fictions* 便是这个研究的集大成者。"转变说"在欧洲至少风行半个世纪，甚至影响到中小学的教科书里。

　　然而这个学说果有根深柢固、颠扑不破的理论吗？没有的！他们的理论真是站在十分脆弱的基础上的，是经不起打击的。自从最近半世纪，对于人类与史前文化及生活，以及野蛮人的生活与文化研究大为发达之后，一切学问几乎都换了一副眼光。人类学家便运用了他们尖的兵器，向比较神话学者进攻。自人类学派的巨子 A. Lang 和比较神话学派的巨子 Max Müller 打了几次笔仗之后，Müller 几乎无以自圆其说。因此似乎垄断了神话与故事比较研究的 Müller 派从此便失去了他们的信仰，一蹶不复再振。开口闭口"阿利安来源"的笨话，再也无人提过。试想，今有一个故事，流行于欧洲，也流行于美洲土人之间，那还会是一个转变吗？当然是绝不可能的。

　　如今，正是人类学派的故事与神话研究者的专断时代。他们说得很好：自古隔绝不通的地域，却会发生相同的神话与故事者，其原因乃在于人类同一文化阶级之中者，每能发生出同一的神话与传说，正如他们之能产出同一的石斧、石刀一般。而文明社会之所以尚有与野蛮民族相同的故事与神话，却是祖先的野蛮时代的遗留物，未随时代的逝去而俱逝者。

　　他们的话完全不错，但是有一点，我们要明白：神话与故事往往有很显著的线索可证明其为同出一源，或系由某一源转变而来者。所以转变说并不是什么完全无根据的理论。所以 T. A. Macculloch 的 *The Childhood of Fiction* 便很公允并采了变迁说与人类学家的必然的巧合说。

以上不过是一个引子。本文的目的却要使大家依据了两个理论去猜一两个谜。底下有两个故事或一对的谜，请大家猜猜看，这两对的故事或谜，究竟是巧合呢，还是转变？

第一个谜是所罗门与包拯。所罗门是古犹太的一位最敏明能断案的王，包拯是中国宋代最精细的法官。关于所罗门的是这样的一个故事：

> 有一天，所罗门遇到一件不易解决的案件。有两个妇人同居在一处，她们各有一个幼子。某一晚，甲妇不小心压死了她的儿子。第二天起来，她却争夺着乙妇的活孩子以为是她的。乙妇当然不肯让与。二人便扭控到所罗门那里去。所罗门想了一会，便想出一个计来。他命武士取了一柄刀来，说道："将孩子中剖为二，每个妇人各取一半去。"甲妇闻判默默不言。乙妇却大哭起来，自己声明败诉，情愿将活孩整个地送给甲妇。所罗门至此乃判明活孩是乙妇的，而治甲妇以诬控之罪。

关于包拯的是这样的一个故事：

> 有一天，包拯正坐在开封府的堂上。有两个历审未能判决其是非的妇人又来控诉了，她们中一个是妾，一个是妇。妾生了一子，自幼被大妇抱去抚养。到了丈夫死后，大妇却霸占着财产与儿子，欲逐妾出门。妾自然不服而去

控告。但大妇却贿了邻居与收生婆，命他们证明这个儿子是她自己生的。这案件到了包拯的手中，他立刻设了一计。他命人在地上用灰画了一个栏圈，将孩子立于圈中。他命令两个妇人道："谁能将孩子夺出圈外者，即为真正的孩子的母亲。"她们用力地夺。孩子哭了，要受伤了。妾心里不忍，只好放了手，哭道："送给她了吧，不要害苦了我的孩子！"包拯立即认出了真的母亲来，便将这孩子判归了妾，而罪于大妇及那些伪证人（此事见于元曲《灰阑记》，却不在《七十二件无头案》或《包公案》里）。

大家看，这两个故事不太相同了吗？中国的故事与古犹太的故事的相同，究竟是巧合呢？还是转变？

第二个谜是真友谊与杀狗劝夫。真友谊的故事见于欧洲中世纪的有名故事集《罗马人的行迹》（Gesta Romanorum）中。杀狗劝夫的故事，则初见有元人萧德祥的《杨氏女杀狗劝夫》杂剧中，再见于明初人徐仲由的《杀狗记传奇》中。萧徐二氏所述的本事，大致相同。先述真友谊的故事：

某王有一个独子，甚为钟爱。这位太子意欲旅行各地，得了他父亲允许之后便动身了。七年之后，他归来了。他父亲问他这七年之中有结识什么朋友没有。儿子说道："有三个：第一个我爱他过于爱自己，第二个我爱他和自己一样，第三个我不大爱他，或不当他什么密友看待。"

他父亲答道:"但在你需要他们的帮助之前,最好先去试试他们。你去杀一只猪,将它放进布袋中。在黑夜里到你所最爱的那位朋友家去,对他说,我不幸误杀了一个人。如果这尸身被人发现,我便将被处极刑。你恳求他,如果他爱你,便要在这次危难中帮助你。"儿子照他的话办去。那位朋友却答道:"你杀了人,自然要偿命。但因为你是我的朋友,我将送你一二丈布匹,以包裹你的尸身。"

少年很不高兴地又到第二个朋友那里去求助。他像第一个朋友似的对待他,说道:"你以为我疯了,要让我自己去冒这个危险吗?不过,我会当你是我的朋友,所以我要伴送你到十字架去,沿途竭力地安慰你。"

太子不高兴听下去,便到第三个朋友那里对他说道:"我不幸误杀了一个人了!"那位朋友答道:"我的朋友,我将以自己的生命来保护你。如果你真死在十字架上,则我必为你而死,或者和你同死。"于是经此一试,真的朋友被他发现了。

关于杀狗劝夫的故事是这样的:

孙大有一个兄弟,名叫孙二,孙大富而孙二穷。孙大不肯容他兄弟入门。他自己另外有两个好朋友在着。这两友天天引他喝酒闲游,吃他的,喝他的。他唯他们的话是听。孙二受了不少的磨折。孙大的妻杨氏看不过，便设了一计，买了一只黑狗杀了，装入一只麻袋中，假装是人尸去吓他酒醉的丈夫。他果然害怕起来，向他两位朋友求计，要帮同灭尸，他们却同口一声地拒绝着。他又去求他的兄弟孙二，孙二却毫不迟疑地答应了他，二人共同埋了此尸。自此，孙大与孙二和好如初，孙大不再理会他的两位好友。二人因此怀恨，去告孙大杀人灭尸。官吏去掘尸时，原来却是一只狗尸。于是二人乃被责。

这两个故事又不是十分的相同吗？中国中世纪的故事与欧洲中世纪的故事的相同，究竟是巧合呢，还是转变？

大家将怎样来解答此谜呢？

（《病偻集》）

孙福熙（1898—1962），字春苔。现代散文家、美术家，孙伏园之弟。1912 年考入浙江省立第五师范学校。1920 年到法国勤工俭学，入法国国立里昂美术专科学校学习，1925 年归国后任北新书局编辑，先后出版散文集《归航》、小说集《春城》等。1928 年任国立西湖艺术学院教授。1938 年回家乡中学任教，不久到昆明任友仁难童学校校长。1946 年从昆明回到上海，以卖画为生。1948 年任浙江大学文学院教授。

画饼充饥的新年多吉庆

孙福熙

这几天街上热闹极了，黑阵阵的人马挤来挤去地跳动，好像一只有人在打击的大沙盘中滚转的沙粒。人数比平日增多了，货物尤其多。你到东四牌楼或西单牌楼去看看，假象牙似的麦糖，有方条的，有圆块的，成堆成堆地摊着，羊肉铺门口满挂光油油的羊，南纸店门口满挂大串的锭，粉条、粉皮满堆在杂货铺门口，匏瓜做的饭瓢，高粱秆做的水缸盖，薄铁片做的簸箕与炉子上的通气管等等一大堆一大堆地摊在我叫不出名字的店门口。总之，不论是哪一种职业，大家各各尽量地用力，提高而且推广他们的营业，即使是一个粪夫，也为了"时代思潮所趋"，他们车上藤匣中比平日特别地装得充满。

这些事于我有什么相干呢，我何必管它。我只看中了画儿摊上随风飘动的画儿。画儿与我有什么相干呢？看对了，我有谁可以去告诉，要他卖给我？倘若我愿买了送人，又有谁可送呢？可是，我不因此就不走近去看看。我能够，当我看了想望有人买给我的时候，我就扮一个如此爱我的人，高兴地买了，摸摸我的头顶而送给我；当我看了想买来送人的时候，我就扮一个这样得人意的小孩，喜滋滋地扑了过来，接受我的画儿，说过"谢谢"之后，还要顽皮地说一句"我还要……"。

我记得小孩时在绍兴所见"花纸"之好，有一张叫作"老鼠做亲"的，到现在我还有很深的印象。全图五六十个老鼠，都穿了红衣，短袖短脚，露出多毛的两手与两足。老鼠掌旗，老鼠提灯，敲锣的也是老鼠，吹喇叭的也是老鼠，抬花轿的、搬嫁妆的、成对成对的都是老鼠，而且轿里面坐着一个蒙红绸的老鼠新娘。可惜的，北京画儿摊上不见有这一类的，否则我必能把那时听过的笑话与那时我所做的事被人当为笑话讲的都联想起来，可是现在一点也引逗不出，不能讲给你听了。

这里的画儿取材于戏剧者最多，自然，尤其是武剧，而神怪事迹次之。武剧人马众多，不致冷落稀疏，布局较易，而服装面貌在戏剧中均已加重分量，有很显明、很鲜艳的表示，例如关云长脸红，诸葛亮穿八卦衣，人人早已看惯，画者不必费大力已可使人知道所画的是谁了，这是多画武剧的第二原因。

孙悟空有通天棍，姜子牙有杏黄旗，等等，在小说中不怕笔头秃地描写，读者已梦寐不忘地记存着了。画中表示了出来，阅者不必等待看这个拿武器者的身手与眉目，已很能想象他的神威了。自然，多画武剧的原因是因为大多数人喜欢武剧，小

孩子喜欢打仗的热闹，无智识者喜欢打仗以发泄他不能发展的
"抓地毯"①。画儿摊上画武戏者之多，并不因为别种的画销路
大，早被人买去了之故，这是卖画儿者几十年的经验，知道剧
画销数大，非多备不可的缘故。这种画材，无疑地，与戏剧本
身一样，大多数是出于《封神传》《三国演义》《西游记》《水
浒传》等几部小说的。我现在来看《拿白菊花》一幅吧。

在美珍楼，白菊花晏飞举起右脚，躲避南侠展昭向下杀来
的一剑。粉面哪吒卢珍、黑妖狐智化、小侠艾虎、山西雁徐良、
玉面小专诸白芸生等团团围攻。刑如龙擎着酱缸盖，骇得凛凛
战抖的病判官周瑞浸在缸中了。墙顶，飞毛腿高谢、翻江鼠蒋
平追赶着对打。

"哼！你要捧这种东西为艺术了吗？"这恶声的警告喊住我
的话了。

说起艺术，真是惭愧。我虽然名称是学艺术的，可是，我
胀破肚皮地对你说，打领结我是学会了的，别的就什么都不知
道了。我之绝不谈到艺术者正是我的美德呢。

"你消费了国家的巨资去学画，回来了正应该……"

哼！请求原谅，这一次可否轮到我哼了。我不敢交易什么
巨资，也不曾了解什么国家，我愿意学些画儿，只因为我自己
的愿意，并不为了什么人什么人。倘若说起报谢谁，自然，我
出门去的时候，有一个车夫拉我到车站的，出门以前，有人烧

---

①"抓地毯"意为"蛮性的遗留"。——原编者注。

饭给我吃，倒水给我洗，穿的是人家给我做的衣，住的是人家给我造的房子，而且直至现在我还这样地在享受利益。这些人以及其他于我有益的，我都该一一地报谢吗？这是不可能的；只要尽力从事一件事，未尝不可尽我对于人的义务的。

不必见笑，看看摊上的画儿就是我的公事啊，比起夹了皮包坐在两轮子上拉着的簸箕中的人天天去划到者还要正经。你如果愿意说这就是我为了报谢他人而尽的义务也可以，你如果愿意说这就是我为了自己如吸空气地看重我的生命也可以。而且我也不管你愿说哪一句，或者愿说不愿说，我又要讲下去了。

剧画以外要算是年画最多了。平日，大多数人好像大火时寻水地谋生，哪里来的工夫买张画看看。到了新年，农人，地里是闲了，苦工，多半因为要他做工的人多半也闲着了，所以可以闲暇几日，于是有看画的时候了。而且这时节亲邻都有工夫来往了，于是要点缀，愈加需要画儿了。作画的人给他们画些什么呢？第一当然要悦目，第二尤其要称心。所以这种年画总是祝福的。我也想过，如果年画是宗教的，那么应该先有祝福这种画材，而后渐渐进步，于是画得更像更美了；如果年画完全是艺术的，那么应该在原始时就用彩色施装饰的了，而画中象征福利的材料并不是向来就用，只是画家手腕的经济，能够一事两用，后来渐渐地增加进去的。不过这种讨论乃是旧法，艺术的手可以抚摩宗教及一切事物，而且向来是十分地抚摩一切的。同理，宗教也能吸收无论什么事物，而艺术也被吸收在内。所以我认为年画虽有宗教的意味，还是可以用艺术的眼光

来批评的。这不必疑惑，说用艺术的眼光来批评年画，等于说
年画是一件艺术品。

"怎么说呀!"

请不要跳起来。我说用艺术的眼光来批评年画，等于说年
画是一件艺术品，不过我们所拿着批评的一幅年画是否合于艺
术的条件，能否称为美品是要待批评的。所谓一件艺术品者，
是与不值得用艺术的条件来批评的物品相对的。

我所见的年画以"连年有余"为最普通。

画上大多数画一盘钱币与金银元宝，一个白胖的小孩捧着。
这一幅里，他手执莲花，骑在鱼上。因为同音的关系，莲与鱼
代表了"连"字与"余"字。"绍兴"用一只蝙蝠、一个长或
圆的寿字图案与两个铜钱半叠的花纹合起来，代表"福寿双全"
的；又用一支笔、一个亭子与一个如意（灵芝的图案）合起来，
代表"必定如意"的。想必各地不同，各有自出心裁的象征。
至于在北京，种类并不很多，与"连年有余"相差不多的有
"芙蓉有余"等，还有直捷说"银钱有余"与"买卖发财"的。
又有"官上加官"，画中一个小孩正在戴帽，以"加冠"来表
示加官；一个小孩地下爬着，上面骑了一个人，表示"上"与
"加"。现在只用帽字骑字了，想必小孩们不能懂了。将来废去
汉字，万一这幅画还在，看见这个老古董，于是要猜什么猫什
么旗，费尽那时的国学专家的心思，也如现在考据往事的考据
不出了吧。

有一幅是比较写实的，画上十个大字：

新年多吉庆，合家乐安然。

一大间堂屋中，上面四盏外绿内白的磁罩洋灯放下光明，统治了全景。两个大花窗下各有一炕。左边炕上是一群小孩在掷骰子，右边炕上是一桌菜，男女老幼五人在聚食。五人以外，旁边一个还不会多吃饭的小孩，爬着玩。两边炕上很整齐地叠着绸被，红绿相间的。上面是枕头。室中方桌边三个女子忙着做饺子，北京人除夕且做且吃，听说几乎要吃一夜的饺子。怎么知道他们忙碌呢？他们的神情是忙着的不必说了，他们不肯停手，饺子装满筐子了，不是自己搬开去，却让一个小孩顶在头上送过去，看这一点很可知道他们的忙了。也因为忙的缘故，他们各让自己的小孩自由，不加干涉。女孩子天生成的不惹祸，永远是文雅地在母亲袖边，看桌上的忙乱。一个男孩见那个小孩用头顶饺子筐，他妒忌了，伸起手赶过来说："让我顶！"你想给他一撞，桌角上的一盏洋灯与一支烛台上的火光都抖抖地蹿起来了。成筐成筐的饺子由一个女子在整理。一只猫坐在桌上管饺子，十分的丰富与盛平景象。人家说"哪个猫儿不偷腥"，然而这个猫儿听话又聪明。你说它吃得太饱睡着了，我要为它担保，你不看见它旋转着耳朵在留心吗？每张炕的旁边有一灶，饺子已送到左边灶上在煮了，一个妇人持勺子在搅动。右边的，已满锅的馒头也要开蒸了。灶君在神龛中闭了眼睛看着这些事。左角四只大筐，写着"金银满囤"，每个筐中满是钱币珠玉与金银元宝，火光腾腾地照在扶杖的白胡子老年人与中年男子的旁边。一个怀抱中的小孩，不知是什么事，推开娘身，硬要近去玩一回，其实，此生迟早总要玩一回的。我似乎听到铃声，一看是挂着小红球的一只巴儿狗向门口走去，两个工人一个提壶，一个双手捧火锅进门来。门口红底黑字的联语是：

忠厚传家远，诗书继世长。

门上是"玉堂富贵"图。一只猪一脚摆进来了，我不知道它来什么的，大概是亥年刻板的，那么是辛亥革命的一年刻的。还是更早，己亥年？

看画中男子着袍褂外，戴的是红缨花翎，而且钱币上画有整个的光字与通字、宝字的各一点，推测是光绪时代刻的板，看画知木板已颇有损坏，证明其不是近年物品。

除轮廓是木板印刷的以外，有红与绿两色的细线是印的，其余所有颜色都是手染的。染工自然很粗，常见染出范围的。然而颜色极其鲜艳，可不是吗，这一点就是使人爱买的大原因呢。面貌上用白粉很多，因此能胜过强烈的衣服颜色而透现出来。不论男女，面颊上都涂一块红，个个好像是剧中的旦。要说这是讨厌的吗？我倒不觉得，似乎反使面庞显出了应有的起伏，木刻所印的眉目口鼻被白粉遮盖了，所以须加画一道。我买的一张上有一个小孩的眉目是忘记重画的。面貌没有正面的，有大半面的，加红时也只一面，没有双颊都染的。器物的形体，人身的姿态都很可以了，只是因为他要加重阅者注意力之故，竭力放大头面。在这种画上，不画裸体，衣饰又不能画得精密，身材绝不是重要部分了，头面是可放大，然而他所画男子的头竟有占全身五分之一长的，小孩占四分之一，而女子身体画得长显出苗条秀色的，头竟几乎占四分之一，因此觉得个个人物都是太笨的了。同一画中三处见鱼，鱼是"余"的象征，所以爱画，其实因为鱼是整个的，比无论什么别的都容易表示，可是画三处总觉太多了。

有一张是画有许多神祇的，上面写着一首"诗"如下：

> 新正二月敬财神，一家五代顶荣身，拈香高兴朝天祝，祥云四布吉星临，招财童子来献宝，利市仙官降德门，上方刘海金钱洒，虔心应发万年春。

此外有"新春大喜""庆赏元宵"等几种。其中有一幅写"新春大喜，万象更新"的，画的上边有一个日历，写着大中华民国十五年，注明十二月的大小与二十三节气的日期（按：这里写的都是旧历，立春在十四年十二月底，所以少一个节气）。两旁有字：

> 喜神西南，贵神正西，财神西南，太岁东北，八龙治水，五牛耕田，九日得辛，十壬四丙。

可是他于"大中华民国十五年"下接着"灶君之神位"。我想不一定就用这张画放在灶神龛中的，不过画的是灶神，所以这样写了。画中一人捧了"春"字献呈神座，后边一个牧人牵一牛，当是春牛，这是司岁收的。一只象上立两个小孩，一个是"春信梅花报"，一个是"秋香桂子登"。有这些日历，能使人全年宝贵它。穷苦人家，没有多钱多工夫，买画只能在新年一次，一张烂纸的画至少要用一年的了，倘有不专是年画性质而长期适用者更好。于是有"三阳开泰""鸡鸣富贵""士农工商财发万金"等等。更进一步，能带些日常生活的意味而穿插景物的，如"春风得意""瑞雪丰年""庄家人乐丰年"等，还是带祝福性质的。有少数如"渔家乐"，如"呼女窗前看刺凤，课儿灯下学涂鸦"，并不是年画了，不过这不是特创而是古典的。

还有一种可称为笑画的，绘滑稽故事。如一个卖帽者经过树林，帽子被一大群猴子抢去戴了。又如一个卖西瓜的在柳荫下睡着了，小孩们有的爬到树上撒尿到卖瓜者的头上，有的捧了西瓜跑走了。

还有《斗寒虫》一幅，带着风俗画性质，但也混入滑稽趣味，一个小孩因为他人不让他看蛐蛐，拿了蛐蛐罐子撒尿了。但这一类很少见。

只有一幅是特别的，专画夫妻间的笑话八方，一方画"带气归家要换鞋妻子跪下去脱靴"，一方画"男子为人最不高兴妻修足洗裹脚"。

画中有年份的为丙午丁未，甚至早到癸卯，是光绪二十九年的。板大有宽三尺、高二尺的，小的是宽二尺、高一尺余。想来在初刻板时是印在竹纸上的，现在都印在有光纸上了。可是这种纸也够简单了。

据说这种画也是杨柳青来的。杨柳青是画的绣的"春画"的出产地，大多数姑娘都是做这种工作为业的，将来总当去一看。画上出版多署"戴廉增敬记"，或者这是在天津的发行者。有一种是印在瑞典纸上面的，写"天津瑞昌彩印局"，这是木板套印而非手染的。

我自然又要说我的惭愧了，西洋画输入中国以来，大家非威纳斯①不谈，非法兰西艺术不谈了，究竟于爱看画儿的人们有过什么益处呢？……民众们有他们自己的心肠，倒是粗陋画中嘴角的微笑能够笑出他们心中的快活，倒是粗陋画中眼角的泪珠能够哭出他们心中的悲哀。幸亏光绪年间有人给他们画了，至今还能守着乐一乐，我不能用较好的去替代，何忍硬起脸儿到他们手中去夺下呢？想老爷们给他们福利靠不住，想老总们给他们安宁又靠不住，老天吗，老天也是靠不住的。唯有画中明白是"新年多吉庆，合家乐安然"的，于是画饼充了饥了。可怜啊，然而更是可傲的，画饼充了饥了。

你欲骂我灾祸铅铜吗？但我决不叹只是灾祸铅铜。人家过年忙，我也来凑些热闹。我最爱对墙壁说话，而且觉得热闹，因为我在说话之先已经扮了一个听我说话的人了。于是画饼充了饥了。

（《北京乎》）

---

①今译维纳斯（Venus）。——编者注。

丰子恺（1898—1975），著名漫画家、散文家、文艺理论家和翻译家。1919年毕业于浙江省立第一师范学校。1921年获亲友资助赴日留学，10个月后因经济困难回国，先后在上海、浙江、重庆等地任教，并曾任上海开明书店编辑、《中学生》杂志编辑。1924年在文艺刊物《我们的七月》上第一次发表漫画《人散后，一钩新月天如水》。1942年在重庆自建"沙坪小屋"，专事绘画和写作。

画　鬼

丰子恺

《后汉书·张衡传》云："画工恶图犬马，好作鬼魅，诚以事实难作，而虚伪无穷也。"

《韩非子》云："狗马最难，鬼魅最易。狗马人所知也，旦暮于前，不可类之，故难。鬼魅无形，无形者不可睹，故易。"

这两段话看似道理很通，事实上并不很对。"好作鬼魅"的画工其实很少。也许当时确有一班好作鬼魅的画工，但一般地看来，毕竟是少数。至于"鬼魅最易"之说，我更不敢同意。从画法上看来，鬼魅也一样地难画，甚至适得其反："犬马最易，鬼魅最难。"

何以言之？所谓"犬马最难，鬼魅最易"，从画法上看来，是以"形似"为绘画的主要标准而说的话。"形似"就是"画得像"。"像"一定有个对象，拿画同对象比较，然后知道像不像。充其极致，凡画中物的形象与实物的形象很相同的，其画描得很像，在形似上便可说是很优秀的画。反之，凡画中物的形象与实物的形象很不相同的，其画描得很不像，在形似上便可说是很拙劣的画。画犬马，有对象可比较，像不像一看就知道，所以说它难画；画鬼魅，没有对象可比较，无所谓像不像，所以说它容易画。——这便是以"像不像实物"为绘画批评的主要标准的。

这标准虽不错误，实太低浅。因为充其极致，照相将变成最优秀的绘画；而照相发明以后，一切画法都可作废，一切画家都可投笔了。照相发明至今已数百年，而画法依然存在，画家依然活动，即可证明绘画非照相所能取代，即绘画自有照相所不逮的另一种好处，亦即绘画不仅以形似为标准，尚有别的更重要的标准在这里。这更重要的标准是什么？

简言之，"绘画以形体肖似为肉体，以神气表现为灵魂"，即形体的肖似固然是绘画的一个重要目标，但此外还有一个更重要的目标，是要表现物像的神气。倘只有形似而缺乏神气，其画就只有肉体而没有灵魂，好比一个尸骸。

譬如画一只狗，依照实物的尺寸，依照实物的色彩，依照解剖之理，可以画得非常正确而肖似。然而这是博物图，是"科学的绘画"，绝不是艺术的作品。因为这只狗缺乏神气。倘要使它变成艺术的绘画，必须于形体正确之外，再仔细观察狗的神气，尽力看出它立、坐、跑、叫等种种时候形象上所起的变化的特点，把这特点稍加夸张而描出在纸上。夸张过分，妨碍了实物的尺寸、色彩或解剖之理的时候也有。例如画咬的狗，把嘴画得比实物更大了些；画跑的狗，把脚画得比实际更长了些；画游戏的狗，把脸孔画成了带些笑容。然而看画的人并不埋怨画家失实，反而觉得这画富有画趣。所以有许多画，像中国的山水画、西洋的新派画以及漫画，为了要明显地表出物像的神气，常把物像变形，变成与实物不符，甚或完全不像实物的东西。其中有不少因为夸张过甚，远离实相，走入虚构境界，流于形式主义，失却了绘画艺术所重要的客观性。但相当的夸张不但为艺术所许可，而且是必要的。因为这是绘画的灵魂所在的地方。

故正式的作画法，不是看着了实物而依样画葫芦，必须在实物的形似中加入自己的迁想——即想象的功夫。譬如要画吠的狗，画家必先想象自己做了狗（恕我这句话太粗慢了，然而为说明便利起见，不得不如此说），在那里狂吠，然后能充分表现其神气。想象的工作，在绘画上是极重要的一事。有形的东西，可用想象使它变形；无形的东西，也可用想象使它有形。人实际是没有翅膀的，艺术家可用想象使他生翅膀，描成天使。狮子实际是没有人头的，艺术家可用想象使它长出人面孔来，造成 Sphinx①。天使与 Sphinx，原来都是"无形不可睹"的，然而自从古人创作以后，至今流传着、保存着，谁能说这种艺术制作比画"旦暮于前"的犬马容易呢？

---

①即斯芬克斯。——编者注。

　　我说鬼魅也不容易画，便是为此。鬼这件东西，在实际的世间，我不敢说无，也不敢说有。因为我曾经在书中读鬼的故事，又常听见鬼的人谈鬼的话儿，所以不敢说无；又因为我从来没有确凿地见闻过鬼，所以不敢说有。但在想象的世界中，我敢肯定鬼确是有的。因为我常常在想象的世界中看见过鬼。——就是每逢在书中读到鬼的故事，从见鬼者的口中听到鬼的话儿的时候，我一定在自己心中想象出适合于其性格行为的鬼的姿态来。只要把眼睛一闭，鬼就出现在我的面前。有时我立刻取纸笔来，想把某故事中的鬼的想象姿态描画出来，然而往往不得成功。因为闭了目在想象的世界中所见的印象，到底比张眼睛在实际的世间所见的印象薄弱得多。描来描去，难得描成一个可称适合于该故事中的鬼的性格行为的姿态。这好比侦探家要背描出曾经瞥见而没有捉住的盗贼的相貌来，银行职员要形容出冒领巨款的骗子的相貌来。闭目一想，这副相貌立刻出现；但是动笔描写起来，往往不能如意称心。因此"鬼魅最易画"一说，我万万不敢同意。大概他们所谓"最易"，是不讲性格行为，不讲想象世界，而随便画一个"鬼"的意思。那么乱涂几笔也可说"这是一个鬼"，倒翻墨瓶也可说"这是一个鬼"，毫无凭证，又毫无条件，当然是太容易了。但这些只能称之为鬼的符，不能称之为鬼的"画"。既称为画，必然有条件，即必须出自想象的世界，必须适于该鬼的性格行为。因此我的所见适得其反："犬马最易，鬼魅最难。"犬马旦暮于前，画时可凭实物而加以想象；鬼魅无形不可睹，画时无实物可凭，全靠自己在头脑中 Shape（这里因为一时想不出相当的中国动词来，姑且借用一英字）出来，岂不比画犬马更难？故古人说："事实难作，而虚伪无穷。"我要反对地说："事实易摹，而想象难作。"

我半生所看见过的鬼（当然是在想象世界中看见的），回想起来可分两类，第一类是凶鬼，第二类是笑鬼。现在还在我脑中留着两种清楚的印象：

小时候一个更深夜静的夏天晚上，母亲赤了膊坐在床前的桌子旁填鞋子底，我戴个红肚兜躺在床里的篾席上。母亲把她小时候所见的"鬼压人"的故事讲给我听。据说那时我们地方上来了一群鬼，到了晚上，鬼就到人家的屋里来压睡着的人。每份①人家的人，不敢大家同时睡觉，必须留一半人守夜。守夜的人一听见床里"咕噜咕噜"地响起来，就知道鬼在压这床里的人了，连忙去救。但见那人满脸通红，两眼突出，口中泛着唾沫。胸部一起一落，呼吸困急。两手紧捏拳头，或者紧抓大腿。好像身上压着一块无形的青石板的模样。救法是敲锣。锣一敲，邻近人家的守夜者就响应，全市中闹起锣来。于是床里人渐渐苏醒，连忙拉他起来，到别处去躲避。他的指爪深深地嵌入手掌中或大腿中，拔出后血流满地。据被鬼压过的人说，一个青面獠牙的鬼坐在他的胸上，用一手叉住他的头颈，用另一手批他的颊，所以如此苦闷。我听到这里，立刻从床里逃出，

---

①"份"，原文如此。今用"户"。——编者注。

躲入母亲怀里。从她的肩际望到房间的暗角里、床底下或者桌子底下，似乎看见一个青面獠牙的鬼，隐现无定，身体青得厉害，发与口红得厉害，牙与眼白得更厉害。最可怕的就是这些白。这印象最初从何而来？我想大约是祖母丧事时我从经忏堂中的十殿阎王的画轴中得到的。从此以后听到人说凶鬼，我就在想象中看见这般模样。屡次想画一个出来，往往画得不满意。不满意处在于不很凶。无论如何总不及闭目回想时所见的来得更凶。

学童时代，到乡村的亲戚家作客，那家的老太太（我叫三娘娘的），晚快叫他的儿子（我叫蒋五伯的）送我回家，必然点一裹香给我拿着。我问"为什么要拿香"，他们都不肯说。后来三娘娘到我家作长客，有一天晚上，她说明叫拿香的原因，为的是她家附近有笑鬼。夏夜，三娘娘独坐在门外的摇纱椅子里，一只手里拿着佛柴（麦秆儿扎成的，取其色如金条），口里念着"南无阿弥陀佛"，每天要念到深夜才去睡觉。有一晚，她忽闻耳边有吃吃的笑声，回头一看，不见一人，笑声也没有了。她继续念佛，一会儿笑声又来了。这位老太太是不怕鬼的，并不惊逃。那鬼就同她亲善起来：起初给她捶腰，后来给她搔背；她索性把眼睛闭了，那鬼就走到前面来给她敲腿，又给她在项颈里提痧。夜夜如此，习以为常。据三娘娘说，它们讨好她，为的是要钱。她的那把佛柴念了一夏天，全不发金，反而越念越发白，足证她所念出来的佛，都被它们当作捶背搔痒的工资得去，并不留在佛柴上了。初秋的有一晚，她恨那些笑鬼太要钱，有意点一支香，插在摇纱椅旁的泥地中。这晚果然没有笑声，也没有鬼来讨好她了。但到了那支香点完了的时候，忽然有一种力，将她手中的佛柴夺去，同时一阵冷风带着一阵笑声，从她耳边飞过，向远处去了。她打个寒噤，连忙搬了摇纱椅子，逃进屋里了。第二日，捉草孩子在附近的坟地里拾得一把佛柴，看见上面束着红纸圈，知道是三娘娘的，拿回来送还她。以后她夜间不敢再在门外念佛。但是窗外仍是常有笑声。油盏火发暗了的时候，她常在天窗玻璃中看见一只白而大而平的笑脸，忽隐忽现。我听到这里毛骨悚然，立刻钻到人丛中去。偶然望了黑暗的角落里，但见一只白而大而平的笑脸，在那里慢慢地移动。其白发青，其大发浮，其平如板，其笑如哭。这印象，最初大概是从尸床上的死人得来的。以后听见人说善鬼，我就在想象中看见这般的模样。也曾屡次想画一个出来，也往往画得不满意。不满意在于不阴险。无论如何总不及闭目回想时所见的来得更阴险。

所以我认为画鬼魅比画犬马更难，其难与画佛像相同。画佛像求其尽善，画鬼魅求其极恶。画善的相貌固然难画，极恶的相貌一样地难画。我常嫌画家所描的佛像太像普通人，不能表出十全的美；同时也嫌画家所描的鬼魅也太像普通人，不能表出十全的丑。虽然我自己画的更不如人。

中世纪西洋画家描耶稣，常在众人中挑选一个面貌最近于理想的耶稣面貌的人，使做模特儿，然后看着了写生。中国画家画佛像，不用这般笨法。他们读万卷书，行万里路，留意万人的相貌，向其中选出最完美的眉目口鼻等部分来，在心中凑成一副近于十全的相貌，假定为佛的相貌，我想，画鬼魅也该如此。读万卷书，行万里路，研究无数凶恶人及阴险家的脸，向其中选出最丑恶的耳目口鼻等部分来，牢记其特点，集大成地描出一副凶恶的或极阴险的脸孔来，方才可称为标准鬼脸。但这是极困难的一事。所以世间难得有十全的鬼魅画。我只能在万人的脸孔中零零碎碎地看到种种鬼相而已。

　　我在小时候，觉得青面獠牙的凶鬼脸最为可怕。长大后，所感就不同，觉得白而大而平的笑鬼脸比青面獠牙的凶鬼脸更加可怕。因为凶鬼脸是率直的，犹可当也；笑鬼脸是阴险的，令人莫可猜测，天下之可怕无过于此！我在小时候，看见零零碎碎地表出在万人的脸孔上的鬼相，凶鬼相居多，笑鬼相居少。长大后，以至现在，所见不同，凶鬼相居少，而笑鬼相居多了。因此我觉得现今所见的世间比儿时所见的世间更加可怕。因此我这个画工也与古时的画工相反，是"好作犬马"而"恶图鬼魅"的。

廿五年暮春作

（《艺术漫谈》）

孙福熙（1898—1962），字春苔。现代散文家、美术家，孙伏园之弟。1912 年考入浙江省立第五师范学校。1920 年到法国勤工俭学，入法国国立里昂美术专科学校学习，1925 年归国后任北新书局编辑，先后出版散文集《归航》、小说集《春城》等。1928 年任国立西湖艺术学院教授。1938 年回家乡中学任教，不久到昆明任友仁难童学校校长。1946 年从昆明回到上海，以卖画为生。1948 年任浙江大学文学院教授。

四月鱼

孙福熙

四月一日又到了！倘若是在法国，我总可有几张画鱼的信片可以收到，而且有几条可可做的鱼可吃。

每到这一天，早晨到美术学校去，同学们的袋中多预备各色各样的纸鱼，有黏胶的，有系绳的，乘人不觉，偷偷地加到人家背上或领头。当被笑的人还不觉得而也大笑时，必定有正在大笑的人也被欺了。于是全堂更大笑了。

据说，这一天是准说谎的，所以到街上去遇见熟人时应该留意，他是要用种种话欺骗你的。有一个人遇见朋友，告诉他家中火起，于是他急忙跑回去，自然，回去之后气喘未定就记起了，这是四月一日，他是应该被欺的。

有一家，正在预备晚上请客，瓶中换上鲜花，厨中洗涤鲜菜，忽然听到电铃声了，知是门外有客，开出门去，墨黑的衣服，墨黑的面貌一个人立着，手中一张纸条，交给主人，接着说："煤来了！"说着他的身体肩着一麻袋比面庞更黑的煤，往门内闯进来了。可怜，他肩着很重的煤，哪里能够久待，巴不得进去卸掉了。主人急促地想，这样因为工人的辛苦而收受不要的东西，也觉太懦，于是鼓起勇气地分辩了。他说："我们没有叫煤，也许是人家弄错的。"肩煤工人喘着说："不是发票上写着这里的门号吗？"主人在楼梯口俯头一看，墨黑的煤工肩了给他的煤，从六层起，螺旋的石级上，一直到平地，接连地立着。这一望使他不忍不承受了，况且票上确是写着给他的。于是让他们进来，倒煤在堆房中，付过钱，他们都去了。

主人纳闷了半天，大家猜想这是谁闹的乱子，门铃又响了。第四次邮夫到了，有一封挂号信，是他的一个朋友写的，信中说："送上的煤是给你们结婚的礼物，用了这个煤，烧得你们的爱情更热烈。你们代付的煤价随信附奉。祝我们不久过一个很好的节日。晚上见。"

为什么四月一日可以撒谎的呢？据说这是纪念耶稣的，他于四月一日在困难中撒了谎逃出来的。其实，一年来说正经话，有一天撒谎，不算为多；借此发泄说谎的本能，反使平日愈加真实了。我们利用节日做上许多艺术，才是本意，究竟这节日的来源如何，我们不是专研究的人，可以不劳追问的。

我现在虽没有收到画鱼的信片，又没有吃到可可做的鱼，但我因了往年受到这节日的艺术之故，深深地刻着印象。我的心中看见他们还是照往年过着节，因此我是不觉寂寞的。

　　前年，V君家拣了这节日邀我去饮。当菜已吃完，摆好空盘要吃糖食了，V夫人取出小包，放在各人面前，只有V君没有。在他当然觉得我们的富有，而我们却羡慕他可以安心。我们是不知道小包中放的是什么的，要是不好的东西，倒不如他的没有了。我解去包外的金线，脱去绿纸，里面是银线系的桃红纸包。再解线时，有些急了。抬头看他人，也正在解脱。好了，我的包中是一个卵形的可可糖，分开两边，可以揭开，里面是许多糖做的小鱼。各人都已揭开，大家开始要吃了。V君看看这个，看看那个，忍不住地说："看来，都是好吃的。只有我没有吗？"夫人说："啊，忘记你的了！"连忙起立去拿。一个盘放在他的面前时，大家看见，一条鱼从盘中劲劲地跳了起来。大家笑了。夫人又去取了小水盆，放鱼盆中，大家看鱼鳍忽急忽缓地拨水，从它的尾巴里表出喜悦。而V君则由大家分送糖鱼给他吃，他所有的比别人更多了。

　　我设想，我今年之似乎没有糖鱼吃者，一定不久当吃得更多哩。

三月三十一日
（《北京乎》）